LĂZĂRESCU • SEELENSTARRE

FLORIN LĂZĂRESCU

Seelenstarre

Roman

Aus dem Rumänischen
von
Jan Cornelius

Wieser Verlag

Die Herausgabe dieses Buches erfolgte mit freundlicher Unterstützung durch des Rumänische Kulturinstitut.

INSTITUTUL CULTURAL ROMÂN

Originaltitel: Amorţire. Editura Polirom, 2013

Wieser Verlag GmbH

A-9020 Klagenfurt/Celovec, 8.-Mai-Straße 12
Tel. + 43(0)463 370 36, Fax. + 43(0)463 376 35
office@wieser-verlag.com
www.wieser-verlag.com

Lektorat: Josef G. Pichler
ISBN 978-3-99029-286-0

1

Um Mitternacht sieht die Stadt ganz schön merkwürdig aus. Wie ausgewechselt. Sobald die Menschen verschwunden sind, wirkt sie völlig irreal. Das im Dunkeln an einem Baum lehnende Fahrrad sieht wie ein gefangener, sich totstellender Außerirdischer aus, der geduldig den geeigneten Moment abwartet, seine Kette durchzusägen und von der Erde abzuhauen. Die Gestalten der Lichtreklamen scheinen wie versteinert, bestraft für eine unbekannte Tat, durch den bösen Zauber einer aus dem Nichts aufgetauchten Hexe. Die Straßenleuchten – verkrüppelte hungrige Riesen, die demütig, geneigten Hauptes, mit einer als Tarnung dienenden Neonlampe im Mund, verspäteten Passanten auflauern, um sich auf sie zu stürzen und sie zu verschlingen. Der mit einem roten Ziegelsplitter in den Asphalt geritzte Hickelkasten – ein mystisches Gebiet, in welchem man bloß dreimal auf einem Bein zu hüpfen braucht, um in eine Parallelwelt befördert zu werden. Der wirre, die Dunkelheit heiser anbellende Hund – der einzige Überlebende des Weltuntergangs. Und zu guter Letzt die Häuserblocks – unendlich prachtvolle Gruften, die in den ersten Morgenstunden wie auf Knopfdruck ihre halb lebendigen, halb toten Kreaturen aus ihren Fängen entlassen, die sich krampfhaft bemühen, ihrem Dasein einen Sinn zu verleihen.

Gegen zwei Uhr nachts schreitet Jewgeni, kaum hat er das Haus verlassen, hastig durch irgendeine Straße einer Provinzstadt, die Mütze auf der beginnenden Glatze, den Rucksack auf dem Rücken. Und plötzlich, beim Klacken der Absätze seiner spitzen Schuhe auf dem Asphalt, schießt ihm durch den Kopf, dass die Schuhe die größte Errungenschaft der Menschheitsgeschichte darstellen, und die Zähmung des Feuers im Vergleich dazu rein gar nichts bedeutet. Er hat gerade im Discovery-Kanal mitbekommen, dass ein *homo sapiens* im Mittelpaläolithikum, vor über vierzigtausend Jahren, für diese Erfindung verantwortlich war. In einer Höhle in Russland hatte man ein Skelett aus der damaligen Zeit gefunden, und die gründliche Analyse von dessen Fußknochen erbrachte den eindeutigen Beweis, dass der schon ewig Verblichene bereits anno dazumal Sandalen trug. Jewgeni war jedoch klar, dass nicht ausgesprochen dieser Mensch die Sandalen erfunden hatte. Es wäre ein viel zu großer, ein geradezu befremdlicher Zufall gewesen, heutzutage genau auf das Skelett des ersten Sandalenträgers zu stoßen.

Doch wie sah der wahre Sandalen-Erfinder überhaupt aus? Und wie viel Zeit hatte es ihn gekostet, dieses kaum wahrnehmbare Erheben vom Erdboden hinzubekommen, das aber in Wahrheit wesentlich wichtiger als der erste Schritt auf dem Mond war? Man konnte dies leider bis heute noch nicht einmal mit den Forschungstechniken der modernen Wissenschaft feststellen, sodass sich die Ausstellung des besagten Skeletts mit den durch das Sandalentragen deformierten Füßen in einem heutigen Museum als ziemlich fragwürdig erwies. Die Füße waren ganz bestimmt deformiert, überlegt Jewgeni weiter, zumal man davon ausgehen kann, dass der damalige *homo sapiens* über den Unterschied zwischen dem linken und rechten Fuß nie ernsthaft nachgedacht hat. Also wurden die Schuhe den entsprechenden Fußwölbungen erst zu einem wesentlich späteren Zeitpunkt angepasst, durch einen anderen Menschen, über den Jewgeni sich im Augenblick jedoch keine Gedanken machen möchte. Er fühlt sich lediglich solidarisch mit dem ersten Wesen, das sich das Schuhwerk für seine Füße ausgedacht hat.

Die bescheidene Freude über die neuen, frisch gekauften Schuhe hellt Jewgenis Alltag, der sich in letzter Zeit anfühlte, als würde er durch Schlamm kriechen, noch etwas auf. Er hat sich schon seit Langem spitze Schuhe gewünscht. Vor zehn, fünfzehn Jahren lag man damit völlig im Trend. Ja, es stimmte, in letzter Zeit hatte er, bis auf die Westernhelden im MTV, keinen Einzigen gesehen, der solche Schuhe trug. Doch als er sie im Regal eines mickrigen Shops in seinem Wohnviertel ausfindig machte, schlug sein Herz plötzlich höher, er schlich um sie herum, bat den Verkäufer, sie, bis er das Geld von zu Hause holte, für ihn zur Seite zu legen, und kaufte sie, als Erinnerung an die Tage, wo er in ein Mädchen mit riesigen Möpsen verliebt war – er wusste gar nicht mehr, wie es hieß – und er ein paar Tennisschuhe mit zerschlissenem Innenfutter trug.

Die Kälte des ausklingenden Winters ist gar nicht so schlimm, doch Jewgeni kriecht sie in alle Knochen. Er erreicht den Ort des Treffens, nimmt Platz an der Straßenbahnhaltestelle, zieht die Schuhe aus und beginnt, sich die durch die Schuhe betäubten Füße leicht zu massieren. Die in die Jahre gekommene Neonröhre über ihm flackert müde, dann geht sie aus, sodass er nun im Halbdunkeln sitzt. Und als das Licht wieder angeht, nimmt Jewgeni einen Fremden in seiner Nähe wahr, der ihn reglos anstarrt.

Jewgeni hebt den Kopf, hat jedoch nicht den Mut, die Augen auf den Fremden zu richten. Er merkt durch den

Spiritus- und sogar Formalingestank, den sein Gegenüber scheinbar ausströmt, mit wem er es zu tun hat. Er hört auf, seine Fußsohlen zu bearbeiten, in der Hoffnung, der mutmaßliche Säufer würde sich angesichts der beendeten Vorführung von dannen machen. Vergeblich. Der Spiritus-Atem entfernt sich nicht. Jewgeni nimmt sich vor, bis zwanzig zu zählen, nein, besser bis dreißig, um dem Eindringling noch eine zusätzliche Chance zu gewähren, und ihm danach eins über die Rübe zu ziehen. Die beste Verteidigung ist letztendlich der Angriff. Bei achtzehn unterbricht der Säufer das Zählen.

»Du bist wohl ein ganz Schlauer, was?«, fragt er Jewgeni in einem ziemlich aggressiv-provozierenden Ton.

Jewgeni überlegt, ob er ihm normal antworten oder eine knallen soll.

»Nein«, entschließt er sich schließlich für die pazifistische Variante, »ich möchte einfach nur meine Ruhe haben.«

Der Säufer ist mit der Antwort zufrieden, sie scheint sogar Jewgeni einigen Ärger zu ersparen.

»Wann meinst du, dass der Krieg losgeht?«

»Keine Ahnung«, zuckt Jewgeni mit den Schultern. »Es hängt nicht von mir ab.«

»Ich denke, es dauert nicht mehr lange«, verkündet der Säufer.

»Wenn du meinst«, sagt Jewgeni.

»Also, ich bin dann mal weg.«

»Gute Reise.«

Da Jewgeni ihn nun verabschiedet hat oder schlicht und einfach aus eigenem Willen, entfernt sich der Eindringling torkelnd. Jewgeni holt eine DSLR-Kamera aus dem Rucksack, und ohne sie zu den Augen zu führen, schießt er aus der Hüfte, wie ein Revolverheld, ein Foto der wankend in die Nacht entschwindenden Gestalt. Er stopft die Kamera in den Rucksack zurück, zieht seine Schuhe an und patrouilliert durch die Straßenbahnhaltestelle.

Sein Handy klingelt. Er holt es aus der Tasche, blickt auf das Display und reagiert nicht. Obwohl das Handy in der Tasche weiterhin klingelt, ignoriert er es. Er bemüht sich, durch das Schritttempo der Regel anzupassen, wenn es denn eine geben sollte, nach der die Neonlampe an- und ausgeht. Eins, zwei, drei ... siebenundzwanzig ... aus! ... Eins, zwei, drei ... an! Eins, zwei, drei ... acht ... aus! ... Eins, zwei, drei ... neunundvierzig ... aus! Es gibt keine Regel.

Danach, zeichnet sich eine andere bizarre Gestalt in der Dunkelheit hinter den Häuserblocks ab, die Jewgeni unbewegt anstarrt. Jewgeni freut sich, als er Casimir wiedererkennt. Er ruft ihm zu: »Was nun, gehen wir oder nicht?«

Casimir nähert sich unsicher. Er sieht aus, als wäre seine Mutter gerade gestorben, aber er scheint nichts getrunken zu haben, wie Jewgeni beim Hören seiner Stimme am Telefon vermutet hatte.

»Ich habe dir doch gesagt, dass ich dich nicht treffen möchte«, wirft ihm Casimir vor. »Geh wieder nach Hause.«

»Und ich habe dir gesagt, dass ich dich treffen möchte. Und dass ich extra dafür aus dem Bett steigen, mich anziehen und wie ein Idiot um zwei Uhr nachts hierher zu deinem Wohnblock marschieren würde.«

»Komm, geh jetzt nach Hause, ich bitte dich«, wiederholt Casimir.

Jewgeni greift automatisch nach den Zigaretten, und obwohl er es geschafft hat, in den letzten drei Tagen das Rauchen einzustellen, steckt er sich eine an.

»Komm, Mann, geh jetzt endlich nach Hause«, wiederholt Casimir.

Jewgeni hatte sich schon seit Langem an Casimirs Anfälle gewöhnt. Er kannte ihn noch aus der Gymnasialzeit, als sie nebeneinandergesessen hatten, was fast ein Vierteljahrhundert zurücklag. Regelmäßig und unabhängig von den schönen Dingen, die ihm im Leben widerfuhren, wurde Casimir von Depressionen befallen. Die Erfolge, die ihm geradezu in den Schoß fielen, waren mehr, als er tragen konnte. Er war ein erfolgreicher Schriftsteller, hatte eine hübsche Freundin, wurde von allen geliebt und fand allerseits Anerkennung. An seiner Stelle wäre Jewgeni wunschlos glücklich gewesen. Aber Casimir weigerte sich standhaft, einen glatten Ablauf seines Lebens zu akzeptieren, und es war so, als hätte er dauernd nach Ärger gesucht.

Anscheinend wurden seine Krisen immer wieder durch Liebeskummer verursacht. Erstens, weil Casimir es ohne jede Erklärung ablehnte, Irina offiziell zu heiraten. Natürlich war das Thema der Eheschließung ein gelegentliches Streitthema, aber es stellte nicht den wahren Grund für seine Depressionen dar. Zweitens verliebte sich Casimir regelmäßig in eine andere Frau. Jewgeni wusste jedoch, dass nicht die Liebe der Grund für Casimirs Depressionen war, sondern umgekehrt: Er verliebte sich bis über beide Ohren, wenn er depressiv war, er wurde nicht durch den Liebeskummer depressiv. Obwohl er immer wieder behauptete, er würde einzig und allein Irina lieben, hinterließ er, wenn er völlig am Rad drehte, den Eindruck, er könne sich sogar für eine im Vorbeifahren am Wegesrand zufällig erblickte alte Schabracke entflammen. »Wie traurig sie einen nur ansieht! Wie sehr sie nach Zärtlichkeit dürstet!« – »Ja und? Musst du sie deswegen gleich lieben?«, wollte ihn Jewgeni dann fragen, aber auch wenn die beiden sehr direkt, wie ihnen der Schnabel gewachsen war, miteinander redeten, verkniff er sich jedesmal diese Bemerkung.

Mit anderen Worten ist Jewgeni nun abermals bereit, eine lange und tragische Liebesgeschichte zu hören.

»Hattest du wieder Zoff mit Irina, wegen des Heiratens?«, fragt er scherzend, um Casimir abzulenken.

»Nein«, antwortet dieser mürrisch.

»Okay. Also, in wen hast du dich verliebt?«

»Ach was!«

»Was dann?«

Casimir steht stumm und abwesend da.

»Mich hat einer fast verprügelt«, versucht Jewgeni ihn auf andere Gedanken zu bringen, in die Realität zurückzuholen.

»Wann?«, fragt Casimir neugierig.

»Bevor du aufgetaucht bist.«

»Echt?«

»Ja, echt«, erzählt Jewgeni amüsiert. »Da kam plötzlich ein sternhagelvoller Typ angetanzt, machte vor mir halt und begann, mich bedrohlich anzustarren. So.«

Er macht den Betrunkenen nach.

»Und?«

»Und nichts. Er fragte mich, ob ich mich für einen ganz Schlauen halten würde, ich sagte nein, und dann ist er abgezogen.«

Casimir zeigt sich von dieser Geschichte leicht amüsiert.

»Lass uns einen Kaffee trinken gehen. Mir ist arschkalt.«

»Jetzt, um diese Zeit?!«

»Ich kenne einen Nonstop-Kiosk für Taxifahrer.«

Noch nie hatte Jewgeni verstehen können, wieso ihn Casimir in Krisensituationen nicht bei sich zu Hause akzeptierte. Irina hätte sich dem nicht widersetzt, im Gegenteil, ihr war klar, dass Jewgeni beruhigend auf ihn einwirkte. Doch auch Jewgeni hatte in Wirklichkeit keine Lust, in Casimirs Wohnung zu gehen. Er bevorzugte die Straße, das Laufen, am besten nach Mitternacht.

Beide laufen eine dunkle, schmale Gasse zwischen den Häuserblocks entlang, und Casimirs Sprechblockade löst sich langsam auf.

»Mensch, mir sind heute zwei herzzerreißende Dinge widerfahren.«

»Leg los.«

»Ich war heute bei einer Kirchweih, in einem Dorf.«

»Du?! Bei welcher Kirchweih?«, amüsiert sich Jewgeni.

»Lach nicht so blöd. Sei still und hör mir zu. Vorgestern ging ich beim Sitz des Schriftstellerverbands vorbei und traf dort einen Kollegen, von dem ich zwar wusste, dass er Pfarrer war, aber nicht, dass er in einer Holzkirche aus dem 15. Jahrhundert, die ich schon ewig besichtigen wollte, seine Messen abhält. Er ließ mich wissen, dass man dort am nächsten Tag ein Kirchweihfest feiern würde, und dass er aus diesem Anlass zwei öffentliche Autorenlesungen organisiert habe. Er bot mir eine Lesung an, es sei garantiert mit einem zahlreichen Publikum zu rechnen. Wir würden so die Reaktionen der Bauern auf die Gegenwartsliteratur testen können. Ehrlich gesagt, bei derlei Veranstaltungen dreht sich mir der Magen um, aber trotzdem, ich nahm die Einladung wie ein Idiot an. Es hat sich tatsächlich gelohnt, die Kirche zu sehen, mit ihren ...«

»Und die Lesungen?«

»Vergiss es«, winkte Casimir ab, als hätte ihn eine lästige Fliege attackiert. »Es gibt Schriftsteller, die, wenn sie ein paar intus haben, sogar den Bäumen im Wald vorlesen würden, geschweige denn einigen Schaulustigen, die uns anstarrten, als wären wir Außerirdische. Irgendwann verließ ich den Kirchenhof und entfernte mich, um in Ruhe eine zu rauchen. Ich landete in der Dorfkneipe, es war diese Art Laden für alles, vom Hufeisen bis zur Salami, vom Waschmittel bis zum billigen Sekt. Es gab dort auch eine Terrasse mit zwei Tischen am Eingang. Ich betrat den Laden, bestellte eine Cola und nahm draußen auf einem Plastiksessel Platz. Die Verkäuferin war die einzige Menschenseele weit und breit. Und plötzlich, mein lieber Freund, taucht ein sechs, sieben Jahre alter Junge im Türrahmen auf. Er ist barfuß und glotzt mich an. Er war das Elend in Person, es tat einem im Herzen weh. ›Wie heißt du?‹, frage ich ihn. ›Ţintiric.‹ – ›Ja prima, Ţintiric‹, sage ich, ›hast du denn keine Geschwister zum Spielen?‹ – ›Doch‹, meint er, ›aber sie sind kleiner als ich.‹ – ›Und wo sind deine Eltern?‹ Er zuckt mit den Schultern. ›Hast du heute schon etwas gegessen?‹ Er nickt. Es versetzte mir einen Stich ins Herz, ihn anzusehen, es war zum Haareraufen. Er wollte gar nichts von mir, starrte mich bloß an, mit diesen riesigen Bambi-Augen im Gesicht eines ausgehungerten Wolfes. Ich gebe ihm fünfzehn Lei und sage: ›Ţintiric, mein Sohn, geh mal schön in den Laden und kauf dir, was dein Herz begehrt. Verstehst du das? Etwas nur für dich.‹ Anfangs gibt er sich etwas ungläubig, aber dann nimmt er das Geld und betritt diesen Laden, in dem, ich wiederhole, man alles findet, von hundert verschiedenen Süßigkeiten bis zu zig Modellen chinesischen Spielzeugs, also an Angeboten sollte es für so einen Knirps nicht mangeln. Und womit, meinst du, taucht er danach wieder auf? Mit einer Schweinepastete in der Dose, sie kostete so um vier Lei. Es war eine kleine Dose. Er kam damit zu mir und sagte: ›Sie hat einen kleinen Schlüssel zum Öffnen. Willst du ihn ausprobieren?‹ Verstehst du, was für dieses Balg das Wichtigste in dem Laden war? Eine beschissene Konservendose. Das ist also das Allerhöchste, wovon ein Kind in einer angeblich zivilisierten Welt heute noch träumen kann. Und ich schreibe Literatur.«

»Und wo liegt das Problem? Gut, dass er glücklich war. Die vom Land sind glücklicher als die Städter mit ihren modernen Luxusproblemen, darauf kannst du Gift nehmen.«

»Glücklicher im Arsch. Ist dir eigentlich klar, in welcher Welt wir leben?«, fragt Casimir aufgebracht und reißt die Kiosktür auf.

Jewgeni folgt ihm.

»Hallo«, meint Jewgeni, »zwei Kaffee, bitte!«

»Wie viele Zuckertütchen?«, fragt die Verkäuferin und bereitet zwei Plastikbecher für die Kaffeemaschine vor.

»Für mich drei«, sagt Casimir. »Und für dich?«

Er wendet sich Jewgeni zu.

»Bloß eine. Aber eigentlich wollte ich gar keinen Kaffee. Weiß der Geier, in der letzten Zeit habe ich ganz komische Herzprobleme. Und in den Fingern habe ich ziemlich oft ein Taubheitsgefühl. Ich möchte lieber einen Tee. Haben Sie Tee?«

»Schwarzen? Grünen? Waldfrüchte? Pfefferminz?«

»Normalerweise trinke ich Eisenkraut, aber ich vermute, so etwas haben Sie nicht.«

»Nein, haben wir nicht«, schüttelt die Verkäuferin den Kopf und streckt ihm den Kaffee entgegen. »Aber was bewirkt dieses Eisenkraut, wenn ich fragen darf?«

»Es ist eine Antistresspflanze. Kommt aus Fares«, klärt sie Jewgeni auf.

»Aha. Ich trinke Melisse gegen den Stress. Schmeckt super und beruhigt mit Sicherheit. Kommt auch aus Fares. Also, möchten Sie Pfefferminze oder Waldfrüchte?«

»Waldfrüchte.«

Jewgeni nimmt seinen Tee und gesellt sich Casimir zu, der neben der Tür steht.

Casimir hat sich von seiner Wut auf der Straße noch lange nicht befreit. Er scheint lediglich mit seinen Gedanken beschäftigt zu sein, völlig abwesend, als hätte er mit dem, was er zu Jewgeni sagt, überhaupt nichts zu tun.

»Und als ich danach mit dem Auto nach Hause fuhr, Schlag auf Schlag, bang! Als hätte es jemand so eingerichtet, ich kapiere gar nicht, wie so etwas passieren konnte. Hinter einer Kurve sprang mir ein Hund vor das Auto. Ich konnte ihm nicht mehr ausweichen. Ich fahre jetzt schon seit zwanzig Jahren, aber so etwas habe ich noch nie erlebt. Ich stieg sofort aus, der Hund schien noch zu leben. Seine Schnauze war etwas blutig, er lag ausgestreckt da, aber er keuchte. Einerseits wollte ich ihm helfen, andererseits wurde es mir vom Blut ganz übel. Ich packte einen seiner Füße, und mit abgewendetem Kopf, um das Blut nicht zu sehen, versuchte ich, ihn in den Graben zu schleifen, damit ihn nicht noch ein Auto erwischt. Er winselte kurz, es war zum Heulen. Ich schloss die Augen und nahm ihn auf den Arm. Und dort beim Graben war er schon tot. Zum ersten Mal spürte ich unmittelbar, was abkratzen heißt.«

»Mist! Nimm dir nicht mehr alles zu Herzen, mache es nicht so dramatisch!«

»Nachts habe ich kein Auge zugetan.«

Die Kiosktür geht auf und ein dicker Mann mit hochgekrempelten Ärmeln kommt herein.

»Ich grüße Sie, Frau Mirela. Sie haben ja eine Menge Kunden«, scherzt er und sieht die beiden freundlich an. »Einen Kaffee und ein paar Socken, bitte.«

»Was ist passiert? Bist du barfuß geblieben?«, fragt die Verkäuferin.

»Fast. Meine Frau hat gestern meine sämtlichen Socken gewaschen. Ist doch egal, was ich in aller Herrgottsfrüh anziehe, wenn ich zur Arbeit gehe. Ich habe im Schrank herumgestöbert, aber im Dunkeln, um sie nicht zu wecken, und alles, was ich fand, ist das hier. Diese Ansicht würde meine Kunden ganz schön belustigen«, sagt er und zieht seine Bluejeans hoch, um eine schwarze und eine hellblaue Socke zum Vorschein zu bringen.

Der Taxifahrer trinkt den Kaffee in einem Zug aus, zahlt und verlässt den Laden.

Casimir sieht ihm aufmerksam nach, dann sagt er zu Jewgeni: »Danke, dass du gekommen bist, es geht mir schon wieder besser. Nun geh nach Hause, es wird bald hell.«

Sie verlassen gemeinsam den Kiosk. Beim Abschied, nachdem sie sich die Hand geben und einige Schritte laufen, dreht sich Casimir um und ruft Jewgeni zu: »Merk dir Folgendes: Es gibt keinen Sinn. Es gibt keinen Gott. Darüber musst du schreiben. Ich werde das Schreiben wahrscheinlich aufgeben.«

Dann beginnt er, wie ein Irrer zu rennen.

Ehrlich gesagt, Jewgeni glaubt auch kaum noch an Gott, obwohl er schon immer dachte, Gott sei ein Ding, wofür es zu kämpfen lohnt.

2

Frau Valeria glaubt auch kaum an Gott, obwohl auch sie schon immer dachte, Gott sei ein Ding, wofür es zu kämpfen lohnt. Aber es geht ihr dabei nicht um den Gott einer langweiligen Messe, und auch nicht um den Gott einer Messe am Heiligen Abend und noch nicht einmal um den einer Messe am Heiligen Grab. Für Valeria ist Gott, falls es ihn geben sollte, einer, der dasteht und einem zusieht, er sieht einfach nur zu, ohne jedoch einzugreifen, egal was man tut. Gelegentlich lässt er den ein oder anderen wissen, dass er sein Tun mitbekommt, aber danach musst man wieder allein klarkommen.

Zum ersten Mal spürte Valeria, dass Gott ihr zusah – das passierte ihr nicht sehr häufig –, eines Tages in ihrer Kindheit. Damals wohnte sie irgendwo am Stadtrand. Und sie hatte eine etwas ältere Spielkameradin, Roxana.

Das schönste Spiel für die beiden war, tote, vom Auto oder von der Straßenbahn überfahrene oder erfrorene Tiere, die sie entdeckten, zu begraben. Alles begann mit der am Straßenrand gefundenen plattgemachten Kröte, und nach und nach bauten sie eine Art kleinen Friedhof für Tiere im Hinterhof aus. Sie legten die Kröte feierlich, voller Mitleid, auf ein Nussbaumblatt. Und zumal das besagte Nussbaumblatt einigermaßen an einen Sarg erinnerte, beschlossen sie, dass eine christliche Beerdigung der Kröte nicht schaden würde. (Das Wort *christlich* hatte ihr ihre tiefgläubige Mutter bis zu ihrer Gymnasialzeit hartnäckig eingehämmert.) Der Weg zum richtigen Friedhof war weit, und dort nahm man sowieso lediglich Menschen auf. Also gründeten sie, quasi ohne es zu merken, ihren eigenen Gottesacker.

Eigentlich hätten sie für die Beerdigung der Kröte einen Pfarrer, einen Diakon oder zumindest einen Totengräber gebraucht, dazu noch einige Leute, die allerhand heilige Dinge vor der Verblichenen hertrugen, und auch noch einige Gäste für den Leichenschmaus und ein paar Klageweiber. Da sie aber lediglich zwei Figuren zu verkörpern vermochten, entschieden sie sich für die ersten beiden Optionen, Pfarrer und Diakon, und taten ihr Bestes, um in den kurzen Ruhephasen auch die restlichen Aufgaben wahrzunehmen. Die ewige Ruhestätte sollte zwischen dem Gartenzaun und einem Blumenbeet liegen, beschlossen sie, wonach Valeria loszog, mit der Kröte auf dem Nussbaumblatt: »Herr, erbarme dich unser! Herr, erbarme dich unser!« Roxana folgte ihr auf den Schritt. »Wieso musstest du von uns gehen, Kröteee! Was sollen wir nur ohne dich anfangeeeen?«, spielte sie hin und wieder das Klageweib. Sie bekamen sich danach in die Wolle, weil sie sich nicht entscheiden konnten, wer von ihnen das Grab ausheben sollte, doch danach schlossen sie Frieden und schaufelten das Grab gemeinsam, mit einem Löffel. Nachdem sie die Kröte ins Grab senkten und Erde darüber streuten, bekreuzigten sie sich, zufrieden mit dem Ergebnis.

»Es war eine schöne Beerdigung«, waren sie sich einig.

Die Schwierigkeiten tauchten erst später auf, als sie bereits eine wahre Leidenschaft für schöne Beerdigungen entwickelt hatten, jedoch keine toten Tiere auf der Straße mehr fanden. Obwohl sie sich sehr darum bemühten. Roxana kam mit der Idee, es gäbe einen Hund in der Nachbarschaft, den sie eventuell vergiften könnten, aber Valeria lehnte es entschieden ab, mit der Begründung, dies sei nicht »christlich«. Da der Hund sich sowieso kaum noch auf den Beinen halten konnte, beschlossen sie, sich noch einige Zeit zu gedulden.

Monatelang mussten sie sich mit kleinen Tieren zufriedengeben: Bienen, Hummeln, Wespen, also Wesen, deren Tötung nicht unbedingt unchristlich erschien. Mit der Zeit vervollständigten sie die Beerdigungsrituale, die, je mehr sich der Hinterhof-Friedhof jenseits des Gartenzauns ausbreitete, umso raffinierter wurden. Sie bauten Kreuze aus Zweigen oder aus mit dünnen Fäden zusammengebundenen Streichhölzern, und sie legten sogar eine Geldmünze über das verblichene Tier ins Grab, denn für den Übergang ins Jenseits musste man finanziell aufkommen, wie Valeria von ihrer Mutter erfahren hatte. Zu dieser Handlung kam es jedoch nur ein einziges Mal. Kein Mensch außer Valeria wusste, dass Roxana einhundertfünf Lei in einem Versteck aufbewahrte. Sie ließ sich schließlich überzeugen und akzeptierte, eine Fünf-Lei-Münze für eine »schöne Beerdigung« aufzuopfern und legte sie feierlich auf eine arme Wespe, damit diese sich damit den ewigen Frieden erwerben konnte. Doch einige Stunden später, als Roxana nach Hause gegangen war, wurde Valeria plötzlich neidisch auf den Reichtum ihrer Freundin, sodass sie die Wespe ausgrub, die Fünf-Lei-Münze zu sich nahm und sich dafür Bonbons kaufte. Und womöglich wäre das Spiel noch einige Jahre weitergegangen, wenn nicht ein großes Unglück passiert wäre. Einen Tag nach der Beerdigung der Wespe entdeckte Roxana in einer Stadtvitrine ein paar Sandalen, die genau einhundertdrei Lei kosteten. Sie traf Valeria, um sie entschlossen wissen zu lassen, dass sie nicht länger bereit sei, ihr ganzes Geld für klägliche Beerdigungen auszugeben. Fünf Lei seien sowieso viel zu viel gewesen, um den ewigen Frieden einer mickrigen Wespe zu erkaufen, auch ein Leu würde dafür reichen. Kurzum, trotz Valerias christlichen Gegenargumenten, grub Roxana die Wespe aus.

Vom Schmerz geschüttelt klagte Roxana am Grab der unglücklichen Wespe, aber nicht weil sie deren Seele nachtrauerte, sondern weil sie nun überzeugt war, der Allmächtige habe sie wegen der Störung der Totenruhe bestraft und ihre Münze zu Erde werden lassen. Und noch mehr klagte Valeria danach, nicht weil man sie ihrer sündhaften Tat verdächtigt hätte, sondern aus Überzeugung, den Himmelvater gebe es wirklich, und er habe machtlos ihrem Verrat an ihrer Freundin zugesehen.

Spät in der Nacht, in ihrem von Wohnblocks umgebenen Haus mit Hof, schleicht Frau Stoican aus dem Bett, ohne das Licht einzuschalten. Sie hat sich sowieso an die Dunkelheit gewöhnt, da sie bis jetzt stundenlang mit offenen Augen ein Bild an der Wand angestarrt hat, bemüht, jedes Detail auszumachen. Einerseits freut sie sich, super, wie gut ich in meinem Alter noch sehen kann. Andererseits muss sie zugeben, dass das Straßenlicht trotz der zugezogenen Gardine den Raum ganz schön beleuchtet. Und, darüber hinaus muss sie sich, just in dem Augenblick, als sie in die Pantoffeln schlüpft, gestehen, dass sie dieses Bild auswendig kennt, und dass sie aus dem Gedächtnis jede Einzelheit daraus nachmalen könnte, wenn sie das Talent dazu hätte. Es hängt nun schon seit vierzig Jahren an dieser Wand.

»Kannst du auch nicht schlafen?«, fragt sie sauer, aber im Flüsterton, als ob sie keinen wecken wolle.

Sie nähert sich dem Fenster, zieht die Gardine vollständig zur Seite und beobachtet aufmerksam den Kirschbaum im Garten. Sie hat sich nicht getäuscht, er war immer noch da. So kommt es ihr zumindest vor.

»Diesmal bringe ich dich um, eigenhändig«, sagt sie, indem sie den ersten Teil des Satzes laut ausspricht, das letzte Wort jedoch mit vorgehaltener Hand.

Der Weg zum Flur ist nicht ganz unproblematisch, man könnte womöglich gegen den einen oder anderen Gegenstand rennen. Sie schaltet jedoch das Licht nicht ein, um Jewgeni nicht zu wecken.

»Waldi! Waldi!«, flüstert sie, um dem Hund die Unannehmlichkeit, im Schlaf auf den Kopf getreten zu werden, zu ersparen. Glücklicherweise hat sich Waldi in einer ganz anderen Ecke aufs Ohr gelegt. Valeria schiebt ganz langsam die Tür auf, um das gewöhnliche Knarren zu vermeiden, packt den Stein an der Wand, den sie im Sommer als Türstopper einsetzt, und schleicht sich um die Ecke. Sie sieht zum Kirschbaumwipfel hoch. Lediglich ein vorbeirasendes Taxi stört hin und wieder die Nachtstille.

»Bist du nun weggeflogen? Warte nur, ich kriege dich noch!«, droht sie dem Baum.

Frau Stoican wirft den Stein weg und kehrt zurück in die Wohnung. Im Schlafzimmer knipst sie das Licht an.

»Waldi, schläfst du? Wo in aller Welt steckst du?«

Waldi blickt sie einen Augenblick an, winselt kurz, als hätte er schlecht geträumt, dann schließt er abermals die Augen, in der Überzeugung, nichts gehe über den Schlaf, trotz des einen oder anderen Albtraums. Er liegt halb unter dem Bett, entzweit durch das über ihn hängende Bettlaken. Nun wundert sich Frau Stoican, dass sie beim Aufstehen im Dunkeln nicht auf ihn trat. Sie nähert sich dem Telefon auf dem Nachtkästchen und wählt sorgfältig eine Nummer, sie drückt kräftig Taste für Taste, um keine Zahl auszulassen. Sie wartet mit dem Hörer am Ohr, lauscht aufmerksam dem Schellen am anderen Leitungsende. Es läutet ungefähr zehnmal, wonach sie eine aggressive Männerstimme hört: »Wer ist da?«

Frau Stoican keucht erschrocken in den Hörer.

»Hallo? Wer ist der Idiot, der mich mitten in der Nacht weckt? Gheorghiţă, bist du es? Komm, sprich, du Säufer!«

»Hallo? ... Mădălina?! ...«, fragt sie schüchtern, wohlwissend, was die Antwort ist, dann legt sie den Hörer schnell zurück auf die Telefongabel, als hätte sie sich die Finger damit verbrannt.

Sie wendet sich dem Bild an der Wand zu und zuckt mit den Schultern: »Also, es war wohl doch nicht Mădălina! Ich habe wohl ihre Nummer vergessen, oder mich beim Wählen vertan.«

Sie wagt es jedoch nicht, es erneut zu versuchen. Sie stöbert in einer Schublade des Nachtkästchens herum und findet ein Gebetsbuch. Sie hält es mit den Blättern nach unten und wedelt damit hin und her, bis ein Zettel aus dem Buch fällt. Sie liest jede darauf stehende Zahl, indem sie mit dem Finger darauf zeigt und das Blatt dicht vor die Augen führt.

»Aha!«, bemerkt sie den Fehler.

Dann sagt sie laut: »Null ... sieben ... vier ... drei ... eins ... sieben ... eins ... drei ... neun ... drei ...«

Sie wiederholt es ein paar Mal, am Ende, ohne den Zettel anzusehen. Anschließend wählt sie genauso sorgfältig wie vorher die neue Rufnummer, indem sie kräftig auf jede Taste drückt. Nachdem es zweimal schellt, legt sie schnell wieder auf.

Sie läuft zum Lichtschalter, als das Telefon auf dem Nachtkästchen zu läuten beginnt, so laut, dass Waldi wie von der Tarantel gestochen aus dem Zimmer rast und mit dem Kopf gegen den Kleiderständer im Flur rennt.

»Um diese Zeit?!«, wundert sich Frau Stoican und läuft zurück zum Telefon.

Sie lässt das Telefon lange klingeln, dann räuspert sie sich und meldet sich mit der höflichen Stimme einer erfahrenen Sekretärin: »Hallo? … Ja … Sie sprechen mit Valeria Stoican.«

»Valeria, ist etwas passiert?«, sagt eine erschrockene Frauenstimme.

»Nein, wieso?«, meint Frau Stoican mit der ruhigen Sekretärinstimme.

»Valeria, du treibst mich noch in den Wahnsinn!«, brüllt ihr die Stimme ins Ohr. »Wieso rufst du mich mitten in der Nacht an?«

»Ich?! Aber ich habe dich doch gar nicht angerufen, liebe Mădălina.«

Frau Stoican setzt sich mit dem Hörer aufs Bett, auf einen netten Plausch eingestimmt.

»Valeria! Sprich! Wieso sagst du nichts?«, fragt die in Panik geratene Stimme.

»Moment mal, meine Liebe, ich musste mich erstmal setzen. Ich habe es ganz stark im Kreuz … Also, ich habe dich nicht angerufen. Das war bestimmt so ein Irrer.«

»Mein Gott, wieso belügst du mich denn so dreist?! Ich habe deine Nummer gesehen.«

»Wie, du hast meine Nummer gesehen?«, zuckt Frau Stoican zusammen.

»Valeria, wenn du mich noch weiterhin verarscht, lege ich auf und rede nie wieder mit dir.«

»Aber zu meiner Beerdigung kommst du, oder?« fragt Frau Stoican scherzend.

»Nichts da«, antwortet die nun viel ruhiger gewordene Stimme.

»Und nicht einmal, wenn ich darauf bestehe? Komm, ich bitte dich!«, führt Valeria das Spiel weiter.

»Ich komme nicht, weil ich vor dir sterben werde … Dafür wirst du mit deinen nächtlichen Anrufen sorgen, Valeria.«

»Aber ich habe dich nicht angerufen, das habe ich dir doch gesagt.«

»Hör auf zu lügen! Lü-ge nicht! Kapierst du das?!«, betont Mădălina entnervt. »Ich habe es dir schon tausendmal gesagt: Auf meinem Handy kann ich deine Rufnummer sehen.«

Frau Stoican nimmt den Zettel mit der Telefonnummer und zerknüllt ihn verunsichert.

»Tja, dann könntest du ja mal mir auch ein Handy besorgen«, gibt Valeria vorsichtig nach.

»Das habe ich dir doch schon längst vorgeschlagen … Und du meintest nur, das würde dir noch fehlen, dass ich dir bei deinen Spaziergängen, und wenn du zum Markt gehst, nachspioniere. Und selbst, wenn du aufs Klo gehst.«

Frau Stoican schweigt verlegen, legt den zerknüllten Zettel auf das Nachtkästchen und versucht, ihn zu glätten.

»Nun habe ich es mir halt anders überlegt.«

»Valeria, weißt du was? Falls du ein Problem hast, dann sag es mir jetzt sofort, denn ich muss morgen früh bei der Arbeit sein, und ich habe jetzt keine Zeit mehr zum Herumquatschen.«

»Und wann hast du Zeit?«

»Geht es schon wieder los?«

»Du meintest doch, du wärest die Chefin, seit wann muss eine Chefin um sieben Uhr bei der Arbeit antanzen?«

»Valeria, ich lege jetzt auf.«

Die Drohung verdirbt Valeria die Spiellust.

»Okay, dann erzähle ich dir jetzt mal, was mir passiert ist.«

»Ist dir etwas passiert?«, fragt Mădălinas besorgte Stimme.

»Nichts besonders Schlimmes. Aber trotzdem: Im Kirschbaum in meinem Hof war schon wieder ein Steinkauz. Ich habe ihn rufen gehört.«

»Welcher Steinkauz?!«

»Wie, welcher Steinkauz? Woher soll ich das wissen? Ich bin mir aber sicher, dass es derselbe war. Ich habe dir schon davon erzählt, aber du hörst mir ja nie zu. Ein Steinkauz ... derselbe ... er kommt und ruft Nacht für Nacht in meinem Garten ... Ob das etwas Böses zu bedeuten hat?«

»Valeria, versuch doch einfach nur zu schlafen, wie jeder andere, und vergiss die Eulen! Und versuch vor allem nicht, in ihre Rufe etwas reinzuinterpretieren ... Die Eule ist eine Eule, und sie muss einfach auch mal irgendwo rufen. Und damit basta.«

»Erstens geht es hier um einen Steinkauz und nicht um eine Eule. Das ist wohl ein Unterschied. Und zweitens, wieso denn immer gerade in meinem Kirschbaum?«

»Also, ich lege jetzt auf. Gute Nacht.«

»Ich hab schon wieder Galanton gesehen.«

Durch diese Aussage zeigte sich Mădălina plötzlich wieder gesprächsbereit.

»Wo, wie?«, fragte sie besorgt.

»Vor Mitternacht, hinter der Reklametafel an der Straßenecke.«

»Bist du dir sicher, dass er es war?«

»Er stand im Halbdunkeln, ich konnte ihn nicht ganz deutlich ausmachen, aber wer hätte es denn sonst sein können? Ich fürchte, dass er mir das Haus wegnimmt.«

»Hör mir jetzt gut zu, danach lege ich auf: Das Haus gehört endgültig dir. Endgültig, kapierst du das? Seit zehn Jahren. Auch wenn Galanton sich an den Papst höchstpersönlich wendet, der Prozess wird nie wieder neu aufgerollt. Keiner kann dir das Haus wegnehmen. Schluss, aus, gute Nacht!«

Frau Stoican bleibt lange am Bettrand sitzen, den Hörer in der Hand, als wäre sie durch den nicht endenden Pfeifton verzaubert. Dann bringt sie das Telefon zum Nachtkästchen und sieht das Bild an der Wand unendlich lange an.

Danach schaltet sie das Licht aus und legt sich ins Bett, die Augen an die Zimmerdecke gerichtet. Der Steinkauz kehrt in den Kirschbaum zurück.

3

Angesichts des Desasters trauen Jewgeni und Frau Stoican ihren Augen nicht.

Am Vorabend klopfte Valeria hektisch an Jewgenis Tür, um ihn über den erlittenen Rohrbruch zu informieren. Dadurch seien all seine Bücher in Mitleidenschaft gezogen worden. Jewgeni rannte in den Keller, drehte das Wasser ab und verschob die Problemlösung auf die Morgenstunden. Er machte sich nicht mehr die Mühe, die Bücher aus dem Wasser zu holen.

Am nächsten Tag finden die beiden im Keller einen kleinen Eisberg vor, aus dem verschiedene Bücher, deren Titel kaum noch zu entziffern sind, als Eisschollen herausragen.

»So geht das nicht«, faucht Valeria Jewgeni an, »tu was! Wenn die Hitze kommt, werden diese Dinge vermodern, und es werden Pilze daraus wachsen. Der Schimmel wird sich ausbreiten, in das Obergeschoss steigen, das Haus wird dadurch einstürzen, und ich werde im Schlaf unter den Trümmern umkommen«, verkündet sie die Apokalypse. »Also, mach bitte, dass diese Bücher noch heute von hier verschwinden.«

»Was soll das, Valeria«, möchte Jewgeni am liebsten antworten, »ist das etwa auf meinem Mist gewachsen oder was? Dein Haus ist schon längst baufällig, eine einzige Ruine, es wurde noch nie etwas daran repariert. Eigentlich müsstest du mich für meine Bücher entschädigen.«

Doch er kennt Frau Stoican inzwischen so gut, dass er sie überhaupt nicht mehr ernst nimmt. Er sucht eine Rufnummer im Internet und ruft einen Handwerker an.

Der Handwerker taucht auf und begutachtet den Schaden, den Haufen erfrorener in einen Eisberg verwandelter Bücher, den er nicht von der Stelle bekommt, trotz heftigen Schiebens. Er repariert das Rohr, wonach er sich hinter dem Ohr kratzt und das Urteil verkündet: »Nun ja, es wird nicht einfach sein, das hier wegzuschaffen. Da ist harte Knochenarbeit angesagt. Ich würde dir gerne behilflich sein, wenn ich heute nicht noch drei Kunden hätte. Mein Tipp: Taue sie zuerst auf, indem du heißes Wasser darüberschüttest.«

Jewgeni ist klar, dass der Handwerker lügt, dass er sich viel zu fein für diese *harte Knochenarbeit* ist, sodass er dies nicht weiter kommentiert.

»Ich komme auch allein klar«, entlässt er ihn. »Valeria, pass auf Waldi auf, damit er mir nicht nach draußen folgt, ich habe jetzt zu tun.«

Seit einigen Jahren, seit er bei Frau Stoican einzog, war Jewgeni Inhaber eines kleinen Antiquariats neben dem Studenten-Campus. Aber Antiquariat klingt eigentlich zu pompös – in Wahrheit war es ein aus PVC zusammengeschusterter Kiosk, in dem es Raum für einige tausend Bücher gab. Er hat sie nie gezählt.

Durch verschiedene Jobs – Flyerverteiler für ein Einkaufzentrum, Kaufhausdetektiv, Lehrer für Business-English bei der Industrie- und Handelskammer – sparte er etwas Geld zusammen und beschloss, sein eigenes Geschäft aufzuziehen und sein eigener Chef zu werden. Die sogenannte Investition war ein Klacks, eintausend Euro, die er nach und nach zusammenbekommen hatte, um seinem Leben eine positive Wende zu verschaffen. Die Bücher fielen ihm beinah in den Schoß, er bekam sie so gut wie umsonst. Hin und wieder reichte eine kleine Annonce in der Lokalzeitung. Es überraschte ihn, wie viele Leute für so wenig Geld ihre Bücher loswerden wollten.

Auch wenn im Kommunismus nicht alle Bücher lasen, machte es sich damals gut, eine Bibliothek im Hause zu haben. Sogar das frischgebackene Proletariat, das aus den mittelalterlichen Dörfern in die Stadt umgesiedelt wurde, wo es nun das Leitungswasser und das WC entdeckte und in den Fabriken ihm unbekannte Arbeiten ausüben musste, sammelte Bücher. Sie verliehen einem Prestige – aufgepasst, ich bin clever, ich lese, aufgepasst, ich besitze Bücher, die man in der Buchhandlung nicht finden kann – oder sie ermöglichten es einem, mit offenen Augen zu träumen: Vielleicht werden ja meine Kinder eines Tages lesen. Wie auch immer, es gab bis zum Fall des Kommunismus kaum eine Stadtwohnung ohne Bücher.

Nach der Wende wachten plötzlich alle mit einer Leiche im Haus auf: der Bibliothek. Viele beförderten ihre Bücher schlicht und einfach in den Müll, um Raum für die neuen Möbel zu schaffen, für das neue Fernsehgerät, die neuen Kühlschränke und allerhand modernen Kleinkram, um die von ihnen bewohnte Streichholzschachtel in eine Wohnung wie in den amerikanischen Filmen zu verwandeln.

Obwohl Jewgenis Annoncen fast zwei Jahrzehnte nach diesen »Müllbeseitigungsaktionen« erschienen, war er überrascht zu erfahren, wie viele immer noch ihre Bücher loszuwerden begehrten. Und die Idee, einer würde einem dabei behilflich sein und sogar noch dafür bezahlen, kam ihnen derart phantastisch vor, dass sie das Ganze mit einiger Skepsis betrachteten. Eine einzige Annonce bewirkte hunderte von Anrufen täglich, wodurch man ihn zu Bewertungen von persönlichen Bibliotheken einlud. Kaum einer glaubte wirklich, er würde Geld auf die Hand für seine Bücher bekommen. Doch am Ende war alles, meinte Jewgeni, ein dreckiges Spiel zwischen Verkäufer und Käufer, in dem sie sich gegenseitig reinzulegen versuchten. Aber es funktionierte, man konnte davon leben.

»Ich habe eine Menge Bücher in meinem Leben gelesen, doch nun bin ich alt, ich kann kaum noch sehen, es reicht mir. Wozu noch Bücher. Jetzt sollen sich die jungen Leute darüber freuen«, sagte ihm der ein oder andere ältere Herr, während er wachsamen Auges Jewgeni verfolgte, damit dieser nicht vielleicht eines seiner Nippes in der Bibliothek bei der Bücherbegutachtung verschwinden ließ.

»Ich bin bettelarm, mein Junge. Es zerbricht mir das Herz, meine Bücher zu verkaufen, aber ich brauche Medikamente. Sonst würde ich sie dir schenken«, sagte ihm die ein oder andere alte Frau.

»Wir haben sie von unseren Eltern, es sind sehr gute Bücher, doch heutzutage, wenn man rund um die Uhr schwer arbeiten muss, gibt es keine Zeit mehr für Bücher«, entschuldigte sich das ein oder andere junge Ehepaar.

Allen lag es vor allem daran, und das kam Jewgeni am erbärmlichsten vor, den hohen Wert der Bücher hervorzuheben, obwohl ein Blinder mit dem Krückstock hätte sehen können, dass sie sich einen Dreck um Bücher scherten. Sie zitterten vor Freude, auf einen Idioten gestoßen zu sein, der dafür Bares hinblätterte.

»Fast alles nur Plunder, wertloser alter Kram … Eselsohren, fehlende Seiten, nur kaputte Cover … kommunistisches Propagandazeug … völlig unbekannte Autoren«, konterte Jewgeni.

So erwarb er zum Preis einiger Päckchen Zigaretten, oder von zwei, drei Flaschen Bier oder drei Kilo Kartoffeln, umfangreiche und vollständige Buchreihen, sämtliche Werke einiger der besten Autoren der Weltliteratur. Und daher kam ihm letztendlich, auch wenn am Ende alle zufrieden waren, dieses ganze Geschäft erbärmlich vor.

In den Weihnachtsferien der Studenten unterbrach Jewgeni seine Tätigkeit als Buchantiquar. Er hatte keine Lust mehr, permanent vor dem Kiosk herumzuhopsen, um sich aufzuwärmen. Im Kiosk war es noch kälter. Er verkaufte bloß zwei, drei Bücher täglich, und so beschloss er, den Laden für eine Weile dichtzumachen. Nach seinen Berechnungen hatte er genug Knete beiseitegeschafft, um etwa ein Jahr über die Runden zu kommen. Er überzeugte Frau Stoican, die Bücher bei sich im Keller aufzubewahren, da dieser sowieso leer stand. Dann machte er mehrere Wege mit seiner Rostlaube von Opel Corsa und schuf die Bücher zu Frau Stoican, wonach er sich in seiner Mietwohnung dem Winterschlaf widmete.

Als er die Spitzhacke und die verrostete Schubkarre in einer dunklen Ecke entdeckt – er prüft das knarrende Rad, das sich immerhin noch dreht und brauchbar ist –, beschließt Jewgeni, die vom Handwerker vorgeschlagene Auftaumethode mit dem heißen Wasser doch nicht anzuwenden. Er würde es nicht übers Herz bringen, die erfrorenen Bücher auch noch zu verbrühen.

Er bringt die Schubkarre auf den Hof, kehrt in den Keller zurück, packt die Spitzhacke, spuckt in die Hände und hackt mit aller Wucht auf den Eisberg ein. Ein ungefähr zehn Kilo schweres Stück löst sich vom Rest los. Er rollt es ein wenig weiter und versucht die Titel zu entziffern: eine alte Don-Quijote-Ausgabe, »Die Verschwörung der Idioten« in einer Neuausgabe, die Hälfte von Dostojewskis »Idioten«, die etwas getrennt von den anderen liegt. Er möchte sie nicht weiter ansehen, sie zerbrechen ihm das Herz. Aber es lässt sich überhaupt nichts mehr ändern.

Er trennt drei weitere Eisblöcke vom Rest und bringt sie der Reihe nach auf den Hof. Er schiebt die vollgeladene Schubkarre auf die Straße, überholt zahlreiche Passanten, die ihn wie einen Irren ansehen und läuft auf den Müllcontainer zu, vom Knarren des Schubkarrenrades begleitet. Dort lässt er die Schubkarre stehen, packt einen Bücher-Eisblock und bemüht sich, ihn in den Container zu hieven.

Aus dem Container erscheint plötzlich ein mit einem langen Regenmantel bekleideter Obdachloser, der sich freundlich an Jewgeni wendet: »Hallo, Jewgeni!«

»Hallo, Costică«, antwortet Jewgeni keuchend. »Hast du dort unten etwas entdeckt? Kann ich das Ding hier reinwerfen?«

»Heute gibt es hier nichts. Schieb es rein!«

»Pass auf, dass ich dich nicht verletze.«

»Keine Sorge.«

Jewgeni schiebt den Eisblock in die Mülltonne, der Obdachlose springt zur Seite.

»Was ist das?«, wundert er sich und starrt nach unten.

»Erfrorene Bücher.«

»Hast du sie etwa im Kühlschrank vergessen?«

Jewgeni scheint der Witz ziemlich gelungen, doch Costică hat es nicht als Scherz gemeint, er hatte diese Möglichkeit ernsthaft in Betracht gezogen.

»Nein, es gab einen Rohrbruch im Untergeschoss, die Bücher standen danach unter Wasser, das in der Nacht gefroren ist.«

»Pech. So ist das Leben ... Wie spät ist es?

Jewgeni trocknet seine Hände an den Hosen ab und sieht auf das Handy: »Viertel nach zehn.«

»Vorher fragte ich zwei Frauen, die hier vorbeiliefen, wie spät es ist, aber sie wollten es mir nicht verraten.«

»Vielleicht haben sie dich nicht gehört.«

»Und ob sie mich gehört haben, diese Weiber. Traue nie einer Frau!«

Costică ist ein alter Freund Jewgenis, seitdem er ihm eines Nachts behilflich war. Er rauchte friedlich beim Zeitunglesen auf seinem Zimmer, kurz nachdem er zu Frau Stoican umgezogen war. »So! Triff ihn! Schieß los!«, hörte er Schreie von draußen. Was konnte das sein? Er sah aus dem Fenster. Die Kinder aus den Wohnblocks nebenan spielten eine Art Völkerball mit dem Obdachlosen Costică. Dieser war praktisch sein Nachbar, auch wenn er keine Wohnung hatte. Costică hatte sich eine Bleibe zwischen den Wohnblocks eingerichtet. Buchstäblich dazwischen, also innerhalb des halben Meters Freiraum, der zwischen den Gebäuden vorhanden war. Es standen dort einige Regale, in denen sein Eigentum untergebracht war: Schachteln, leere Flaschen, eine Waschschüssel. Allerhand Kleinkram. Und die Jungen spielten mit ihm, indem sie sich den Ball zuspielten, den zu fangen er sich bemühte, und wenn er sich ihnen näherte, versuchten sie, ihn mit dem Ball zu treffen. »So! Triff ihn! Schieß los!« Trotz seines relativ fortgeschrittenen Alters, schien Costică sich köstlich zu amüsieren. Plötzlich traf ein Kind aus Versehen an Costicăs

Gesicht vorbei eine Fensterscheibe im Erdgeschoss, die in tausend Stücke zersplitterte. Die Kinder machten sich eiligst aus dem Staub. Allein Costică blieb wie angewurzelt stehen. Der Besitzer der zerborstenen Scheibe streckte den Kopf aus dem Fenster, begann ihn zu beschimpfen und drohte mit der Polizei. Da schaltete sich Jewgeni ein, indem er aus dem Fenster rufend Costică verteidigte. Seit damals begrüßte ihn Costică und unterhielt sich bei jeder Begegnung freundlich mit ihm.

Jewgeni bekam fast unwillkürlich einige Ereignisse aus Costicăs Leben mit. Vor einem Jahr hatte Costică eine Geliebte gefunden. Er sah beide jeden Morgen durch das Küchenfenster. Auf dem Feld neben den Wohnblocks gab es eine rechteckige Bodenplatte, man hatte sich drangemacht, dort wer weiß was zu bauen, und es aus unerfindlichen Gründen wieder aufgegeben. Da es zwischen den Wohnblocks nicht ausreichend Platz für zwei gab, richtete Costică sein Liebesnest auf dieser Bodenplatte ein, er breitete Decken darauf aus und baute ein Dach aus Plastikfolien darüber. Morgens sah Jewgeni die beiden des Öfteren, wie sie nach dem Aufstehen mit der Zigarette im Mund, Rücken an Rücken sitzend ins Leere blickten. Aus der Ferne konnte Jewgeni Costicăs Geliebte kaum als Frau identifizieren, und sie war sogar noch weniger hübsch als Costică, aber die beiden waren offensichtlich glücklich zusammen. Letztendlich schien es wahre Liebe zu sein. Aber auch diese Liebe, wie jede andere, fand eines Tages ihr jähes Ende, und die Frau verschwand. Costică zog in den winzigen Raum zwischen den Wohnblocks zurück und litt eine Weile an Liebeskummer.

Danach wurde Jewgeni Zeuge einer Keilerei zwischen Costică und einem anderen Obdachlosen, auf der schmalen

Gasse hinter dem Wohnblock. Es ging weniger um Handgreiflichkeiten als um Drohungen und Beschimpfungen. Zwischen den Streitenden lag eine Art *no man's land* von ungefähr zwanzig Metern, das sie nie überschritten. »Ich bring dich um!« – »Ich mach dich platt, du Flachwichser!« – »Ich hau dir gleich was auf die Fresse, du Hurensohn!«, riefen sie sich aus der Ferne zu.

Kürzlich bemerkte Jewgeni eine radikale Veränderung in Costicăs Verhalten. Er zog einsam, stark gealtert umher. Er schien die Kontrolle über sich verloren, die Grenze des Niemandslands zwischen Realität und Wahnsinn überschritten zu haben. Am Rande des Feldes nebenan gab es einen Second-Hand-Shop, vor dem eine Schaufensterpuppe als Reklame stand. Jewgeni sah Costică oft mit ihr sprechen. Mal erzählte er ihr Geschichten aus seinem Alltag, mal flirtete oder stritt er mit ihr.

»Er hat offenbar Erfahrung mit Frauen«, denkt Jewgeni, während er sich mit der leeren Schubkarre vom Müll-Container entfernt. »Er wird schon wissen, wieso er mir empfiehlt, ihnen nicht zu trauen.«

Nach zwei Stunden hat Jewgeni den Keller gereinigt. Er bringt die Schubkarre und die Spitzhacke wieder zurück, nimmt einen Besen und fegt die Reste zusammen.

»Valeria, ab heute verkaufe ich keine Bücher mehr. Ich mache das Antiquariat dicht«, sagt Jewgeni, als Valeria auftaucht, um nach dem Stand der Dinge zu sehen.

Frau Stoican sieht ihm zu beim Fegen der Stelle, wo vorher die Bücher gelegen hatten.

»Und was hast du vor? Wieder Schnecken zu züchten?«

Frau Stoican verfügt über eine beißende Ironie, sie setzt Jewgeni damit oft außer Gefecht.

Seine Geschichte ist ihr reichlich bekannt: Nach dem Uni-Studium war Jewgenis erstes Unternehmen, im Dorf seiner Eltern Schnecken zu züchten. Obwohl sich alle über ihn lustig machten, ging es den Schnecken prächtig. Er hatte sogar einen Abnehmer dafür gefunden. Aber eines Tages hatte er in der Stadt etwas zu tun, sodass er es seiner Mutter überließ, auf die Schnecken aufzupassen. Dabei vergaß sie das Schuppentor zu schließen und die Schnecken liefen alle davon. Besser gesagt, sie liefen nicht, sondern sie krochen gemächlich nach draußen und die Hauswände hoch. Wahrscheinlich gab es, abgesehen vom offenen Schuppentor, auch noch andere Motive für den unvorhersehbaren Exodus sämtlicher Schnecken, doch Jewgeni gelang es nie, sie herauszufinden. Und es verging ihm auch die Lust, mit seinem Unternehmen wieder bei null anzufangen.

Jewgeni stutzt für ein paar Sekunden, dann meint er: »Ich hab dir doch schon gesagt, dass ich ein Buch schreibe. Ich werde ein richtiger Schriftsteller sein.«

Frau Stoican lächelt ungläubig.

»Ja, ja. Das wirst du wohl sein ... Du wirst also ein Buch veröffentlich ... Und ich werde nach Papua-Neuguinea auswandern, aber vorher möchte ich dein Buch noch schnell lesen.«

Solche Dinge muss sich Jewgeni anhören. Und nicht nur von Frau Stoican.

Er hat schon vor einer halben Ewigkeit versprochen, ein Buch zu schreiben, ohne Taten folgen zu lassen. Seine Verwandten, Freunde und sogar einige flüchtige Bekanntschaften warteten darauf, als hätte ihnen dessen Erscheinen etwas genützt, als hätten sie dadurch ihre Probleme gelöst. Da er jedoch den Großteil seines Lebens zwischen Büchern verbracht hatte, wusste Jewgeni, und dieser Überzeugung war auch sein guter Freund Casimir, dass ein Buch keine Probleme löste. Eintausend Bücher zusammen würden überhaupt nichts lösen. Bücher haben nicht das Gewicht, das man ihnen bisweilen verleihen möchte.

Die Schriftsteller von heute, meinte Casimir, seien nichts anderes als ein Haufen von Größenwahn befallener Schreiberlinge, die sich in zwei Kategorien aufteilen ließen: Narzissten und Händler. Die einen gäben sich der Illusion hin, dass sich noch irgendjemand für ihre Dramen, Erkenntnisse, Offenbarungen oder sogenannten stilistischen Meisterleistungen interessieren würde, dass man gelegentlich sogar bemüht und imstande sei, sie zu verstehen. Die Händler wiederum würden in aller Ruhe die Markterfordernisse beobachten und durch ihre Wortkarawanen eine Unmenge Plunder aus den exotischen Gebieten einer bedauernswerten Phantasie herbeischaffen – billige Handspiegel, Glasperlen, knallbunte Luftschlangen – für ihre unterbelichteten Kunden, die die Literatur mit einer Karnevalsveranstaltung verwechselten und jeden Dreck zu verschlingen bereit seien, wenn man ihn nur richtig verpacken und bewerben würde.

Die meisten Kritiker seien nichts anderes als Autoren, die kläglich versagt hätten und die das Geschriebene durch die Scheuklappen einer Literatur beurteilten, die sie gerne selbst geschaffen hätten, wenn es ihnen nicht an Talent gemangelt hätte. Sie würden sich der Gegenwartsliteratur annehmen und sich die Autoren herauspicken, die die »Symbole« und »Strukturen« illustrierten, die mit dem in ihrer Doktorarbeit aufgebauten System übereinstimmten, sie würden Konzepte wild durcheinanderbringen, indem sie mit der Anmut eines Trampeltiers Genettes Theorien mit dem, was sie aus Tarantinos Filmvisionen verstanden hätten, in denselben Topf werfen würden.

So gut wie alle Verleger seien zusätzliche Versager, die die Reste vom Fest der richtigen Geschäftsleute aufpickten. Ob sie Kekse oder Bücher verkaufen würden, sei ihnen völlig egal. Sie gäben immer vor, sie wüssten genau, was sich gut verkaufen würde, aber sie wüssten leider nie, was sie verkauften.

Und letztendlich, erklärte ihm Casimir, sei die Gegenwartsliteratur ein Karren, an dem mehrere Ochsen eingespannt seien, ein Karren, an dem eine Menge Ochsen ziehen würden, jeder in eine andere Richtung, ohne jemals an die Ladung zu denken. Für wen schreiben, auch wenn man etwas Authentisches zu sagen hätte? Wozu noch ein Buch?

Jewgeni meinte, dass alles Wichtige bereits geschrieben worden sei. Alles sei also bereits von anderen, viel besser als er es je tun würde, gesagt worden. Jewgeni selbst hatte nicht sehr viel zu erzählen, und, wenn er wirklich ehrlich mit sich war, hatte er es noch nie gehabt. Das Reden reichte ihm. Er war anscheinend klug genug, um sich nicht auch nur für einen winzigen Augenblick für genial zu halten. Doch um sich richtig ans Schreiben zu machen, hätte er ausreichend naiv sein müssen, um sich, wenn auch nur für einen Augenblick, für genial zu halten.

Und trotzdem spürte er, dass es höchst an der Zeit war, ein Buch zu veröffentlichen.

Bis zum vierzigsten Lebensjahr war es Jewgeni gelungen, sich und den anderen etwas vorzumachen. In der Kindheit war dies kein Problem gewesen, es hatte sich als etwas Selbstverständliches ergeben, auch die anderen taten es. Aber ab einem gewissen Alter wurde dies für die meisten zunehmend schwieriger, zu einer Kunst, die keiner richtig beherrschte. Jewgeni jedoch erwies sich auch weiterhin als ein großer Meister auf diesem Gebiet. Er wunderte sich, wie wenig Schüler herausbekommen hatten, dass man lediglich das, was einem gefiel, zu lesen brauchte. Die Erwachsenen meinten immer, dass Kinder, die viel lesen würden, automatisch ernsthaft und leistungsstark sein müssten. In seinem Fall traf dies jedoch überhaupt nicht zu. Er bekam zwar, wenn auch nicht gute, dann zumindest ausreichende Noten auch in Chemie und anderen Fächern außer Literatur, dies aber aus dem einfach Grund, dass er im Unterricht einen Autor oder eine Romanfigur plötzlich ins Spiel brachte. Diesen Trick wendete er auch später auf dem Gymnasium und sogar auf der Uni an.

Und dadurch, dass er wiederholt auf Kunstveranstaltungen auftauchte und auch dank der wenigen veröffentlichten Gedichte und Artikel in Literaturzeitschriften, hatten alle den Eindruck, er sei permanent mit wichtigen Dingen beschäftigt, obwohl man diese nie so genau benennen konnte. Aber es war klar, dass diese Dinge etwas mit Literatur, Lesen und Schreiben zu tun hatten. Doch ab einem gewissen Zeitpunkt ist man erwachsen, und das Lesen beginnt eine unseriöse Beschäftigung darzustellen, die nicht mehr die Existenz rechtfertigt.

»Ja schön, du liest, aber was machst du sonst?«, wurde er immer häufiger gefragt. Um sie außer Gefecht zu setzen, antwortete er: »Ich arbeite an einem Roman.«

»Und wann erscheint er?«

Er kannte diese Leute nur allzu gut und wusste genau, wie man sie an der Nase herumführte.

»Meinst du, ein Roman lässt sich im Schlaf schreiben? Erstmal muss ich recherchieren.«

Die Lüge mit dem Recherchieren festigte seinen Ruf als seriöser, zuversichtlicher und verantwortungsbewusster Mensch, und zusätzlich verschaffte sie ihm etwas Zeit. In Wirklichkeit beschränkten sich seine Recherchen auf die Suche nach einer effektiveren Möglichkeit, sich einer gewissen Lebensart zu entziehen. Er wollte keine Karriere im Elektro- und Haustechnikhandel machen, und auch nicht im Immobilien- oder Finanzgeschäft, er wollte auch keine glückliche Ehe schließen, mit pausbäckigen auf Facebook noch im Embryonalstadium geposteten Babys, eine Ehe hinter deren Fassade Monster lauerten.

»Und worum geht es in diesem Buch?«

Die Frage kam ihm völlig bescheuert vor, weil er nicht glaubte, dass man einen Roman über etwas Bestimmtes schreiben konnte. Oder besser gesagt, man konnte es zwar, aber das wäre dann Handwerk und keine Kunst gewesen. Man weiß zum Beispiel im Voraus, wozu man einen Stuhl baut, wie viele Beine er haben muss, um nicht zusammenzukrachen, welche Dimensionen man dabei einhalten muss. Und wer dies alles einhält, ist ein guter Handwerker, aber kein Künstler. Jewgenis Ansicht nach war Kunst das, was dem planenden Künstler entkam, worüber er die Kontrolle beim Schaffensprozess verlor. Man hört auf, ein Tischler zu sein, in dem Moment, wo der Stuhl, den man baut, beginnt, auf merkwürdige und unerklärliche Weise einem ähnlich zu sehen, und er von keinem mehr in dieser Form geschaffen werden kann.

»Es wird etwas Tragikomisches sein.«

Das hörte sich ziemlich verallgemeinernd an, sodass noch genügend Raum für Kommentare und zusätzliche Fragen übriggeblieben wäre. Aber erwartungsgemäß folgte dann immer das Wort, das man immer dann einsetzt, wenn einem sonst nichts einfällt: »Interessant.«

Daraufhin wurde schnell das Thema gewechselt.

Aber als ihn Frau Stoican nach dem Schließen des Antiquariats, seiner letzten halbwegs normalen Beschäftigung, die sein Dasein als Erwachsener rechtfertigte, fragte, was er weiterhin zu tun beabsichtigte, merkte Jewgeni, dass es kein Entkommen mehr gab. Ob er es wollte oder nicht, er hatte ab nun mehr Freizeit als nötig und dadurch die Gelegenheit, seine Freunde und Bekanntschaften endgültig zum Schweigen zu bringen.

In der Erregung, in der er seine vereisten Bücher zum Müllcontainer brachte, traf er den Entschluss, möglichst bald ein Buch zu veröffentlichen.

4

Während sie sie füttert, indem sie eine Art grauen Mehls ins Wasser streut, hat Frau Stoican überhaupt keinen Zweifel mehr, was das Gedächtnis der Aquariumfische angeht. Sie hatte nicht grundlos mit Herrn Zaharia gestritten.

»Ich war Biologielehrerin. Ich weiß, wovon ich rede, ich habe eine Menge darüber gelesen«, hatte sie ihm widersprochen. »Ihr Gedächtnis hält länger als drei Sekunden an.«

»Da täuschen Sie sich aber, Frau Lehrerin. Das Erinnerungsvermögen der Aquariumfische beschränkt sich höchstens auf drei Sekunden. So sieht es aus, und daher können sie immer wieder ihren Alltag genießen. Drei Sekunden ... Sie öffnen die Augen ... Ooooh! ... Was ist das denn?! Ein Wunder ... Drei Sekunden ... Sie öffnen die Augen ... Ooooh! ... Was ist das denn?! ... Das Leben ist ein einziges Wunder für sie«, ärgerte sie Herr Zaharia.

Herr Zaharia verfügte über die Gabe, sich über alles und jeden zu amüsieren. Es war nicht so, dass er nun als Greis wieder ins Kindesalter zurückfiel. So war er sein Leben lang gewesen, er hatte noch nie über etwas geklagt. Er tat es auch jetzt nicht, obwohl es ihm an Gründen dazu nicht mangelte. Er zeigte allen die von der Herzoperation stammende Narbe und scherzte bei jeder Gelegenheit über seinen Herzschrittmacher.

»Da, schaut mal her«, sagte er und klopfte sich auf die Brust. »Ich bin der Einzige, der mit Batterien funktioniert. Duracell. Ich werde euch alle begraben.«

Aber Frau Stoican war ein eher ernsthaftes Wesen. Sie genoss es ganz und gar nicht, wenn man sich über sie lustig machte, vor allem dann nicht, wenn sie meinte, recht zu haben.

»Ich werde es Ihnen beweisen. Geben Sie mir mal ein paar von Ihren Fischen, und ich werde Ihnen beweisen, über was für ein ausgezeichnetes Gedächtnis sie verfügen.«

»Tut mir leid, geht nicht. Wozu ihnen das Herz brechen, wenn ihr Gedächtnis so ausgezeichnet ist. Sie würden vor lauter Sehnsucht nach mir eingehen«, fuhr Herr Zaharia mit seinen Witzen fort.

»Ich schaffe mir ein Aquarium an, und Sie geben mir ein paar von Ihren Fischen, oder ich rede nicht mehr mit Ihnen.«

Damit das Ganze nicht in einen richtigen Streit mündete, fügte sich Herr Zaharia schließlich diesem Wunsch. Ihm war ziemlich schleierhaft, was Frau Stoican nun für ein Experiment durchzuführen vermochte, doch er widersetzte sich ihr nicht. Er baute eines seiner größten Aquarien um, wie es Frau Stoican von ihm verlangte, indem er durch vier parallele Trennwände aus Glas, in denen er jeweils ein Loch in verschiedenen Höhen bohrte, fünf verschiedene Räume schuf.

»Und wie soll es nun weitergehen?«, fragte er sie unschlüssig, nachdem sie das Aquarium mit Wasser füllten.

»Wir bringen ein paar Fische in den Raum 1, stopfen das dazugehörende Loch zu und füttern sie.«

»Und wieso bringen wir alle Fische in den einen Raum, wenn es fünf Räume gibt?«

»Wir lassen die Fische erstmal im Raum 1, so lange, bis sie sich daran gewöhnen und wie zu Hause fühlen. Danach streuen wir Futter in den Raum 2 und öffnen das Loch.«

»Und?«

»Anfangs, meine ich, werden sie schwerer in den Raum 2 finden. Sie werden gegen die Trennwand aus Glas schwimmen. Doch mit der Zeit, nach wiederholten Versuchen, werden sie das Durchgangsloch entdecken, es sich merken und das Futter zunehmend schneller erreichen.«

Herr Zaharia dachte über diese Situation nach.

»Sie können aber auch rein zufällig in den Raum 2 kommen.«

»Deswegen haben wir ja auch fünf Räume, um den Zufall auszuschließen. Ich werde Ihnen zeigen, dass die Fische aus dem Raum 1 bis in den Raum 5 schwimmen, indem sie direkt die in verschiedenen Höhen platzierten Durchgangslöcher passieren. Ich hoffe, dass sie mir dann glauben werden, dass Fische über ein Gedächtnis verfügen.«

Valeria stülpte sieben Fische aus einem Glasgefäß in den Raum 1.

»Frau Stoican, bitte! Sie bringen die Fische noch um«, sagte Herr Zaharia mit einer traurigen Stimme.

Obwohl viele dachten, er würde ein Geschäft daraus machen, züchtete er Fische aus purer Leidenschaft. Er züchtete sie in etwa zehn in der ganzen Wohnung untergebrachten Aquarien. Samstags und sonntags ging er meist tatsächlich auf den Tiermarkt und verkaufte einige davon. Er liebte den Marktrummel, durch die vielen Menschen und Tiere spürte er, dass er noch lebendig war. Im Rentenalter war der Handel mit Aquariumfischen zu seinem Lieblingshobby geworden. Außerdem sang er im Seniorenchor, wo er Frau Stoican kennengelernt hatte, die an seiner Leidenschaft nichts auszusetzen hatte.

Eine unerwartete Leidenschaft entwickelte auch Frau Stoican, nicht so sehr für die Fische, als vielmehr für ihr

Experiment. Nun ist sie sehr zufrieden – alle Fische gelangen schnell in den Raum 3 – doch sie hat Herrn Zaharia, trotz seiner wiederholte Fragen, noch nicht davon in Kenntnis gesetzt.

Valeria hört mit dem Füttern der Fische auf und stellt die Tüte in den Kühlschrank. Sie blickt aufmerksam hinein und schüttelt unzufrieden den Kopf. Sie wirft einen Blick auf die Wanduhr, zieht sich um und verlässt hastig das Haus.

Noch nicht einmal fünf Minuten vom Haus entfernt, in einer engen Nebenstraße, befindet sich Aber-Natüüürlichs Lebensmittel-Shop. So nannte Frau Stoican die junge Frau, die dort bediente. Sie war um die 30 Jahre alt, hatte ewig Ringe unter den Augen, war permanent schlecht drauf, doch ständig bemüht, höflich zu wirken, indem sie auf alle Anforderungen der Kunden mit Nachdruck »Aber natüüüürlich!« antwortete.

»Guten Morgen!«, sagt Frau Stoican, als sie den Laden betritt

Aber-Natüüüürlich telefoniert gerade, mit dem Rücken zur Theke. Sie scheint sie nicht wahrgenommen zu haben.

»Liebes, ich hab's eilig«, betont Frau Stoican laut.

Die Verkäuferin beendet schnell das Gespräch, steckt das Handy in die Tasche und wendet sich ihr zu.

»Aber natüüüürlich«, sagt sie und wischt sich ein paar Tränen aus dem Gesicht.

»Aber, was ist denn passiert, Liebes?«, sieht Frau Stoican sie mitleidig an.

»Nichts ... Bin einfach nur übermüdet!«, erklärt die Verkäuferin mit einem bitteren Lächeln.

Frau Stoican kannte sie schon seit Jahren, aber sie hatte noch nie etwas anderes von ihr gehört, außer dass sie übermüdet war.

»Hast du Ärger mit jemandem?«, fährt Frau Stoican mit ihren Nachforschungen fort.

»Nein, überhaupt nicht«, sagt die Verkäuferin und wischt sich abermals die Tränen aus dem Gesicht. »Was darf es sein?«

Frau Stoican starrt einige Sekunden die Regale an.

»Jetzt weiß ich es auf einmal nicht mehr«, sagt sie.

Sie trommelt mit den Fingern auf dem Glas des Eis-Kühlschranks.

»Brot?«, hilft ihr Aber-Natüüüürlich auf die Sprünge.

»Nein. Kein Brot.«

»Kaffee?«, bietet die Verkäuferin eine andere Lösung an.

»Nein. Auch nicht.«

Die Situation scheint ausweglos zu sein.

»Ich möchte …«, sie führt die Hand zu Stirn und streift mit dem Blick die Regale. »Ich möchte … zwei Eier!«, sagt sie froh.

»Zwei Eier?!«

»Genau, Liebes, mir sind die Eier ausgegangen, und ich brauche zwei für die Probe.«

»Aber natüüüürlich«, antwortet die Verkäuferin, die offensichtlich überhaupt nichts verstanden hat. Das scheint ihr aber auch egal zu sein.

Sie nimmt zwei Eier aus dem Kühlschrank und steckt sie in eine Tüte, die sie Frau Stoican aushändigt.

»Sehen Sie sich bitte das Datum an. Wenn es abgelaufen ist, bringe ich sie wieder zurück«, droht Frau Stoican.

»So etwas gibt es bei uns nicht«, ärgert sich die Verkäuferin.

»Aber natüüürlich«, imitiert sie Frau Stoican. »Vor einer Wochen habe Sie mir abgelaufene Milch verkauft.«

»Und wieso haben Sie sie mir nicht zurückgebracht?«

»Sollte ich etwa mit einer Flasche saurer Milch durch die Gegend laufen? Für so einen Schwachsinn habe ich überhaupt keine Zeit.«

Die Verkäuferin tut so, als würde sie durch die Plastiktüte hindurch das Haltbarkeitsdatum der Eier prüfen.

Frau Stoican steckt die Tüte in die Handtasche und läuft auf den Ausgang zu. Aber-Natüüüürlich holt das Handy aus der Tasche, führt es zum Ohr und dreht sich mit dem Rücken zum Ausgang.

Der Kulturhauspförtner löst Kreuzworträtsel in seiner Eingangskabine. Als sie ihm näher kommt, merkt Frau Stoican, dass sie ihn nicht kennt. Wahrscheinlich ist er dort neu.

»Guten Tag, könnten Sie mir bitte die Tür zum großen Saal öffnen?«, bittet sie ihn.

Der Pförtner legt langsam die Zeitschrift weg, denkt scheinbar eine Weile über ein Wort im Kreuzworträtsel nach, dann meint er misstrauisch: »Wozu denn?«

»Wie, wozu denn? Wir haben diesen Saal reservieren lassen.«

»Wer ist wir?«

»Wir, der Chor.«

Ohne ihr weiter zuzuhören, holt der Pförtner ein Registerheft aus einer Schublade und sieht aufmerksam hinein.

»Ich kann hier gar nichts finden. Keinen einzigen Vermerk.«

»Das kann nicht sein. Sehen sie mal genauer hin.«

»Das tue ich ja. Aber hier steht nichts.« Er zeigt ihr das leere Blatt. »Sehen Sie? Gar nichts«, meint er sauer.

Frau Stoican beginnt ihre Hände zu kneten.

»Die Sekretärin. Sie ist schuld. Sie hat es wieder vergessen. Jedesmal das Gleiche.«

Der Pförtner denkt über das vorherige »Wir« nach, und sein Gesicht hellt sich auf, als wäre ihm das langgesuchte Wort für sein Kreuzworträtsel eingefallen, doch etwas ist ihm immer noch unklar. Es gibt wohl bei diesem »Wir« etwas Besonderes, er weiß nur noch nicht, was, also beschließt er, vorläufig den Mund zu halten. Er zuckt mit den Schultern, um zu signalisieren, dass daran nichts zu ändern ist.

»Mein Lieber, schauen Sie mal, Sie sind hier neu, Sie kennen hier nicht die Sitten«, stürzt sich Valeria auf ihn. »Eigentlich brauchen wir gar keine Saalreservierung. Der Herr Direktor, hat uns die Erlaubnis erteilt, wann immer den Saal zu benutzen, wenn er frei ist.«

»Es tut mir leid, aber ich habe noch nie etwas von dieser Erlaubnis gehört.«

Frau Stoican steckt die Hand in die Handtasche und bleibt in dieser Stellung, als hätte sie dort eine Pistole versteckt.

»Soll ich ihn anrufen? Ich kann ihn jetzt anrufen. Er wird aber stocksauer sein, wenn ihm zu Ohren kommt, dass sie den Seniorenchor bei seiner Aktivität gehindert haben.«

Der Pförtner hat plötzlich eine Eingebung, das gesuchte Wort fällt ihm endlich ein, er ist erleichtert und wird extrem höflich.

»Sind Sie Mitglied des Seniorenchors?«

Frau Stoican beschließt, dass ein strafender Blick die beste Antwort darauf ist.

»Tut mir leid, ich bin hier neu, ich komme noch nicht einmal mit diesen vielen Schlüsseln klar« – und er fuchtelt mit einem Schlüsselbund, den er aus der Schublade hervorholt, herum – »aber vom Seniorenchor habe ich natürlich gehört.«

Frau Stoican sieht ihn von oben herab an.

»Meine Mutter hat mir davon erzählt. Sie hat ein paar Mal bei den Proben zugesehen, und es hat ihr super gefallen. Apropos Seniorenchor, sie traute sich nicht, zu fragen: Nehmen Sie auch noch neue Mitglieder auf? Meine Mutter lebt leider allein, und so hätte sie endlich eine Beschäftigung.«

»Sehr schön, nur dass wir nicht nur aus Jux und Tollerei proben. Hat sie eine gute Stimme? Ist sie bereits Rentnerin?«, meint Valeria pikiert, während sie den Pförtner zum großen Saal des Kulturhauses begleitet.

»Sie ist schon ewig Rentnerin«, sagt der Pförtner mit Nachdruck und vermeidet es, die Stimme seiner Mutter zu bewerten.

Der Seniorenchor war in Wirklichkeit alles, nur nicht bekannt. Noch nicht einmal die Kulturhausangestellten hatten je etwas von ihm gehört, denn er probte meist in den wenigen seltsamen Stunden, in welchen der große Saal frei stand: dienstags am Morgen, donnerstags ab neun Uhr abends und samstags und sonntags zur Mittagszeit. Und auch wenn man ihm bereits vorher einen Termin eingeräumt hatte, wurde der Seniorenchor problemlos von der Liste gestrichen, sobald ein anderer den Saal benötigte. Eine zuverlässige Terminvergabe war leider überhaupt nicht möglich, da der Chor schon seit seiner Gründung immer nur eine inoffizielle, um nicht zu sagen illegale Existenz führte. Er tauchte weder in der Wochen- noch in der Monatsplanung der Veranstaltungen auf, und auch nicht im Jahresbericht über die Kulturaktivitäten des Kulturhauses. Keiner, bis auf seine Mitglieder, brüstete sich mit den Leistungen dieses Chors, aber er störte auch keinen, zumal man ihn offiziell völlig ignorierte. Unter diesen Bedingungen trafen sich die Rentner, aus denen er ausnahmslos bestand – dies war die erste Aufnahmeregel, um Mitglied zu werden, hatte man Rentner zu sein –, im Park vor dem Hauseingang, und sobald ein Raum frei wurde, stürzten sie ins Gebäude und legten mit dem Proben los.

Das Repertoire, immer ein und dasselbe, wies lediglich drei bis zum Abwinken wiederholte Lieder auf, aber man bereitete sich auf den bevorstehenden Bühnenauftritt mit dem Ernst vor, der den großen Meistersänger der Welt eigen war. Große, unzählige Bühnenauftritte schienen nach Auskunft der Chormitglieder in der Vergangenheit bereits stattgefunden zu haben, und nichts sprach gegen deren erfolgreichen Wiederholung. In Wirklichkeit hatte es sie nie gegeben. Grund genug dafür, dass man sich durch die zweite Aufnahmeregel verpflichten musste, sich nach Kräften um Auftrittsmöglichkeiten für diesen Chor zu bemühen. Doch trotz eifriger Bemühungen ließ sich leider nur schwer ein Veranstalter finden, der bereit war, einen dreiundzwanzigstimmigen Chor – das war auch die Anzahl der Mitglieder – zu akzeptieren, mit nur drei Liedern im Programm: *Und trotzdem die Liebe, Abends am Berg* und *Auf in den Kampf*. Also fanden die einzigen Vorstellungen, wie auch die Proben, inoffiziell, ohne jede Ankündigung, nach dem reinen Zufallsprinzip statt, im großen Saal, dann, wenn er zur Verfügung stand. Meist herrschte gähnende Leere im Saal, weil die Freunde und Bekannten der Chormitglieder entweder kurzfristig keine Zeit hatten oder einfach zu kommen vergaßen.

Frau Stoican war nicht lediglich die Chorleiterin, sondern auch seine Gründerin und Schöpferin der Aufnahmeregeln.

Valeria betritt entspannt, ein Lied summend, den großen Saal, schaltet das Licht ein, stellt einen Stuhl auf die Bühne und setzt sich. Der Pförtner bleibt in der Tür stehen und sieht sie aufmerksam und bewundernd an.

»Ist was? Oder spionieren Sie mir etwa nach?«, fragt sie ihn.

»Überhaupt nicht. Entschuldigung«, meint er verlegen. »Kann ich Ihnen irgendwie behilflich sein?«

»Ja, indem Sie mich die Probe vorbereiten lassen, und zwar allein.«

Sobald der Pförtner verschwunden ist, vergewissert sich Frau Stoican, dass die Tür geschlossen ist, um danach ein paar ungelenke, aber trotzdem erstaunlich elegante Tanzschritte zu vollführen, den Blick auf die leeren Stühle im Saal gerichtet, als wären sie ein enthusiastisches Publikum. Sie tanzt auf diese Art einige lange Minuten, bis sie ermüdet und ihr Atem zu einem heftigen Keuchen wird. Sie atmet tief ein, nimmt ihre Handtasche von der Rückenlehne und geht in den Waschraum. Dort wirft sie einen kurzen, koketten Blick in den Spiegel, dann kehrt sie zum Pförtner zurück. Dieser zuckt bei ihrer Wahrnehmung zusammen, er blickt von seinem Kreuzworträtsel hoch, als hätte sie ihn schlafend im Dienst erwischt.

»Wo ist das Glas aus dem Waschraum?«, fragt ihn Frau Stoican.

»Ääh … Ich weiß es nicht.«

»Wozu sind Sie denn überhaupt hier?«

»Tut mir leid, aber …«

»Bitte keine unnötigen Erklärungen, haben vielleicht Sie ein Glas?«

Der Pförtner sucht in einer unteren Schublade, holt ein Tasse hervor und gibt sie ihr.

»Ich habe nur das hier.«

»Auch gut«, meint Frau Stoican und greift sich die Tasse.

Im Waschraum holt Valeria die zwei Eier aus der Handtasche, schlägt sie an der Spiegelschrankkante auf und lässt deren Inneres in die Tasse fließen. Dann rührt sie den Tasseninhalt mit einem Bleistift um. Sie schließt die Augen und trinkt die Tasse auf einen Zug, wie eine Profi-Trinkerin.

Sie kehrt in den Saal zurück und läuft besorgt zwischen den Stühlen umher. Sie glättet sorgfältig die Stuhlbezüge, dann betritt sie die Bühne und räuspert sich, wonach sie leise, mit einem leichten Tremolo in der Stimme zu singen beginnt:

Abends am Berg hörst du das Hirtenhorn weinen,
Herden ziehen auf, schimmernde Sterne erscheinen,
Quellwasser schluchzt klar in den Brunnentrog rauschend,
Harrest du mein, unter dem Lindenbaum lauschend. *

Obwohl die Verse nicht gerade fröhlich anmuten, strahlen Frau Stoicans halbgeschlossene Augen ein geheimnisvolles Glück aus, lassen ein riesiges inneres Feuer vermuten. Eine Weile scheint sie konzentriert auf das Zurückhallen ihres Liedes zu hören, um ihr Tun dann plötzlich abzu-

*Aus »Sara pe deal«, Gedicht von Mihai Eminescu, übersetzt von Alfred Margul-Sperber.

brechen, als wäre die weit entfernte, bis in die Gegenwart leuchtende Erinnerung plötzlich durch eine neue, viel näher liegende Erfahrung ersetzt worden. Sie sieht hastig auf die Armbanduhr und verlässt das Gebäude.

Der Pförtner hat sein Kreuzworträtsel aufgegeben und unterhält sich nun mit einem Kind, das jedesmal mit einem wackeligen, winzigen Köter an der Leine am Eingang erscheint. Der Junge scheint geistig behindert zu sein, doch seine Eltern machen sich keine Sorgen, wenn er in diesem völlig aggressionsfreien Park allein herumläuft. Er kommt nach dem Verlassen der Wohnung immer schnurstracks hierher, da ihn hier keiner ärgert. Er findet hier immer jemanden, wenn nicht einen Spielgefährten, dann wenigstens einen verständnisvollen Erwachsenen.

Das Kind hat die Hundeleine an eine Bank festgebunden, und nun, mit einem Basketball in der Hand, verhandelt es mit dem Pförtner: »Bitte, bitte, ich bitte dich«, insistiert es.

»Ich habe jetzt keine Zeit für einen solchen Schwachsinn«, meint der Pförtner streng.

»Nur ein bisschen, ich werfe dir den Ball zu, dann wirfst du ihn zu mir zurück. Das geht ganz schnell.«

»Wirf doch den Ball gegen die Wand, ich muss hier arbeiten.«

»Ich kann den Ball nicht gegen die Wand werfen, weil dann der Putz abgeht. Komm, spiel du mit mir.«

In diesem Moment schreitet Frau Stoican ein, sie geht auf den Jungen zu und streichelt seinen Kopf.

»Komm, du kannst ja mit mir spielen«, sagt sie ermutigend.

»Ich würde mich nicht darauf einlassen, der hört nie mit dem Spielen auf«, warnt sie der Pförtner.

»Kümmern Sie sich um Ihre eigenen Dinge«, weist ihn Frau Stoican zurecht.

Dann beugt sie sich runter, um auch den Hund zu streicheln.

»Ich habe auch einen Hund. Er heißt Waldi. Und wie heißt dein Hund?«

Der Junge zuckt mit den Schultern.

»Hund.«

»Hund. Das habe ich wohl verstanden. Aber wie nennst du ihn?«

»Hund. Nur so viel.«

»Aha. Auch gut. Und wo sind deine Eltern?«

»Bei der Arbeit.«

»Arbeiten sie auch sonntags?«

»Nein, nur samstags. Heute ist Samstag«, klärt sie der Junge auf.

Frau Stoican wird plötzlich nachdenklich und macht sich ohne jede Erklärung davon, sie begibt sich in den großen Saal, am Pförtner vorbei. Sie läuft einige Minuten hektisch um den Stuhl auf der Bühne herum, die Hand auf dem Herzen. Sie bekommt Atembeschwerden, verspürt ein leichtes Taubheitsgefühl in den Fingerspitzen. Sie lässt sich auf den Stuhl fallen und versucht, ihren Hals aus dem Würgegriff des Pullovers zu befreien, mit neurotischen Gesten. Sie fächelt sich mit der Hand Luft zu.

Die Tür geht auf und der Pförtner betritt fröhlich den Raum, mit dem Registerheft in der Hand.

»Ich habe es gefunden. Jetzt weiß ich, woran es lag. Der Seniorenchor ist für Sonntag eingeplant, also für morgen. Daran lag es.«

Beim Anblick der sich auf dem Stuhl windenden Frau Stoican ist er sprachlos.

»Den Notarzt! Holen Sie den Notarzt! Ich glaube, ich habe einen Herzinfarkt.«

Entsetzt läuft der Pförtner, nach einem Augenblick des Zögerns, zu seiner Eingangskabine, greift sich das Telefon und ruft bei 112 an.

5

Bis zu seiner Gymnasialzeit hatte Jewgeni auf dem Land gelebt. Er hatte sich nur selten, ein paar Mal im Jahr, in die Stadt begeben. Vielleicht kam er sich deswegen auch jetzt noch wie in seiner Kindheit vor, als er mit seinen Eltern in die Stadt und in den Zoo ging, um etwas Besonderes zu erleben. Er wusste selbst nicht genau was, aber er war dann immer auf das Betreten eines sonderbaren Gebietes vorbereitet, voller exotischer Tiere, die viel unheimlicher waren, als die ihm aus den Märchen der Dorfältesten auflauernden Wölfe.

Er hatte den Zwerg mit den verkrüppelten Händen in dieser Konditorei bis heute nicht vergessen, den ersten, den er je gesehen hatte. Er kommt immer noch in seinen Träumen vor. Der Zwerg hatte sich durch seinen beharrlichen, dämlichen Blick provoziert gefühlt und hatte gewalttätig gegen einen Stuhl getreten, der ihn an den Rippen traf. »Guck mich nicht mehr so blöd an, du Idiot, oder ich bringe dich um!«

Er hatte den Mann mit den Pferdezähnen bis heute nicht vergessen, der neun Gläser mit Milch gekauft und eins nach dem anderen ausgetrunken hatte, um dabei immer wieder in das Schwarzbrot, welches er beim Betreten des Ladens immer unter dem Arm geklemmt hielt, zu beißen.

Und er wird nie vergessen, dass zu den Lieblingsspielzeugen seiner Kindheit – neben dem wunderbaren Telefon, gebaut aus zwei durch einen Zwirnfaden miteinander verbundenen Nähgarnrollen – die aus Papier gemachten Fotogeräte gehörten, die er bei seinen Stadtbesuchen einsetzte. *Fotorigami!* Er fotografierte damit alles, was ihm in die Quere kam. In seinem Gedächtnis sind Tausende von Gesichtern eingraviert, Ecken und Plätze der damaligen Stadt, durch die Linse der Papierkamera gesehen, er braucht nur die Augen zu schließen, und schon tauchen sie wieder auf. Und wenn nicht Tausende, dann gewiss Hunderte davon werden wieder auftauchen, einen kurzen Augenblick bevor er endgültig ins Gras beißen wird.

Jewgenis Schicksal hatte ironische, wenn nicht geradezu zynische Züge: Er hatte mehr als ein halbes Leben hinter den bequemen und scheinbar großzügigen Gitterstäben dieses Zoos verbracht, in diesem ewig versprochenen Paradies, aus dem man bei einem etwas aufmerksameren Blick die blassen Lichter einer untergehenden Welt erblicken konnte. Ja, die Stadt war nichts anderes als ein mit apokalyptischen Wesen bevölkerter Zoo. Ein Zoo, der ihn täglich verschlang, seine einzige Überlebenschance bestand darin, seine Mitmenschen durch das Objektiv seiner DSLR-Kamera zu beobachten. Sie zu beobachten, über sie nachzudenken, und sie letztendlich zu lieben oder zu hassen. Doch nach den vielen in seiner Mietwohnung bei Frau Stoican verbrachten Wochen, in welchen er versucht hatte, an seinem Roman zu arbeiten, hatte die Stadt begonnen, ihm eine unerklärliche Angst einzujagen. Um sie loszuwerden, übt sich Jewgeni darin, im Gehen zu schlafen, nach einer von einem alten Fischer aus Split erlernten Methode. Er schließt die Augen und läuft durch die Stadt, das Klacken der Absätze seiner spitzen Schuhe hörend, auf die er so stolz ist.

Vor drei Jahren hatte sein Freund Casimir ein Künstlerstipendium im kroatischen Split bekommen. Da Jewgeni noch nie im Ausland gewesen war, lud Casimir ihn für eine Woche zu sich ein und schickte ihm Geld für die Reisekosten, aus seinem Stipendium.

Für Jewgeni war es eine Traumreise. Diese Menschen in Split, die mit weit offenen Türen an ihren Häuserblocks wie auf dem Land lebten, die mediterranen, von den Kroaten *cvrčak* genannten Zikaden, die alle auf einmal melodiös und gleichzeitig alles übertönend apokalyptisch zu zirpen begannen, das Baden im salzigen Meer, in dem er wie ein Stück Holz schwebte und sich dabei wie ein Profischwimmer vorkam, kommen ihm heute, wenn er die Straßen der Stadt entlangläuft, wo er einen Großteil seines Lebens verbracht hat, völlig irreal vor. Es ist ihm, als hätte ihm damals ein schöner Traum in eine paradiesische Gegend transportiert, wo es kein Wunder, sondern ein völlig normaler Zufall gewesen wäre, Gott höchstpersönlich an der nächsten Ecke zu treffen.

Und auf eine gewisse Art hatte er tatsächlich Gott auf Erden getroffen, in der Gestalt des alten Fischers, den er viele Tage hintereinander beobachtete, allein sitzend, auf der Terrasse einer Bar, ein Bier vor sich, locker gekleidet – mit Blue Jeans und einem Hemd und Pullover mit V-Ausschnitt – den Eindruck vermittelnd, er genieße entspannt und in vollen Zügen das Leben. Nachdem er ihn ein paar Mal aus der Ferne fotografiert hatte, setzte er sich eines Tages neben ihn und versuchte, mit ihm ins Gespräch zu kommen. Es war nicht schwierig, der Mann verfügte über ziemlich gute Englischkenntnisse.

Unter anderem erzählte er ihm, wie er während des Krieges gegen die Serben in der belagerten Stadt Vukovar, vom Rest der Welt abgeschnitten, siebenundachtzig Tage lang mit einigen Verwandten in einem Luftschutzkeller versteckt die Bombenangriffe miterlebt hatte. Von Schlafen war keine Rede. Um sich etwas zu bewegen, marschierten sie immer wieder im Kreis umher und bisweilen gelang es ihnen sogar, im Gehen zu schlafen.

»Woher weißt du, dass ihr gelaufen seid, wenn ihr dabei geschlafen habt? Ihr habt ja nicht im Liegen geschlafen, um danach wieder aufzustehen und zu laufen, um euch danach wieder hinzulegen usw.?«

»Bei dieser Heidenangst wagten wir es nicht, uns auch nur einen Augenblick lang hinzusetzen. Aber eines weiß ich sicher: Im Schlaf bekamen wir alles mit. Heute ist so etwas kaum vorstellbar, aber es geht – um im Gehen schlafen zu können, muss man bloß Angst und ein paar gute Schuhe haben.«

Jewgeni kaufte ihm diese Geschichte nie ab, doch manchmal, wenn sein Verstand nicht mit anderen Dingen beschäftigt war, wollte er beharrlich prüfen, ob so etwas möglich war.

Er konzentriert sich auf die Straßengeräusche und versucht einzuschlafen. Hupen, kreischende Straßenbahnen, Gesprächsfetzen, Hundegebell – verschiedene Geräusche fließen zusammen und passen sich dem regelmäßigen Rhythmus des Klackens seiner Schuhe an. Und es wäre ihm womöglich diesmal sogar gelungen einzuschlafen, wenn eine laute Stimme und eine Schulterberührung ihm nicht beinah den Boden unter den Füßen weggerissen und ihn in die Realität zurückgeholt hätte.

»Entschuldigen Sie bitte, gehen Sie vielleicht zur Kunstagentur?«

Jewgeni dreht sich verdutzt um, den Blick immer noch nach unten gerichtet und erblickt zuerst ein Paar Stiefel.

Er weiß sofort, wer deren Besitzer ist. Er hat sogar einen Spitznamen für ihn gefunden, *Zen*, schon damals, als er merkte, dass der Mann bei allen Kunstveranstaltungen der Stadt mit freiem Eintritt unermüdlich auftauchte. Jahreszeitunabhängig erschien er ewig mit derselben Ausrüstung: stromisolierende Sicherheitsstiefel (sie trugen einen Vermerk in diesem Sinne), in denen gewöhnliche Jeans steckten, eine Second-Hand-Jacke mit Ellbogenschonern und eine Tragetasche. Er legte permanent ein mildes Zen-Lächeln an den Tag, als könnte ihm nichts auf dieser Welt etwas anhaben, als würde über sein Innenleben hinaus überhaupt nichts mehr zählen.

Zum ersten Mal fiel Zen ihm bei der Kunstausstellung eines berühmten deutschen Künstlers auf. Neben vielen anderen Exponaten lag in der Raummitte ein Haufen deformierter, ineinander verkeilter Drähte und Rohre. Die um sie herum im Kreis stehenden Besucher sahen aufmerksam und verblüfft mal zu den Drähten und Rohren, mal zu dem Künstler, der gerade sein Konzept präsentierte. Plötzlich tauchte Zen auf, er drängte sich durch die Menge nach vorne. Er merkte, dass es quer gegenüber, neben einem mit Kuchen und Weingläsern gedeckten Tisch, noch einen freien Stehplatz gab und entschloss sich, die Seite zu wechseln. Er machte einen graziösen Sprung über das Exponat, doch trotz seiner Eleganz, blieb er mit der Stiefelspitze an einem aus der Plastik einsam herausragenden Rohr hängen. Er schaffte es zwar, nicht auf den Boden zu knallen, aber die Plastik gab ein heftiges Scheppern von sich und veränderte ihre Gesamtstruktur. Das Publikum raunte entsetzt.

»Überhaupt kein Problem«, erklärte der Künstler, »gerade darauf basiert mein Konzept: Die wahre Kunst muss den Rezipienten miteinschließen und ihn dazu anhalten, gestalterisch einzugreifen.«

Danach traf er Zen häufig, manchmal begrüßten sie sich mit den Augen, doch sie sprachen nie miteinander.

»Ja, zur Kunstagentur«, antwortet Jewgeni.

»Das habe ich mir fast gedacht, als ich Sie auf der anderen Straßenseite sah. Kunstausstellungen sind für Sie Pflichtprogramm.«

»Ehrlich gesagt, ich hatte keine Ahnung von der heutigen Kunstaustellung. Ich gehe zur Kunstagentur, weil ich mit Herrn Beldiman sprechen möchte.«

»Ja klar, heute findet dort eine Vernissage statt«, versichert ihm Zen.

»Das freut mich. Danke für die Info«, meint Jewgeni und setzt seinen Weg fort.

Hupen, kreischende Straßenbahnschienen, Gesprächsfetzen, Schuheklacken. Schließlich eine Art Ruhe. Zen ist plötzlich nicht mehr neben ihm.

Jewgeni dreht sich um und sieht erstaunt, wie Zen verschiedene Dinge aus einer Mülltonne herausfischt, um sie hastig in seine Leinentasche zu stecken. Danach läuft er auf Jewgeni zu, locker und munter, als sei nichts Besonderes vorgefallen.

Nach einigen Augenblicken des stillen Weiterlaufens, meint Zen: »Es gibt doch keine Alternative dazu, oder?«

»Wozu?«

Zen beginnt schnell vor sich herzureden, er stellt Fragen, die er sofort selbst beantwortet, ohne für eventuelle Zwischenbemerkungen Platz zu lassen: »Was meinen Sie, was mir gestern passiert ist? Da ruft mich einer an. Ich sehe die Rufnummer auf dem Display, kann sie aber keinem zuordnen. Soll ich rangehen? Soll ich nicht rangehen? Ich gehe ran. Wer meinen Sie, dass es war? Ein Typ, der mir mitteilt, er sei ab nun der Freund meiner Freundin, und ich solle sie daher nie wieder anrufen. ›Und woher hast du denn meine Rufnummer, du Scherzkeks?‹, frage ich ihn. ›Ruf deine Freundin an‹, sagt er. ›Aber du hast doch eben gesagt, ich soll sie nie wieder anrufen‹, sage ich.

Haha, das saß. Der Typ war sprachlos. Ich lege auf und rufe meine Freundin an. ›Du elende Nutte‹, sage ich, ›wie kommst du dazu, meine Handynummer an jeden Idioten weiterzugeben?‹ Da ist sie plötzlich stinksauer auf mich und meint, sie habe meine Handynummer an keinen weitergegeben, sie habe keinen anderen Freund außer mir, und ich würde ewig ihr einziger Freund bleiben. Daraufhin rufe ich diesen Typen an. ›Jetzt hör mir mal gut zu! Bist du es? Der Freund meiner Freundin?‹, komme ich direkt zum Thema. ›Ja, ich bin's. Glaubst du es mir jetzt?‹, fragt er spöttisch. ›Du bist ein bescheuerter Lügner! Meine Freundin hat gesagt, dass sie keinen Freund hat, und dass du meine Handynummer bestimmt nicht von ihr hast.‹ – ›Ach so! Und woher denkst du dann, dass ich sie habe, von einem Außerirdischen?‹, verarscht er mich wieder. Da war für mich der Ofen aus, ich habe aufgelegt. Danach hat weder er mich noch einmal angerufen, noch ich meine Freundin. Nun sagen Sie mir jetzt mal, was soll ich nun machen? Soll ich sie anrufen oder nicht?«

Er erwartet tatsächlich einen brauchbaren Rat von Jewgeni.

»Ich meine, du sollst sie anrufen. Aber am besten, ihr trefft euch, um die Situation zu klären.«

Zen bleibt stehen, hebt die Augen zum Himmel und bekreuzigt sich.

»Ach, Sie können sich gar nicht vorstellen, wie sehr Sie mich beruhigt haben. Als hätte Gott Sie geschickt. Und ich Idiot wollte meine Freundin nie wieder anrufen.«

Jewgeni betritt mit Zen die Treppe des Gebäudes, auf dessen Fassade mit Riesenlettern geschrieben steht:

AGENTUR FÜR INTELLIGENZVERWERTUNG

Im Erdgeschoss, in der Kunstgalerie, sammeln sich die Leute zur Vernissage. Zen entdeckt einen reservierten Tisch, auf dem drei Thermoskannen mit Kaffee stehen. Entschlossenen Schrittes geht er zum Tisch, hängt sich die Tragetasche hektisch auf die Schulter, schüttet sich zwei Tassen Kaffee ein, verkriecht sich damit in eine Ecke und beginnt abwechselnd Kaffee aus den zwei Tassen zu schlürfen, als befänden sich darin zwei verschiedene Getränke, die man unbedingt kombinieren müsse, um den richtigen Geschmack zu erhalten.

Jewgeni steigt die Wendeltreppe hoch, eine kitschige Nachahmung der Treppen des Benediktinerklosters Stift Melk. Eigentlich kommt ihm das gesamte Gebäude kitschig vor, obwohl es mehrere Architektur- und Gegenwartskunstpreise bekommen hat. Man hat es vor ungefähr zehn Jahren gebaut, im Herzen der Stadt, und es wurde im Handumdrehen zu einem Aushängeschild des Ortes, anfangs umstritten, wegen eines von der Presse aufgedeckten Betrugskandals, in dem auch das Rathaus involviert war. Doch mit der Zeit begannen die meisten Stadtbewohner darauf stolz zu sein, und warteten freudig, aber vergeblich auf Besucher, auch wenn nur wenige von ihnen wussten, was im Inneren dieses Gebäudes überhaupt zu besuchen war, zumal sie nicht den Mut aufbrachten, es zu betreten. Die wenigen Kritiker hatten nur eins daran auszusetzen: Dieses Bauwerk aus Glas und Stahl würde die Sicht auf eine mehrere hundert Jahre alte Kirche versperren.

Jewgeni kannte Herr Beldiman eher vom Hörensagen und aus der Presse, obwohl er ihm des Öfteren bei von ihm organisierten Kunstveranstaltungen getroffen hatte. Offiziell bekleidete er das Amt des Kultur- und Sportdezernenten, und privat war er, durch seine Frau, der Inhaber der Kunstagentur. Der öffentlichen Meinung nach war Herr Beldiman ein hervorragender Manager, der die Stadt zum Leben erweckt hatte, ein großartiger, permanent nach neuen Künstlern suchender Agent, doch Jewgeni kam er eher wie Jabba the Hutt aus *Starwars* vor, und zwar in Bürokleidung. Er hätte ihn nie angesprochen, wenn er bei dieser Gelegenheit auf jemand anderen hätte zurückgreifen können.

Und er hätte ihn sowieso nie und nimmer angesprochen, hätte ihm Casimir nicht versichert, er habe bei Herrn Beldiman ein Wort für ihn eingelegt, denn dieser sei der ideale Verleger für sein Debütwerk.

»Du wirst ja sehen, er ist viel intelligenter als er aussieht.«

Als er Herrn Beldiman wegen einer Terminabsprache anrief, war Jewgeni ehrlich gesagt überrascht, eine ungeahnte Güte in dessen Stimme auszumachen, die er bei den öffentlichen Veranstaltungen nie vermutet hätte.

Vor der Bürotür des Herrn Beldiman sieht Jewgeni auf die Uhr, um sicherzustellen, dass er weder zu früh noch zu spät gekommen ist. Es hat noch zehn Minuten Zeit.

Er schreitet auf ein Fenster im Flur zu und sieht auf die Straße. Auf der Kreuzung sind gerade zwei Autos zusammengestoßen. Es scheint nichts Schlimmes zu sein: Die Vorderseite des einen Autos ist in die Hinterseite des anderen hineingekracht, doch es sind bloß die Spoiler beschädigt. Nicht weit vom Unfallort stehen sich die zwei Fahrer gegenüber, und hin und wieder versetzen sie sich einen mächtigen Stoß. Womöglich schreien sie sich auch an, aber die Schallisolierung durch die Doppelfenster ist so effektiv, dass überhaupt kein Straßengeräusch ins Gebäude dringt, geschweige denn die Beschimpfungen der Fahrer. Eine Menge Schaulustiger sieht den beiden zu, froh, sich für ein paar Augenblicke aus dem eigenen Leben auszuklinken, und an dieser Gratisvorstellung über das Leben der anderen teilzunehmen.

Außer den Fußgängern erscheinen auf den Balkons der Wohnblocks auch einige Zuschauer, auf der gegenüberliegenden Straßenseite. Ein alter Mann im Pyjama zieht gemächlich an seiner Zigarette und kommentiert den Vorfall mit dem Nachbarn auf dem Nebenbalkon. Zwei Frauen auf einem anderen Balkon machen lächelnd das Gleiche. Ein Stück weiter, auf einem Balkon in der dritten Etage, erscheint ein Kind mit einer Videokamera und beginnt das Geschehen auf der Straße zu filmen. Die zwei Fahrer schubsen sich weiterhin gegenseitig, unentschlossen, ob sie richtig aufeinander losgehen oder warten sollen, bis die Polizei erscheint.

»Wie albern die Menschen so betrachtet aussehen, wie in einem Stummfilm«, denkt Jewgeni. Hätte er die Gelegenheit, die Szene mit erhöhter Geschwindigkeit abzuspielen, würde ihm die Vorführung noch alberner vorkommen. Er holt seine Kamera aus dem Rucksack, und, den Ellbogen auf dem Fenstersims, richtet er das Objektiv auf die zwei Streitenden und schießt ein Foto. Dann wirft er einen schnellen Blick auf die Uhr.

Er verstaut die Kamera im Rucksack, läuft zur Bürotür, klopft laut und betritt unaufgefordert den Raum.

Es ist ein riesiger, fast leerer Raum, in dessen Mitte sich ein langer, hochmoderner Bürotisch befindet. Hinter dem Tisch, auf einem ergonomischen Stuhl, sich nach rechts und links drehend wie ein riesiger, bizarrer Vogel, der seinen Platz auf den Eiern nicht findet, tippt Herr

Beldiman etwas auf seinem Laptop. Er scheint, sich Jewgenis Anwesenheit überhaupt nicht bewusst zu sein.

»Entschuldigen Sie bitte ... ich habe mit Ihnen telefoniert«, stammelt Jewgeni.

»Ich weiß, wer Sie sind«, antwortet Herr Beldiman, ohne den Blick vom Laptop zu erheben. »Entschuldigen Sie einen Augenblick, ich muss eine wichtige Mail versenden. Setzen Sie sich, bitte. Ich bin gleich fertig.«

Jewgeni setzt sich. Die Ruhe im Raum wird einzig durch das leise Quietschen des ergonomischen Stuhls und ein gedämpftes Klicken der Laptoptastatur gestört. Jewgeni betrachtet die unzähligen Auszeichnungen an den Wänden, für besondere Verdienste in der Förderung der Lokalkultur und des Lokalsports. Nicht wenig Auszeichnungen wurden für die Förderung der nationalen Literatur verliehen. Danach fällt sein Blick auf einen auf die Besucher gerichteten Fotorahmen vor dem Laptop. Es ist kein klassischer Fotorahmen, aus Holz oder Plastik, sondern ein goldfarben-chinesischer, in dem verschiedene Familienfotos abgespielt werden, wie er vermutet, zumal er in vielen Herrn Beldiman wiedererkennt, meist sportlich bekleidet, was seine Jabba-the-Hutt-Züge nur noch mehr unterstreicht.

Wenn er bisher angesichts des Treffens mit Herrn Beldiman ziemlich aufgeregt war, ist er nun durch die pausbäckigen Gesichter von dessen Kindern, die eine forcierte, unverschämte Fröhlichkeit zur Schau stellen, durch deren wiederholtes Auftauchen im Ablauf der Fotostrecke, geradezu entsetzt. Er steckt die Hand diskret in die Tasche und greift sich eine Maaloxan-Tablette, die er sich genauso diskret in den Mund steckt.

»Mein Sohn und meine Tochter«, sagt Herr Beldiman freundlich, als er merkt, dass Jewgeni die Fotos betrachtet.

Dann klappt er den Laptop zu. »Sie sind doch niedlich, oder?«

»Au ja.«

»Sind Sie verheiratet? Haben Sie Kinder?«, fragt er Jewgeni.

»Nein.«

Herr Beldiman steht auf, eilt auf ihn zu und klopft ihm ziemlich kräftig auf die Schulter.

»Und? Worauf warten Sie noch, mein Freund? Machen Sie Kinder! Das Leben ohne Kinder ist sinnlos.«

Jewgeni macht Anstalten sich auch zu erheben.

»Okay, ich werde Kinder machen«, versichert er.

Herr Beldiman schubst ihn auf den Stuhl zurück.

»Setzen Sie sich. Für mich brauchen Sie nicht aufzustehen. Ich wollte mir einfach nur die Füße vertreten, ich habe den ganzen Tag nur gesessen. Und ich habe es im Kreuz. Haben Sie da nicht vielleicht einen Tipp für mich?«

»Essigmassagen«, sagt Jewgeni.

Beldiman überhört den Rat. Er führt die Hände zusammen und knackt mit den Finger, gähnt, was das Zeug hält, dann läuft er im Raum umher und erklärt ruhig: »Sie müssen unbedingt Kinder machen, verlieren Sie keine Zeit! Wie ich sehe, sind Sie schon mit einer ziemlich heftigen Glatze gesegnet«, grinst er. »Wie alt sind Sie denn?«

»Einundvierzig.«

»Soso. Und was machen Sie so?«

»Ich führe ein Antiquariat«, lügt Jewgeni, um einen etwas ernsthafteren Eindruck zu machen.

»Ist das alles?«, scheint Herr Beldiman sich ernsthaft zu wundern. »Casimir hat mir da etwas ganz anderes erzählt. Dass Sie Schriftsteller sind, mit dem gleichen Potenzial wie er selbst. Keine falsche Bescheidenheit, bitte, geben

Sie es zu. Sie wissen doch, dass ich Künstler zu schätzen weiß.«

»Na ja, ich schreibe ab und zu, aber ich habe bisher noch nichts veröffentlicht, weil …«

»Nicht sagen!«, unterbricht ihn Herr Beldiman. »Diese Stadtdinosaurier haben es Ihnen bestimmt vermasselt, oder? Verdammte Kulturbanausen! Aber dafür bin ich ja da. Um jungen Leuten wie Ihnen unter die Arme zu greifen. Haben Sie das Buch dabei? Her damit!«

»Nein … wissen Sie … ich wollte eigentlich eher in Erfahrung bringen, wie man ein Buch veröffentlicht, was da für Kosten auf einen zukommen …«

»Kommen Sie, vergessen Sie das Geld, das ist meine Baustelle. Geben Sie mir einfach nur ein gutes Buch und ich veröffentliche es. Haben Sie so etwas?«

»Ja schon, aber ich muss noch etwas daran arbeiten.«

»Wie lange?«

»Mindestens ein paar Monate.«

»Gedichte, Prosa oder Essay?«

»Ich möchte nicht darüber sprechen, bevor ich es beende.«

»Gut. Ich hoffe aber, dass es keine Gedichte sind. Ganz unter uns: Gedichte stehen mir bis hier. Sogar meine Oma schreibt Gedichte. Interessiert kein Schwein.«

Jewgeni sagt überhaupt nichts mehr, er weiß nicht, was er davon halten soll.

»Komm, an die Arbeit!«, versetzt ihm Herr Beldiman einen freundlichen, aber kräftigen Schlag auf die Schulter. »Bring mir das Buch, dann geht's los.«

Er schüttelt ihm kräftig die Hand, dann wendet er ihm den Rücken zu.

Jewgeni verlässt das Gebäude, konfuser als er es betrat. Er verspürt ein Taubheitsgefühl in den Gliedern, zittert am ganzen Körper, schwitzt und atmet beschleunigt. Er will sich an die Wand lehnen, aber dann entdeckt er Zen, der neben der Treppe kauert und noch stärker als er zittert.

»Was ist denn mit Ihnen los?«

»Keine Ahnung, aber es geht mir nicht gut. Mir ist speiübel. Kam ganz plötzlich«, beschwert sich Zen.

Jewgeni sieht ihn mitleidig an.

»Trinken Sie einfach einen Kaffee, danach geht es Ihnen bestimmt besser«, empfiehlt er, die Hand auf Zens Schulter.

Anschließend entfernt sich Jewgeni von der Agentur für Intelligenzverwertung, torkelnd.

6

Es gibt kaum ein Lebewesen auf unserem Planeten, dass zahlreicheren Experimenten unterzogen wurde, als die Essigfliege. Jedem, der einmal Schüler war, klingt deren wissenschaftliche Bezeichnung, falls er sich nicht auf Anhieb daran erinnert, zumindest bekannt: *Drosophila melanogaster*. Sie ist überall auf der Welt zu finden, bis auf die Antarktis, vermehrt sich und wächst sehr schnell, bietet einfach zu erforschendes genetisches Material, erkrankt an einigen menschlichen Krankheiten, und, was uns in Staunen zu versetzen vermag, sie verfügt, auf ihre Art, über ein Gedächtnis.

Durch vielfache Kreuzungen erzeugte man einen Mutanten der Essigfliege, der lediglich zwei, drei Stunden, statt acht bis vierzehn Stunden, wie eine normale Essigfliege, schläft. Dabei stellte man fest, dass der Mutant über ein viel schlechteres Gedächtnis als die normale *Drosophila melanogaster* verfügt, wodurch man eine neue Schlaftheorie entwickelte: Man schläft nicht lediglich, um sich auszuruhen, sondern um Erinnerungen zu ordnen und speichern und so das Gedächtnis entstehen zu lassen.

Der Schlaf der Vernunft gebiert Ungeheuer, aber der normale Schlaf gebiert Erinnerungen. Natürlich ist es kaum vorstellbar, wie viele Erinnerungen eine Essigfliege gegen Ende eines mehrwöchigen Lebens aufzuweisen hat. Und von den unzähligen Erinnerungen, die der Mensch, das übrigens den meisten Experimenten ausgesetzte Lebewesen, in sich aufbewahrt, ganz zu schweigen.

Auf dem Flur der Intensivstation, am Infusionsschlauch angeschlossen, liegt Frau Stoican auf der Bahre und schläft tief, wozu sie in letzter Zeit kaum imstande war. Es ist so gut wie gar nichts mehr vom Fleisch und Blut, mit denen sie vor knapp sieben Jahrzehnten auf die Welt kam, übriggeblieben. Milliarden von Zellen, die sie am Leben erhielten, starben milliardenfach ab, doch nicht bevor sie sich durch neue, theoretisch identische Zellen fortsetzten, unter die sich jedoch allmählich, bei jeder einzelnen Zellenteilung, der finale, endgültige Tod einschlich. Alle ihre Zellen starben und wurden wiedergeboren ab dem Augenblick, in welchem Valeria das Licht der Welt erblickte, ab ihrem ersten Atemzug, bis auf die Neuronen, die einzigen unteilbaren Zellen, die teils vollständig verschwinden, teils sich weiterentwickeln und sich durch ein Synapsennetzwerk miteinander verbinden, dessen Länge die Entfernung zwischen Erde und Mond überschreitet. In diesem Netzwerk wird die merkwürdige, rätselhafte Geschichte des Menschenlebens gespeichert.

Als sie die Augen öffnet, kann sich Frau Stoican an überhaupt nichts mehr erinnern, als habe ihr Schlaf viel zu lange gedauert und als sei er dem neuronen- und synapsenvernichtenden Tod gleich gewesen.

Ihre Sehkraft kehrt langsam wieder zurück, mit häufigen Unterbrechungen, von denen sie nicht weiß, ob sie auf ihre Augen oder das Raumlicht zurückzuführen sind. Ihr Blick fällt auf eine flackernde Neonlampe an der hohen, extrem hohen Decke, wonach sie den Flur betrachtet. Er ist derart eng, dass keiner an der Bahre vorbeikommt, ohne sie zu berühren. Der Flur scheint eher für dünne Menschen auf Stelzen, mit langen Giraffenhälsen entwickelt worden zu sein.

Unter der Neonlampe stellt ein Mann eine Klappleiter auf, klettert an ihr empor und bemüht sich, die Lampe zu erreichen. Er streckt die Hand aus, doch er kann die Neonlampe lediglich mit den Fingerspitzen berühren. Er bewegt sie leicht, um das Flackern zu beseitigen. Es gelingt ihm nicht. Er wendet sich dem Flurende zu und ruft: »Georgeee! Heeeeey! Hol mal ’ne neue Lampe, die hier ist im Eimer.«

Bis George mit der neuen Neonlampe erscheint, sieht der Mann in die Ferne, wie ein Tourist, der den Berggipfel erreicht hat, danach nach unten, wobei sein Blick auf Frau Stoicans Blick trifft. Er lächelt ihr warmherzig zu.

»Das geht aber langsam«, tadelt er George, der sich träge mit der Lampe daherschleppt. »Wir werden hier bald in der Dunkelheit versinken. Gib sie mal her!«

Er klettert die Leiter hinab, nimmt die Neonlampe, um danach die Leiter abermals hochzusteigen. Er holt eine Taschenlampe hervor, und bevor er die Lampe austauscht, wendet er sich den Menschen auf dem Flur zu.

»Alle aufgepasst! Hört zu! Für ein paar Sekunden lang wird jetzt das Licht ausgehen. Nicht erschrecken!«

Es wird dunkel.

Frau Stoican atmet instinktiv tief ein, als würde sie gleich in trübes Wasser eintauchen, auf der Suche nach ihrem verlorenen Gedächtnis.

Das Licht geht sofort wieder an, Frau Stoicans Blick erhellt sich, ohne jeden Einfluss auf ihre Gedanken.

Sie setzt sich auf und blickt umher. George und sein Kollege laufen mit der Leiter an ihr vorbei.

»Siehe mal einer an! Die Dame ist auferstanden«, lächelt ihr der Mann mit der kaputten Neonlampe unter dem Arm zu.

Der Flur geht in einen Raum über, in dem eine große Menschenmenge auf eine Wunderheilung zu warten scheint, auf Rollstühlen, Bahren, auf dem Boden entlang der

Wände sitzend, einige von ihnen mit zerbrochenen Schädeln oder verbundenen Augen, mit Händen, die auf verschiedenen Körperstellen aufliegen, dort, wo der Schmerz tobt. An den Wänden, in unmittelbarer Nähe der Betroffenen, lehnen deren Begleiter mit besorgten Gesichtern.

Hin und wieder erscheint eine Krankenschwester, die sich mit einem Kranken oder dessen Begleiter unterhält. Als sie Frau Stoicans wirren Blick wahrnimmt, geht sie auf diese zu und fragt sie sanft: »Wie geht es Ihnen? Etwas besser?«

Sie weiß nicht, was sie ihr antworten soll.

»Kommen Sie, ich bringe Sie hier weg, es ist gerade ein Bett freigeworden. Sie haben heute leider einen ganz furchtbaren Tag erwischt.«

Valeria setzt sich auf und verspürt ein Brennen im Arm: Durch den zu kurzen Infusionsschlauch wurde die Kanüle herausgerissen. Die Krankenschwester schließt die Perfusion wieder an.

»Immer mit der Ruhe! Wir ziehen jetzt um, samt Infusionsbesteck. Halten Sie die Hand hoch, bitte!«

Frau Stoican folgt ihr zwischen den versammelten Patienten hindurch, die linke Hand nach unten, die rechte erhoben, als würde sie eine Fackel tragen. Die Krankenschwester bringt sie in ein Zweibettzimmer. Auf einem Bett liegt röchelnd eine Frau in Valerias Alter. Die Krankenschwester hilft Valeria, sich auf das leere Bett zu setzen.

»Und was soll ich jetzt hier machen?«, fragt Valeria, irgendwie erstaunt, sich sprechen zu hören.

»Warten Sie einfach, bis Ihre Analysen kommen. Danach wird der Herr Doktor Ihnen alles erklären.«

Frau Stoican bemüht sich, ihr Gedächtnis zu aktivieren. Langsam, langsam fällt ihr wieder ein, wer sie ist, was sie in den letzten Tagen und lange Zeit davor unternommen hat, aber sie hat überhaupt keine Ahnung, was heute passiert ist, und wie sie ins Krankenhaus kam.

Die Frau im Bett nebenan hört auf zu röcheln. Sie hört auch zu atmen auf, wie es Frau Stoican scheint. Sie wartet eine Weile, dann ruft sie: »Hallo! Hören Sie! Alles in Ordnung?«

Die Frau steht auf und blickt umher. Danach fährt sie sich langsam mit der Hand durch das kurze, weiße Haar, das nassgeschwitzt ist, als wäre es gerade gewaschen worden.

»Haben Sie vielleicht einen Spiegel?«, fragt sie Frau Stoican.

Valeria sucht in der danebenliegenden Handtasche, sie stöbert nach der Schminkdose, die sie dann der Frau aushändigt.

Die Zimmernachbarin schafft es nicht, sie zu öffnen.

»Drücken Sie auf den schwarzen Knopf«, hält sie Frau Stoican an.

Die Schminkdose geht schließlich auf, die Frau sieht sich lange im Spiegel an, betastet dabei leicht ihre Wangen und schüttelt unzufrieden den Kopf.

»Was haben Sie für eine Krankheit?«, fragt sie Frau Stoican.

»Ich weiß es nicht. Und Sie?«, bemüht sich Valeria das Gespräch aufrechtzuerhalten.

»Ist doch egal. Für mich ist es sowieso aus.«

Diese Worte, und vor allem der Ton, in dem sie gesagt werden, flößen Valeria eine tiefe Angst ein.

»Sie brauchen nicht zu erschrecken«, tröstet die Frau sie, als würde sie diese Angst erahnen. »Sie kommen bestimmt davon, man merkt es an Ihrem Gesicht. Ich aber nicht.«

Valeria empfindet tiefes Mitleid mit der Frau mit kurzem, weißem, nassgeschwitztem Haar, das aussieht, als wäre es gerade gewaschen worden. Sie möchte sie gerne etwas aufmuntern, doch plötzlich hat sie selbst den Eindruck, dass das Ende dieser Frau kurz bevorsteht, egal, an was sie erkrankt ist.

»Vergessen Sie es«, sagt sie. »Wir sind noch jung. Wir schlafen ein, schlucken danach ein paar Tabletten und dann gehen wir wieder nach Hause …«

»Ich weiß ganz genau, wovon ich rede.«

Die Frau gibt ihr die Schminkdose wieder, legt sich zurück ins Bett und beginnt abermals zu röcheln.

Valeria stört das nicht, im Gegenteil, sie meint, das Röcheln bedeute ein ernsthaftes Lebenszeichen. Sie hört dem Röcheln zu, als würde sie dem Leben selbst zuhören, bis sie erneut einschläft. Und der Schlaf scheint seine Aufgaben wahrzunehmen.

Frau Stoican träumt, dass Waldi neben ihr läge, sterbenskrank, mitten auf der Bühne des Kulturhauses, tief ein- und ausatmend. Sie träumt, dass Mădălina ihn traurig streicheln und ihm versprechen würde, davonzukommen. Sie träumt, wie alle Mitglieder des Seniorenchors unten im Saal aufstehen und so sanft und harmonisch wie noch nie für Waldi »Abends am Berg« singen würden.

Dann verschwindet alles um sie herum, aber die Neuronen setzen sich in Bewegung und die Synapsen beginnen erneut zu vibrieren.

Valeria wird durch ein kräftiges Schütteln an der Schulter geweckt. Ein junger Arzt steht mit den Analysen vor ihr.

»Aufwachen, bitte, Sie können nun wieder nach Hause gehen.«

Sie bemerkt, dass das Bett nebenan leer ist. Sie möchte fragen, wo sich ihre Nachbarin befindet, aber der Arzt kommt ihr zuvor: »Schneller, etwas schneller, bitte. Die Patienten warten, wir haben alle Hände voll zu tun.«

Valeria springt unmittelbar auf. Der Arzt hilft ihr, die Infusionskanüle zu entfernen.

»Wissen Sie, wo Sie sich jetzt befinden?«

Sie fühlt sich irgendwie durch diese Frage beleidigt.

»Im Krankenhaus, wo denn sonst?«

»Gut. Und wissen Sie, wie Sie heißen?«

»Valeria Stoican, was soll diese Frage«, antwortet sie noch beleidigter.

»Antworten Sie bitte ohne Kommentare. Wie alt sind Sie?«

»Vierundsechzig.«

»Was haben Sie für einen Beruf?«

»Ich bin Rentnerin … Ich war Biologielehrerin.«

»Befinden Sie sich in Behandlung? Waren Sie bisher schon mal krank?«

Frau Stoican denkt nach.

»Noch nie«, lügt sie, ohne zu wissen wieso. Seit ihrem Zusammenbruch auf der Bühne des Kulturhauses ist sie bereits drei Mal ins Notfallkrankenhaus gebracht worden.

»Haben Sie Kinder? Sind Sie verheiratet?«, fährt der Arzt mit seinem Verhör fort.

»Ich habe eine Tochter.«

Der Arzt deutet auf das Zifferblatt seiner Armbanduhr: »Könnten Sie mir sagen, wie spät es ist?«

»Acht Uhr einundzwanzig.«

»In der Früh oder am Abend?«

»Am Abend.«

»Gut. Und wie kamen Sie hier her?«

Valeria möchte nicht zugeben, dass sie davon keine Ahnung hat.

»Ich drehte eine Runde im Park, und plötzlich wurde es mir schlecht.«

»Gut, man sieht, dass es mit Ihnen bergauf geht«, meint der Arzt zufrieden.

Gleichzeitig mit den Erinnerungen kommt auch Frau Stoicans Stolz zurück.

»Entschuldigen Sie, aber ich verstehe nicht, wieso Sie mir solche Fragen stellen!«

»Frau Stoican, wissen Sie noch, wissen Sie noch, worüber wir heute geredet haben?«

Valeria knetet unruhig ihre Hände: »Haben wir heute miteinander geredet?«

Der Arzt sieht sie ernst an: »Sehen Sie? Sagen Sie mir jetzt mal bitte ehrlich, kam es in der letzten Zeit schon vor, dass Sie einige Dinge vergessen haben?«

»Welche Dinge?«

»Alltägliche Dinge. Zum Beispiel, wie ein Gegenstand heißt.«

»Ich vergesse schon mal das ein oder andere, wie jeder ältere Mensch.«

»Oder kam es schon mal vor, dass Sie plötzlich nicht mehr wussten, wie viel Geld Sie in der Hand hielten?«

»Das nicht. Ich weiß immer genau, wie viel Geld ich in der Hand halte«, lächelt sie.

Dann glättet sie verlegen ihre Kleidung. Sie bemerkt abermals das leere Bett nebenan und möchte fragen, was mit ihrer Nachbarin passiert ist, wagt es jedoch nicht.

»Was ist mit mir los? Bin ich krank?«, fragt sie den Arzt.

»Frau Stoican, den Analysen nach ist scheinbar alles okay. Es geht bloß um einen Kalziummangel und einen heftigen Schreck. Ich bin sogar geneigt, von einer Panikattacke zu sprechen. Aber …«

»Aber was? Sagen Sie mir bitte die Wahrheit, egal wie sie lautet.«

»Sie brauchen keine Angst zu haben, aber nehmen Sie mich bitte ernst. Sie müssen unbedingt zu einem Neurologen gehen, mit einer Begleitperson.«

»Was habe ich, sagen Sie es mir bitte. Ich bin stark.«

Der Arzt scheint die Auswirkung seiner Worte abzuwiegen, dann meint er: »Ich kann noch keine zuverlässige Diagnose stellen, dazu braucht man ausführliche Analysen, aber es gibt bei Ihnen deutliche Anzeichen einer Alzheimer-Erkrankung. Wissen Sie, was das ist?«

Auf Valerias Stirn treten Schweißtropfen, und eine Kralle fährt in ihre Brust, als wollte sie ihr das Herz entreißen. Sie atmet, so tief es nur geht, ein und ganz langsam wieder aus. Dann findet sie ihren Halt wieder.

»Ich verstehe«, sagt sie.

Sie scheint noch etwas hinzufügen zu wollen, doch schweigt sie unerklärlicherweise abermals.

»Sehen Sie? Sie verstehen es nicht … Sie müssen sich von einem Neurologen untersuchen lassen.«

Der Arzt füllt ein Formular aus und gibt es ihr.

»Nehmen Sie das hier. Es ist eine Überweisung an Herrn Doktor Gulea, einer der landesweit besten Spezialisten. Es ist schwierig die Alzheimer-Erkrankung zu diagnostizieren, es hängt von sehr ausführlichen Untersuchungen ab. Gehen Sie nicht allein hin, sondern mit Ihrem Mann oder Ihrer Tochter. Der Arzt muss sich auch mit jemandem, der Sie gut kennt, unterhalten. Ich wiederhole, nehmen Sie die Sache ernst, aber Sie brauchen keine Angst zu haben. Falls Sie tatsächlich an Alzheimer erkrankt sein sollten, sind Sie noch jung genug, um dagegen ankämpfen zu können. Diese Krankheit schreitet nur ganz langsam voran, Sie könnten noch viele Jahre gut damit leben.«

Frau Stoican bedankt sich, begibt sich auf den Flur mit den Patienten, die auf eine Wunderheilung warten, und danach auf die Straße, wo sie die Überweisung in den Mülleimer wirft.

Sie sucht nach einem Taxi. Sie entdeckt eins, das ein Stück weiter halb auf dem Bürgersteig steht. Sie geht hin und klopft an die Scheibe.

»Sind Sie frei?«

»Ich bin vogelfrei, Madame!«, scherzt der Taxifahrer. »Ich kann so viel Freiheit gar nicht mehr aushalten. Ob Sie es glauben oder nicht, Sie sind heute erst meine dritte Kundin. Ich weiß gar nicht, womit ich das Benzin bezahlen soll.«

Valeria nennt ihm die Adresse, während sie sich mit dem Anlegen des Sicherheitsgurtes herumschlägt.

»Das brauchen Sie nicht, höchstens, wenn die Polizei auftaucht.«

Der Fahrer betätigt den Zündschüssel und schlängelt sich durch den Verkehr. Er merkt, dass Valeria keine Lust zu reden hat, aber er macht weiter: »Sie kommen vom Krankenhaus? Gibt es irgendein Problem?«

»Nein.«

»Hatte jemand aus Ihrer Familie einen Unfall?«

»Nein. Ich hatte einen leichten Schwindelanfall.«

»Ach so, dann ist ja alles in Ordnung. Schwindelanfälle kommen und gehen. Wem wird es heute nicht schwindlig? Und mit dem Alter wird es natürlich nicht besser. Mir ist es schon zig Mal schwindlig geworden. Sogar am Lenkrad. Aber ich beachte so etwas gar nicht. Wenn es mir schwindlig wird, fahre ich rechts ran, trinke einen Kaffee, und schon ist alles wieder im Lot. Nicht so schön ist es natürlich, wenn man in so einem Fall, Pardon, einen Scheißunfall baut, und danach, Gott behüte – er schlägt fromm ein großes Kreuz – und danach mit dem Besen zusammengekehrt wird.«

Das Handy des Taxifahrers klingelt. Er führt es zum rechten Ohr und fährt dabei mit der linken Hand.

Hin und wieder greift er mit der Hand, in der er das Handy hält, nach unten und schaltet in einen anderen Gang.

»Jaja, ich habe dich angepiepst ... Komm jetzt, du rufst mich doch von deiner Firma aus gratis an ... Ja, ich habe ein Problem ... Mein Feuerzeug ist ins Wasser gefallen und wurde dabei nass. Und ich Idiot lege es dann zum Trocknen in die Lüftung. Und dann ist es durch den Lüftungsschlitz gefallen ... Dabei dachte ich, es würde da gar nicht durchpassen ... Meinst du, es könnte jetzt durch die Hitze da unten explodieren? ... Verdammt! Denkst du etwa, ich bin blöd? ... Natürlich habe ich es mit einem Draht versucht ... Klappt nicht ...«

»Hier bitte anhalten«, unterbricht ihn Valeria.

Der Fahrer hält an und nimmt das Geld mit der Handy-Hand entgegen.

»Auf Wiedersehen, alles Gute! ... Jetzt aber allen Ernstes, meinst du, es könnte explodieren?«

Valeria schlägt die Taxitür zu und geht auf ihr Haus zu. Auf dem Hof sieht sie Mădălina, die sie irritiert in Empfang nimmt.

»Wo treibst du dich denn herum, Valeria? Ich suche dich schon seit Stunden. Ich war kurz davor, bei der Polizei anzurufen.«

»Ich war bei der Chorprobe«, antwortet Frau Stoican trocken und betritt den Hof.

7

Keiner versucht die tatsächliche Anzahl der menschlichen Krankheiten zu berechnen, zumal so etwas schlicht unmöglich ist. Es gibt mindestens sechstausend seltene menschliche Krankheiten und darüber hinaus um die zwölftausend von der Weltgesundheitsorganisation aufgeführten gewöhnlichen menschlichen Krankheiten. Die Zahl der tödlichen Krankheiten ist enorm und genauso unmöglich festzustellen, wie die Zahl der Krankheiten, die einen nicht ins Grab befördern, aber auch nicht ein normales Leben führen lassen. Einige Krankheiten tragen weit verbreitete und unerbittliche Namen, wie Hepatitis, Krebs, Zuckerkrankheit, Herzschwäche. Andere wiederum tragen kaum bekannte, wissenschaftliche Bezeichnungen, wie Lyme-Borreliose, Zollinger-Ellison-Syndrom oder Syndroviale Chondromatose.

Ab einem gewissen Alter kann einen alles treffen. Ist man früher lediglich an einer banalen Grippe erkrankt, an Röteln oder Mumps, hat man es nun plötzlich im Kreuz, sticht es einen nun heftig beim Einatmen, ringt man beim Treppensteigen nach Luft, entdeckt man auf einmal Alterswarzen auf der Haut, fallen einem die Hälfte der Zähne aus, bekommt man ein steifes Bein, nimmt man dauernd seine Herzschläge in der Halsschlagader wahr, verspürt man ein dumpfes, aber pausenlosen Stechen zwischen dem linken Schulterblatt und den Fingerspitzen, spuckt man morgens Blut, wird man den Pilz am großem Zeh nicht mehr los, nimmt man immer wieder einen vorübergehenden, aber besorgniserregenden Schmerz in der Schläfe wahr, verspürt man ein Taubheitsgefühl im ganzen Körper, bis auf die Ohrläppchen, verknotet sich einem der Darm, beginnt man jede gerauchte Zigarette zu bereuen, jeden Schluck Alkohol, jeden Kaffee, jedes je zu sich genommene Gramm Zucker, Salz oder jeden Milliliter Öl. Jede einzelne unter die Lupe genommene Krankheit kommt einem ab einem gewissen Alter überaus schrecklich vor, und man fragt sich, wann man damit gesegnet wird, wenn es nicht schon der Fall ist. Und langsam, langsam nimmt diese erhöhte, auf seinen permanent anfälligen Körper gerichtete Aufmerksamkeit, diese dubiose, kontinuierliche Selbstbeobachtung die Überhand, und die Realität kommt einem völlig abhanden.

Seit er sich vorgenommen hat, einen Roman zu schreiben und zu veröffentlichen, leidet Jewgeni an mindestens hundert Krankheiten, fast alle tödlich. Beim Öffnen des Fotoapparats und Reinigen jedes einzigen Kamerateils bemüht er sich, die ein oder andere Krankheitsgefahr zu vergessen.

Im Augenblick stellt er sich gerade vor, er sei bloß ein winziger Teil eines riesigen Auges. Das ist Jewgenis letzte Entdeckung, die er nach einigen Wochen harter Arbeit vor dem Laptop machte, er verließ damals die Wohnung lediglich, um Zigaretten, Kaffee und Essen zu kaufen, oder um den Müll wegzubringen.

Seine Denkweise ist einfach und relativ logisch, sie basiert auf ihm bereits bekannten Tatsachen, die er bisher nie miteinander verbunden hat. Er denkt an die Struktur des Auges, da die Kamera nach dessen Prinzip gebaut ist: Eine Camera obscura – der Augapfel, die Kamerablende – die Iris und die Pupille, die Kameralinse – die Hornhaut, und der Bildschirm, auf den das kopfstehende Bild projiziert wird – die Netzhaut.

Was der Kamera jedoch fehlt, ist der blinde Fleck, der Ort auf der Netzhaut, auf den sich nichts aus der Realität projizieren lässt. An dieser Stelle sammeln sich die Fasern aller Nervenknotenzellen und treten als Sehnerv in Verbindung zum Gehirn. Man könnte sagen, überlegt Jewgeni, der blinde Fleck sei der Ort, an dem das Irreale, die Fiktion zustande kommen, das immerfort fehlende Puzzleteil, das man mit Hilfe der umgebenden Teile virtuell entstehen lässt.

In seiner gemieteten Camera obscura bei Frau Stoican ist Jewgeni lediglich eine Art blinder Fleck im Auge Gottes oder des Nichts. Er muss seine Identität durch das Zusammenbringen von Puzzleteilen einer Realität herstellen, die er ohnehin als auf den Kopf gestellt wahrnimmt.

Jewgenis offensichtliche Trennung von der Realität setzte eines Tages um fünf Uhr früh ein, als er keine Zigaretten mehr hatte. Er hatte die ganze Nacht vor dem Laptop gesessen, ohne auch nur eine einzige Zeile zustande zu bringen, und dabei die zwei am vorletzten Abend gekauften Päckchen Zigaretten zu Ende geraucht. Es war ihm überhaupt nicht nach Schlafen, also zog er sich an und machte sich auf den Weg zu einer Nonstop-Bar. Er verließ die Wohnung auf leisen Sohlen, um Frau Stoican nicht zu wecken. Ungefähr fünfzig Meter vom Haus entfernt hatte er jedoch plötzlich ein seltsames Gefühl, als würde die Straße auf einmal leichte Wellen schlagen. Seine Fußsohlen wurden taub, als hätte er ins Leere getreten. Er erschrak, dachte an ein Erdbeben und hielt sich an einer Mauer fest. Dann wurde ihm bewusst, wie falsch es war, bei einem Erdbeben an einer Mauer zu lehnen. Er musste sich möglichst schnell davonmachen, auf ein offenes Feld flüchten. Er wollte den Arm von der Mauer losreißen, und dies gelang ihm sogar für einen Augenblick, doch umgehend klebte sein Arm abermals an der Mauer wie ein Saugnapf.

Wie er so dastand, erschien ein Mann, der seinen Hund Gassi führte, einen schwarzen Dackel, dem das Erdbeben völlig schnuppe war.

Jewgeni versuchte, sich so normal wie möglich zu verhalten.

Nun ja, er steht halt da und lehnt an der Mauer. Er wird wohl auf jemanden warten, wird der Mann sicher gedacht haben.

Der Dackel beschnupperte seine spitzen Schuhe, dann hechelte er zu einem Baum, an dessen Stamm er ausgiebig pinkelte. Aber sein Herrchen blieb stehen und starrte Jewgeni an.

»Es ist spät, viel zu spät, junger Mann!«, meinte er in einem belehrenden Ton, aber gleichzeitig auch verständnisvoll.

Junger Mann im Arsch, dachte Jewgeni, obwohl ihm diese Ansprache ziemlich geschmeichelt hatte.

»Wofür ist es viel zu spät?«, fragte er dann unschlüssig.

»Um erst jetzt nach Hause zu kommen.«

»Woher soll ich denn kommen?«

»Aus der Disco.«

Da schien Jewgeni plötzlich ein neues Erdbeben wahrzunehmen, aber diesmal in den Tiefen seines Körpers.

»Ich komme nicht aus der Disco«, versicherte er dem Mann und fuhr sich mit der Hand über die nasse Stirn.

»Aber woher kommen Sie denn?«, fragte der Dackelbesitzer, und versuchte dabei die Leine in seiner Hand zu entwirren.

»Ich komme nicht«, meinte Jewgeni, und es gelang ihm kaum, sein panisches Atmen zu unterdrücken, »ich komme nicht, ich gehe.«

Der Mann hob die Augenbrauen.

»Um diese Zeit gehen Sie in die Disco?!«

»Nein, ich gehe Zigaretten kaufen«, klärte ihm Jewgeni auf und fasste sich ans Herz, das ihm beinah aus der Brust sprang.

»Soso … Sie trinken also nicht nur, Sie rauchen auch noch.«

Jewgeni war zu jeder Antwort unfähig. Das innere Erdbeben nahm an Intensität zu, und er schaukelte im Stehen in dessen Rhythmus.

»Junge, Junge, lass es dir gesagt sein: Ein richtiger Mann trinkt erst nach Sonnenuntergang. Wer schon am frühen Morgen mit dem Bechern loslegt, ist ein Säufer«, schlussfolgerte der Mann und machte sich von dannen.

Jewgeni lehnte weiterhin an der Mauer und bemühte sich nach Leibeskräften, nicht zusammenzubrechen. Als das Erdbeben scheinbar zu Ende war, hörte Jewgeni bang! – als sei ein Holzstock gespalten worden – wie sein Herz zersprang. Er setzte sich auf den Boden, die Hand auf der Brust, als würde er gerade die Nationalhymne anstimmen. Er hatte am ganzen Körper Schweißausbrüche, er stand unter Schock. Er war sein Leben lang kerngesund gewesen, Herzproblemen wären völlig undenkbar gewesen. Nach ungefähr einer halben Stunde, während der ihn wohl auch andere morgendliche Passanten für einen heruntergekommenen Säufer hielten, stand er auf und hielt sich zuerst an der Mauer fest, dann an der Wand des nächsten Wohnblocks, an der Hecke des Nachbarn, der Eingangstür, der Wohnzimmerwand, wonach er sich ins Bett fallen ließ.

Obwohl ihm dieser Vorfall einen mächtigen Schrecken eingejagt hatte, führte er das Ganze, nach einem tiefen

Schlaf bis in die Abendstunden, wo er sich erneut Zigaretten kaufte und sich mehrere davon genussvoll ansteckte, auf einen extrem hohen Kalziummangel zurück, und maß ihm keine besondere Bedeutung bei.

Doch nach einem Monat wiederholte sich das Erdbeben noch heftiger, und sein Herz zersprang mit einem noch heftigeren Knall. Er gab seine Symptome bei Google ein, und nach und nach fand er durch verschiedene Diskussionsforen heraus, dass er kurz vor einem Herzinfarkt stand, wenn dieser nicht vielleicht sogar schon stattgefunden hatte.

Und nun, zumal das ausführliche Reinigen der einzelnen Kamerateile das Einstellen des unbändigen Herzrasens nicht zu bewirken vermag, verspricht Jewgeni sich selbst hoch und heilig, sich so bald wie möglich, falls er diese Nacht überleben sollte, einem ausführlichen Gesundheitscheck zu unterziehen.

In der Privatklinik bekommt er an der Rezeption eine Wartenummer, wonach ihn eine medizinische Assistentin anweist, sich so lange in der Warteschlange zu gedulden, bis man ihn aufruft. Diese Anweisung versetzt ihn einigermaßen ins Staunen, zumal sich auf dem langen, dunklen, labyrinthischen Flur außer ihm lediglich drei Personen befinden.

Er setzt sich auf einen Stuhl, doch nicht für lange. Er steht wieder auf und läuft auf und ab, da er spürt, dass seine Herzschläge gerade dabei sind, abermals zu beschleunigen. Er beschließt, ein paar Fotos zu machen, um sich abzulenken. Leider entdeckt er einen Hinweis an der Wand gegenüber, der trocken verkündet, als hätte man diese Worte extra auf ihn gemünzt, dass das Fotografieren mit Geräten jeglicher Art streng verboten ist.

Er läuft unruhig auf dem Flur umher, plötzlich wird er auf einen Mann um die sechzig aufmerksam, der auf einer zerfledderten Couch liegt. Er stöhnt leise. Jewgeni entfernt sich. Jeder mit seinem Leid, überlegt er. Dann bekommt er Mitleid mit dem Mann und kehrt wieder zu ihm zurück.

Der Mann liegt reglos da, mit geschlossenen Augen und ausgestreckten Armen. Jewgeni sieht ihn mitleidig an. Der Mann scheint tot zu sein, Jewgeni holt seine Kamera hervor und schießt ein Foto von ihm.

Was man sich hier alles erlaubt! Man kann doch nicht einen Menschen wie ein Tier auf dem Flur sterben lassen, sagt sich Jewgeni und presst die Kamera in den Rucksack zurück. Er überlegt, zur Rezeption zu gehen, um dort zu protestieren, aber der Mann schlägt nun die Augen auf und packt plötzlich seine Hand.

»Mein Junge, weißt du, was Glück bedeutet?«, fragt er aus heiterem Himmel.

Weder weiß Jewgeni, was Glück bedeutet, noch was plötzlich in den Mann gefahren ist.

»Keine Schmerzen zu haben, das bedeutet Glück. Ja, Glück heißt, kerngesund zu sein, durch die Gegend laufen zu können, ohne über Krankheiten nachzudenken«, bietet ihm der Mann eine ausführliche Definition an.

»Richtig!«, gibt ihm Jewgeni recht, zumal es gewiss nicht der richtige Augenblick ist, dem Mann zu widersprechen.

Der Kranke legt eine kurze Pause ein, sieht ins Leere, und Jewgeni versucht die nächsten Fragen des Mannes vorauszusagen: »Was ist der Sinn des Lebens?«, »Was ist der Mensch?«, »Und Gott?«, »Was ist die Liebe?«, »Wo ist der Schnee von gestern geblieben?« – alles Dinge, mit denen sich in der Regel die Philosophen herumschlagen, die Mädchen im Internat, die Verliebten in der Pubertät, die trendy Zeitschriften, und darüber hinaus jeder Mensch, der am Durchdrehen ist.

»Bringst du mir bitte ein Glas Wasser?«, bittet ihn der Mann.

»Sofort.«

Auf seinen eben stattgefundenen Flurgängen konnte Jewgeni feststellen, dass sich ein Wasserspender in der Nähe befand. Er kehrt nach einigen Sekunden mit dem Glas Wasser wieder zurück, doch der gerade von krampfartigen Zuckungen gepeinigte Mann scheint nicht allein klarzukommen. Jewgeni hilft ihm beim Aufsitzen, als sei er ein verwundeter Frontkamerad.

Nachdem er das Wasser mit Mühe hinunterwürgt, lässt sich der Mann wieder auf den Rücken fallen und schließt die Augen.

»Hast du Kinder?«, möchte er noch von Jewgeni wissen.

»Nein.«

»Gut.«

Trotz der eigenwilligen Situation wird Jewgeni nun auf einmal neugierig und möchte wissen, ob dieses »Gut« eine reine Gesprächsfloskel war, oder ob sich eine besondere Botschaft dahinter versteckte.

»Ich habe drei Kinder«, spricht der Mann nach einigen Sekunden wieder.

»Gut«, sagt Jewgeni.

Der Mann gerät aus der Fassung.

»Das ist überhaupt nicht gut! Bekomme ja keine Kinder!«

»Ich werde keine Kinder bekommen«, beruhigt ihn Jewgeni.

Stille.

»Ich meine, es ist gut Kinder zu bekommen, aber nicht solche wie meine.«

»Aber was ist denn mit Ihren Kindern?«

»Sie haben mich allein gelassen«, winkt der Mann angewidert ab.

Jewgeni bekommt noch mehr Mitleid mit dem Kranken. Er drückt mitfühlend seine Hand. Dann ruft man ihn zur Blutprobe auf.

Als Jewgeni wieder auf den Flur zurückkehrt, ist der Mann auf der Couch verschwunden. Er fragt eine Krankenschwester besorgt, was mit dem Mann passiert ist.

»Er ist nach Hause gegangen.«

»In diesem Zustand?«

»Was heißt hier in diesem Zustand! Er war fit wie ein Turnschuh. Wurde einfach nur ohnmächtig bei der Blutabnahme.«

Dann steigt Jewgeni die Treppen hoch, zur Herzkontrolle. Er hält einen Tupfer an die Einstichstelle.

»Wissen Sie vielleicht, wo sich die kardiologische Abteilung befindet?«, fragt Jewgeni die Putzfrau, die gelangweilt Staub saugt.

»Zimmer 14. Aber Sie müssen noch etwas warten. Frau Doktor ist noch nicht gekommen.«

Die Ärzte sind die einzigen Berufstätigen, bei denen keiner den Mut aufbringt, nach dem Grund der Verspätung zu fragen, und sie nutzen es vollkommen aus. Jewgeni wartet also, was bleibt ihm auch anderes übrig. Aber es lohnt sich. Er hat beim Googeln herausgefunden, dies hier sei die beste Kardiologin der Stadt.

Durch das Gespräch im Erdgeschoss und die Blutabnahme hat sich das Herz etwas beruhigt, aber nun droht es abermals auszurasten. Er spürt es erneut in der Brust umherspringen wie eine Flipperkugel.

Nach ungefähr fünf Minuten erscheint ein Mann mit Vollbart, eine gefüllte Tragetasche in der Hand. Er sieht sich um, als wäre jemand hinter ihm her. Als er sich versichert hat, dass keiner in der Nähe ist, nähert er sich Jewgeni und flüstert ihm verschwörerisch zu: »Coldrex, Coldrex! Wir haben Coldrex!«

Jewgeni zuckt mit den Schultern.

»Sehr preiswert! Greifen Sie denn nicht zu?«, insistiert der Mann.

Jewgeni braucht im Augenblick kein Coldrex.

»Kommen Sie, es kostet nur halb so viel wie in der Apotheke. Sie können es prüfen. Und es wird demnächst viel teurer sein. Man kann es auch gegen Vogel- und Schweinegrippe verwenden.«

Jewgeni kauft zwei Packungen Coldrex, nur um den Mann loszuwerden. Der fliegende Händler verschwindet sofort mit dem Geld, er läuft an einer alten Frau vorbei, die gerade die Treppe hochsteigt. Sie scheint um die achtzig zu sein, schlurft beim Gehen und hält sich am Treppengeländer fest.

»Junger Mann, helfen Sie mir bitte!«, ruft sie.

Jewgeni steckt den Tupfer in die Tasche, läuft der Frau entgegen und packt sie am Arm. Auf dem Flur merkt er, dass sie beide ungefähr gleich heftig keuchen, er sogar um einiges heftiger. Er bietet der alten Frau einen Stuhl an, aber sie winkt höflich ab.

Sie erholt sich schneller als Jewgeni und stöbert in der Handtasche nach einem Schlüsselbund. Dann betritt sie die Kardiologie-Praxis. Nach einigen Minuten öffnet sie die Tür in Arztkleidung und bittet ihn einzutreten.

»Kommen Sie, machen Sie sich frei!«, weist sie ihn barsch an.

Jewgeni will die Schuhe ausziehen.

»Schuhe anlassen. Bloß den Oberkörper freimachen.«

Jewgeni steht nun da, mit freiem Oberkörper, verlegen, wie ein Boxer in der Defensive.

»Stehen Sie hier nicht herum wie bestellt und nicht abgeholt. Legen Sie sich aufs Bett!«

Er legt sich aufs Bett, die Augen nach oben gerichtet und hört die schlurfenden Schritte der alten Frau. Ihr Gesicht erscheint über ihm. Aufgrund ihrer unzähligen Falten, hat er den Eindruck, von einer ägyptischen Mumie untersucht zu werden.

»Wo liegt das Problem?«, fragt sie.

Er hofft, dass das Vorgefallene nicht wieder eintritt.

»Mein Herz ist buchstäblich zersprungen.«

»Wieso das denn? Das kann nicht sein.«

»Aus heiterem Himmel ... Mitten auf der Straße.«

»Beruhigen Sie sich. Das Herz kann nicht einfach so zerspringen.«

Die Ärztin misst seinen Blutdruck. Die Oberarm-Manschette drückt ihn derart heftig, dass er fast schreit vor Schmerz.

»Sie haben den Blutdruck eines Raumfahrers. Sind Sie Leistungssportler?«

Leistungssportler im Arsch. Sehen Sie meinen Bauch nicht, hören Sie mein Keuchen nicht, möchte er fragen, aber dann hält er sich lieber zurück.

»Ich bin Schriftsteller«, macht er einen noch größeren Fehler.

»Schriftsteller? Unglaublich!«

Die Verwunderung und das Leuchten in ihrem Gesicht gehen ihm runter wie Öl. Als er bei der ärztlichen Untersuchung für die Fahrschule die Frage nach dem Beruf mit »Schriftsteller« beantwortete, kommentiere der Arzt trocken: »Also ohne Beruf«, was er dann auch ins entsprechende Formular eintrug.

Jewgeni sieht, wie die Ärztin eine Schachtel mit EKG-Saugelektroden und ineinander verknoteten Kabeln öffnet.

»Gedichte?«, fragt sie ihn, während sie die Kabel entwirrt.

»Wie, Gedichte?«

»Schreiben Sie Gedichte?«

Jewgeni schüttelt verächtlich den Kopf, wodurch die Ärztin scheinbar enttäuscht ist. Sie murmelt etwas vor sich hin und bringt die Saugelektroden mit den Kabeln an seiner Brust an.

»Also, ich schreibe Gedichte. Ich bin sogar Mitglied des Schriftstellerverbands. Ich liebe die Poesie.«

»Schön.«

Die Ärztin hat nun die EKG-Vorbereitungsmaßnahmen beendet.

»So. Nun entspannen Sie sich, atmen Sie ganz normal.«

Jewgeni ist leider nicht fähig, ganz normal zu atmen.

»Kennen Sie vielleicht einen Verlag, der Gedichte veröffentlicht?«, folgt nun die befürchtete Frage, die Jewgeni schon vorausgesehen hat.

Einen Augenblick lang spielt er mit dem Gedanken, Herrn Beldiman von der Agentur für Intelligenzverwertung mit einem Gespräch über Poesie zu beglücken. Mit einem Tête-à-Tête zwischen ihm und der alten Ärztin. Er verkneift sich nur schwer das Lachen.

»Fertig. Nun können Sie sich entspannen.«

Die Ärztin entnimmt dem Messgerät den EKG-Ausdruck und liest ihn besonders aufmerksam, wie eine spannende Geschichte. Er wartet ziemlich ängstlich auf die Diagnose, fast wie auf eine Urteilsverkündung. Wie sieht es aus? Schlimm? Habe ich noch eine Chance, möchte er am liebsten fragen.

»Sie sehen mich so komisch an«, meint die Ärztin, ohne den Blick vom Ausdruck zu erheben, »aber eins sage ich Ihnen: Die Seele altert nie.«

Du kannst mich mal, mit deiner Seele, denkt er, was ist denn mit meinem Herzen?

»Sie sind völlig übermüdet, sogar erschöpft.«

Vielen Dank, das wusste er schon längst.

»Wie haben Sie in letzter Zeit geschlafen?«

»Gut.«

Er vermeidet es, ihr zu sagen, dass er letztlich bloß zwei, drei alptraumhafte Stunden pro Nacht schlief. Er fürchtet, er müsste sich danach ewig mit ihr unterhalten. Doch schließlich befindet er sich nun bei der Kardiologin, und nicht beim Psychologen.

Die Ärztin rückt näher an ihn heran.

»Es freut mich, dass wir uns unter uns Künstlern unterhalten können. In meinem Alter habe ich überhaupt keinen mehr zum Reden.«

Sein Herz setzt nun fast vollständig aus, beim Warten auf die Diagnose. Er ist sich nicht sicher, dass er sie überhaupt noch erfahren möchte.

»Deswegen bin ich auch nicht in Rente gegangen. Damit ich mich noch ein wenig mit den Patienten austauschen kann.«

Sie löst die Saugelektroden von seiner Haut und klopft mit dem Rücken des Zeigefingers leicht auf seine Rippen.

Dann fährt sie mit der Handfläche über seine Brust, beinah ohne ihn zu berühren. Dabei hat sie einen zutiefst traurigen Blick, als müsste sie ihm gleich den bevorstehenden Tod verkünden.

»Sie haben eine extrem stabile Knochenstruktur.«

»Und?«

»Ihr Herz ist gesund und kräftig. Sie sind bloß müde. Das ist alles.«

Jewgeni zieht sich umgehend an. Die Ärztin schreibt schnell etwas auf ein Blatt Papier.

»Sie brauchen keine Medikamente. Bloß Ruhe ... Hier ist meine Handynummer. Auch wenn es keinen Grund zur Besorgnis gibt, rufen Sie mich beim geringsten Problem an. Und lassen Sie mich bitte wissen, falls Sie einen Verleger für mich finden«, meint sie mit dem gleichen, zutiefst traurigen Blick.

Am nächsten Tag geht Jewgeni immer noch extrem besorgt seine Blutanalysen holen. Und so erfährt er verblüfft, dass ihm gar nichts, aber auch rein gar nichts fehlt, und seine organischen Werte nicht zu toppen sind.

8

Frau Stoican betrachtet den toten Fisch in ihrem Sieb und fragt sich, was sie mit ihm anfangen soll. Da sie nach der Schuppenfarbe den Gewinner des Gedächtniswettbewerbs in ihm wiedererkennt – dem es gelegentlich gelang, bis in den vorletzten Aquariumraum vorzudringen – schlussfolgert sie, dass ihm ohne Wenn und Aber ein Begräbnis erster Klasse zustehen würde, wie sie es in ihrer Kindheit veranstaltete. Aber würde sie diesen Fisch nun tatsächlich auf dem Hof begraben, hielte sie sich wohl selbst für verrückt, abgesehen von den eventuellen Nachbarn, die sie dabei beobachten könnten. Sie schlussfolgert also, dass alles, was sie für den Fisch tun kann, darin besteht, ihn nicht die Toilette runterzuspülen, sondern ihn in eine Serviette zu wickeln, um ihn zum Müllcontainer zu bringen.

Sie begibt sich in die Küche, mit einem fröhlichen Waldi im Schlepptau, der seine Bereitschaft, den Fisch im Sieb spurlos und ohne viel Kopfzerbrechen verschwinden zu lassen, mit Nachdruck zu signalisieren scheint.

»Schlag es dir aus dem Kopf, du Monster!«, schubst ihn Frau Stoican mit dem Fuß weg.

Nachdem er sich konfus entfernt, kehrt Waldi wieder zurück, wie ein Bumerang, weiterhin mit dem Schwanz neben ihren Beinen wedelnd.

Sie bückt sich, öffnet eine Schublade und entnimmt ihr eine Packung Servietten.

Als sie sich wieder erhebt, beginnt der Raum, sich plötzlich zu drehen. Sie stützt sich am Tisch, der Fisch gleitet ihr aus der Hand und fällt auf den Boden.

Waldi stürzt sich darauf.

»Waldi! Weg da!«

Sie möchte sich bücken, um den Fisch aus Waldis Schnauze zu retten, doch sie fürchtet, dabei den Halt zu verlieren. Schließlich lässt sie von Waldi ab, soll er den Fisch doch fressen.

Waldi hält inne, examiniert den Fisch, frisst ihn aber nicht. Nachdem er ihn beschnuppert hat, verliert er das Interesse daran und macht sich durch die halboffene Tür von dannen.

Es ist überhaupt nicht schlimm. Du bist bloß alt geworden. Das ist alles, sagt sich Frau Stoican, und krallt sich aus Leibeskräften am Küchenschrank fest. Sie führt die rechte Hand an die Brust. Ihr Herz tobt wie verrückt, und es ist ihr, als läge es offen auf ihrer Handfläche. Sie betastet den kalten Schweiß auf ihrer Stirn.

Es ist bloß ein stinknormaler Schwächeanfall, und nichts anderes, beruhigt sie sich erneut, an die Worte des Arztes zurückdenkend.

Sie atmet einige Male tief ein und aus. Obgleich sie sich nun etwas beruhigt hat, fährt ihr Körper zu zittern fort. Ihre Bauchmuskulatur wird taub.

Ich werde gleich in Ohnmacht fallen, sagt sie sich. Ja und? Es ist alles in Ordnung, völlig okay.

Sie bemüht sich, sich abzulenken. Sie räuspert sich mit trockenen Lippen und stimmt leise ein Soldatenlied an:

Auf in den Kampf, Soldaten,
Auf in die Schlacht …
Der Sieg kann auf euch kaum noch warten,
Mit seiner Blütenpracht.

Trotz des Anfangsenthusiasmus, trotz des beruhigenden Effekts dieses Lieds, muss Frau Stoican ihren Gesang plötzlich abbrechen, da sie nicht imstande ist, sich an den weiteren Text zu erinnern. Sie fährt stammelnd fort:

Das Vaterland, das Vaterland …
Es ruft uns … mit Blumen und Vögeln … und Blättern …

Dann summt sie nur noch die Melodie, bis sie in Lachen ausbricht: »Mensch, bin ich blöd! Bin einfach so, in Panik geraten. So, nun Schluss damit, ich habe zu tun.«

Sie geht zur Küchentür und will die Türklinke drücken, greift jedoch ein paar Mal daneben, als würde die Klinke umherspringen. Als sie es endlich schafft, stützt sie sich reflexartig am Türrahmen ab und schließt die Tür. Es fröstelt sie.

Sie gleitet auf den Boden, lehnt an der Wand und umfasst ihr Gesicht mit den Händen.

Sie bleibt so einige Minuten sitzen, bis sie im Flur rufen hört: »Valeria, wieso singst du in aller Herrgottsfrüh?«

Mădălina hat die Nacht bei ihrer Mutter verbracht, und wollte gerade zur Arbeit gehen. Nun betritt sie die Küche und stößt mit der Tür an Valeria, die auf dem Boden kauert.

»Was ist mit dir los? Was ist passiert?«

»Nichts«, antwortet Frau Stoican. »Ich ruhe mich aus.«

»Was?! Ist alles in Ordnung? Wieso sitzt du denn auf dem Boden?«

»Alles okay. Ich bin ausgerutscht. Und nun ruhe ich mich wie jeder Mensch aus. Fällt man vom Baum, schadet Ruhe kaum.«

Mădălina atmet erleichtert auf, als sie ihre Mutter scherzen hört. Sie lächelt ihr zu und streckt ihr die Hand entgegen.

»Diesen Spruch hast du immer gesagt, wenn ich als Kind hinfiel und heulte. Ich habe ihn aber nie verstanden.«

Mădălina hilft ihr aufzustehen und versucht, sie zum nächsten Stuhl zu bringen, doch Frau Stoican weist sie von sich.

»Ich komme auch allein klar … Du verstehst so Einiges nicht.«

»Nun aber allen Ernstes, wo ist der Witz? Wieso soll man sich ausruhen, nachdem man vom Baum fällt?«

»Gerade das ist der Witz, dass der Witz keine Logik hat.«

Mădălina lässt Wasser in eine Kupferkanne mit langem Griff laufen, und beim Zudrehen des Wasserhahns entdeckt sie erschrocken den toten Fisch auf dem Boden.

»Was ist denn damit?!«

»Nichts. Ich fand ihn mausetot im Aquarium.«

»Und wieso hast du ihn nicht zum Müll gebracht?«, fragt Mădălina.

Dann bringt sie den Fisch selbst zum Müll, ohne auf die Antwort zu warten, wonach sie die Kupferkanne auf den Herd stellt. Sie öffnet den Schrank und holt eine Packung Kaffee heraus.

»Wie stark soll der Kaffee sein?«, fragt sie ihre Mutter.

»Vier kleine Löffel.«

»Ist das nicht zu stark für dich?«

»Du möchtest mich immer als alte Oma hinstellen. Mach bitte, was ich dir sage, ich möchte keine dünne Brühe trinken.«

Mădălina setzt sich mit dem Stuhl vor Valeria und sieht sie liebevoll an. Sie streichelt ihr über die Wange.

»Valeria, du bringst mich noch ins Grab«, sagt sie. »Wieso bist du denn gefallen?«

»Wegen diesen blöden chinesischen Hausschuhen«, erklärt Frau Stoican und betrachtet apathisch ihre Zehen. »Billiger Plunder, ich werde sie wegwerfen.«

»Valeria, also nun mal ehrlich, was ist mit dir los? In letzter Zeit bist du ganz komisch geworden.«

»Soso, komisch also.«

»Gestern Abend hast du kaum ein Wort mit mir geredet.«

»Du warst ja völlig fertig von der Arbeit.«

»Wenn dir das etwas ausgemacht hätte, hättest du mich heute nicht schon um fünf Uhr früh geweckt.«

»Tut mir leid, aber ich konnte nicht mehr schlafen.«

»Und außerdem gehst du nicht ans Telefon ... Und an den Chorproben nimmst du auch nicht mehr teil ...«

»Woher willst du das wissen?«, sagt Frau Stoican empört.

»Das weiß ich einfach. Wieso schwänzt du die Chorproben?«

»Da hast du wohl diese Georgeta getroffen, oder? Oder noch schlimmer, sie hat dich angerufen, um sich über mich zu beschweren. Die kann sich auf etwas gefasst machen!«

»Vergiss es, sie hat mich nicht angerufen. Wieso hast du die Chorproben sausen lassen?«

»Ich habe gar nichts sausen lassen. Ich mache bloß eine Pause. Diese verrückten Omas hängen mir zum Halse heraus.«

»Ach so. Auf einmal. Bis jetzt waren sie aber deine Freundinnen.«

»Sie waren nie meine Freundinnen.«

»Siehst du! Man kann mit dir überhaupt nicht mehr reden.«

Nachdem sie einen Schluck Kaffee nimmt, sieht Mădălina hektisch auf die Armbanduhr.

»Soll ich wieder bei dir übernachten?«

»Kein Bedarf.«

»Hast du bestimmt keine Angst vor Galanton mehr?«

»Nein, wenn ich ihn noch einmal hier sehe, hole ich die Polizei, wie du mir geraten hast.«

»Okay. Dann ziehe ich mich jetzt um und gehe zur Arbeit.«

Frau Stoican begleitet Mădălina zum Haustor, kehrt wieder ins Haus zurück, läuft schnurstracks zum Aquarium, bringt es ins Bad und wirft alle Fische ins Klo.

Durch seine Rente und den auf dem Markt verkauften Fischen gelang es Herrn Zaharia nach vielen Jahren, wie geplant, das nötige Geld zusammenzusparen, um sich den letzten und wichtigsten Wunsch seines Lebens zu erfüllen: eine Gruft, in der er neben seiner Frau beigesetzt werden sollte. Als Maria vor vier Jahren gestorben war, reichte das Geld bloß für ein normales Grab am Friedhofsrand.

Damals, nach dem Verschwinden sämtlicher Beerdigungsgäste, nachdem er den Pfarrer, den Diakon und die Totengräber bezahlt hatte, war er wieder zum frischen Grab zurückgekehrt. Er weinte ein bisschen, dann meinte er auf seine witzige Art: »Mariechen, verstehe mich, bitte, so wie du mich ein Leben lang verstanden hast. Mehr war diesmal nicht drin. Was konnte ich denn tun, wenn du dich einfach so, unangekündigt – da wurde er erneut von Tränen überwältigt – davongemacht hast. Aber ich verspreche dir, in sieben Jahren, wenn man dich wieder ausgräbt, bekommst du die prächtigste, wenn nicht gar die allerprächtigste Gruft dieses Friedhofs.«

Und nun war endlich der Augenblick gekommen, sein Wort zu halten.

Den Ort für die ewige Ruhe hatte er vor drei Jahren erworben. Aber das Geld für die Gruft – eine sehr schöne Gruft, gebaut nach dem Katalog der Firma »Funerary Art« – ließ sich nur mit Mühe und Not zusammenkratzen. Aber das meiste, fast doppelt so viel wie die Ruhestätte selbst, kostete das Paradestück des Projekts: Ein weinender Engel, den Kopf in den Händen vergraben, mit halb ausgebreiteten Flügeln, in Naturgröße. Allerdings lehnte der Engel an einem Sockel, statt darauf zu stehen, was einem aufmerksamen Passanten sicherlich nicht entgehen dürfte.

Frau Stoican läuft auf Herrn Zaharia zu und beginnt über ihre Probleme zu klagen, doch Herr Zaharia lässt sie überhaupt nicht ausreden. Hocherfreut durch das Wiedersehen packt er seine auf der Markttheke übriggebliebene Ware in den Kofferraum und führt die halbwegs Widerstand leistende Frau Stoican zum Auto, um sie zum Friedhof zu fahren und ihr seine Gruft zu präsentieren.

Herr Zaharia führt Frau Stoican an der Hand durch den größten Friedhof der Stadt, als wäre er ein Kind, das seinem Freund den neuen Spielplatz zeigen möchte. Sie folgt ihm kleinen Schrittes, mit geschlossenen Augen.

»Augen nicht öffnen!«, sagt Herr Zaharia, um sie auf die Folter zu spannen.

»Ich hoffe, du schubst mich nicht in ein offenes Grab«, meint sie mit vorgetäuschter Besorgnis.

Frau Stoican kann sich überhaupt nicht erklären, wieso sie bei diesem Spiel mitmacht, eigentlich hatte sie ihn aufgesucht, um ihm eine wichtige Nachricht zu überbringen.

Wahrscheinlich bringt sie es nicht übers Herz, seine kindliche, ihm ins Gesicht geschriebene Freude zu trüben.

Sie nähern sich der Gruft und Herr Zaharia deutet dem dort werkelnden Arbeiter zu schweigen.

»Bei drei kannst du die Augen öffnen … eins …, zwei …, drei«, und er lässt ihre Hand los.

Trotz ihrer ernsthaften Selbstbeherrschungsbemühungen ist Frau Stoican bei der Ansicht der spektakulären Skulptur ganz und gar überwältigt.

»Na, was sagst du zu Angela?«, fragt Herr Zaharia ungeduldig.

»Unglaublich«, meint Frau Stoican verblüfft.

Sie wusste zwar von Herrn Zaharias Absicht, eine Gruft zu bauen, sie ahnte zwar, bereits bei Betreten des Friedhofs, dass er ihr diese Gruft zeigen würde, doch über diesen Engel hatte Herr Zaharia kein einziges Wort verloren.

»Gefällt dir Angela? Sie ist der Stolz meines Lebens.«

»Nun ja«, meint sie zögernd, »dein Engel heißt also Angela.«

»Ja, Angela heißt ja Engel«, meint Herr Zaharia.

»Ich hoffe bloß, dass Mariechen nicht eifersüchtig ist«, sagt sie und dreht eine Runde um die Statue. »Aber andererseits sind Engel geschlechtslos und haben nie Sex.«

Der Handwerker von Funerary Art, ein Junge, der bis vor Kurzem noch die Schulbank drückte, legt die Spachtel aus der Hand und fixiert erstaunt Frau Stoican.

»Dieses Problem ist sowieso längst gelöst. Das Gesicht des Engels ist bedeckt«, ergänzt Herr Zaharia.

Danach fährt er begeistert fort, über seine Lebensleistung zu reden, er erklärt Frau Stoican, wie er auf die

Idee mit dem Engel kam, und beschreibt ihr ausführlich alle Bauphasen des Projekts. Frau Stoican hört ihm minutenlang zu, folgt seinen weit ausholenden Gesten, den Bewegungen seiner Lippen, hinter denen die dritten Zähne aufblitzen, und sie fragt sich, was sie mit diesem Mann zu tun hat, und wieso sie ihm überhaupt gefolgt ist. Sie verspürt den unwiderstehlichen Drang, ihn zu quälen, auch wenn sie sich dabei eingestehen muss, dass sie ein bisschen eifersüchtig ist.

»Du musst Mariechen wohl sehr geliebt haben.«

»Ja, sehr.«

»Und wie hast du es ihr gezeigt?«

Durch den ernsthaften Ton Valerias kommt Herrn Zaharia die Fröhlichkeit etwas abhanden, und er antwortet unschlüssig: »Als sie lebte, habe ich sie geliebt ..., ich habe für sie gesorgt ... Und jetzt ...«, und er deutet auf die Gruft.

»Soll das ein Liebesbeweis sein?«

Herr Zaharia schweigt.

»Würde sie heute noch leben«, fährt sie mit ihrem Verhör fort, »was würdest du dann für sie tun?«

Er sieht sie erstaunt an, sich fragend, was sie mit dieser Frage bezweckt.

»Würde sie noch leben ... Würde sie noch leben, würde ich ihr bis ans Ende der Welt folgen«, antwortet er.

Da sie merkt, dass sie eine gewisse Grenze überschritten hat, legt Valeria eine Pause ein, dann fährt sie fort, ihn zu befragen, in einem ruhigen, aber zugleich sarkastischen, voller Anspielungen steckenden Ton: »Und sie? Hat sie dich geliebt?«

»Ja, so wie ich sie.«

»Und wäre sie dir auch bis ans Ende der Welt gefolgt?«

»Ich bin davon überzeugt.«

»Und meinst du, sie hat dich nie betrogen?«

»Nie.«

»Noch nicht einmal, als du nach Bukarest einberufen wurdest?«

Frau Stoicans Vermutungen stützten sich ganz und gar nicht auf die Realität, doch es bereitet ihr ein unerwartetes Vergnügen, Herrn Stoican an Valeria zweifeln zu lassen.

»Nein, nie«, antwortet er genau so überzeugt, doch zum ersten Mal vollends irritiert.

Frau Stoican nähert sich dem Engel und streicht ihm liebevoll über den Kopf.

»Okay, du glaubst das, was du willst. Aber man kann sich der absoluten Treue eines Menschen nie ganz sicher sein. Überlege mal, was in diesem Jahr, als du alle zwei Monate bloß kurz nach Hause kamst, alles hätte passieren können. Ich war damals ihre Nachbarin, und wenn ich wollte, könnte ich jetzt alles, was du bisher über sie gedacht hast, völlig zunichtemachen.«

Sie beugt sich noch mehr über den Engel, betrachtet seine Hände, die das Gesicht verbergen, und macht eine Geste, als wollte sie die Hände zur Seite schieben, um sein wahres Gesicht wahrzunehmen. Sie scheint der Realität völlig entglitten zu sein und weder Herrn Zaharia noch die Umgebung wahrzunehmen.

»Valeria, was ist denn mit dir los?«

Frau Stoican ist weiterhin abwesend, sie streichelt den Kopf des Engels und antwortet, ohne ihn anzusehen: »Wenn du deine Frau immer noch so sehr liebst«, sagt sie, »dann widme dich auch weiterhin ihr. Jeder tut, was er tun möchte. Du mit deinen Dingen, ich mit meinen. Es wäre gut, wenn du mich nicht mehr besuchst, und ich dich auch nicht.«

Sie entfernt sich auf einem Friedhofspfad.

»Valeria, was ist passiert?«, ruft er ihr hinterher.

Frau Stoican macht ein paar weitere Schritte, als ob sie ihn nicht gehört hätte, dann dreht sie sich zu ihm um und sagt: »Deine Fische sind tot. Alle. Ich stelle dein Aquarium vor das Haus. Du kannst es dir holen, wann immer du möchtest, aber lass mich in Ruhe.«

Danach verschwindet sie zwischen den Friedhofskreuzen und lässt Zaharia verblüfft zurück, wie einen Schuljungen, der nicht versteht, wieso ihn seine Freundin verlassen hat.

9

Nach zwei Gläsern Whisky wird Mădălina schlicht und einfach zu einem anderen Menschen.

Mădălinas Leben hat nichts Besonderes aufzuweisen, es scheint eher einem Boulevard-Blatt oder einem Frauenbuch zu entstammen. Eine glatt verlaufene Kindheit, an die sie sich nicht mehr erinnern kann – sie hat sogar den Tag vergessen, an dem ihr Vater von zu Hause verschwunden ist –, eine Adoleszenz, in der sie die Schönheitskönigin des Gymnasiums war und ihr alle Jungen den Hof machten, in der sie Betriebswirtschaft studierte und Alex kennenlernte, ihren künftigen Ehemann – der dauernd aufs Geschäftemachen aus war, ein feiner Pinkel und ein großes Schwein, wie ihn Mădălina nach der Scheidung bezeichnete –, und nun ist sie nach einer steilen Karriere zur Leiterin eines kleinen Einkaufszentrums geworden.

Mădălina ist knapp vierzig Jahre alt, und ihr finanziell gut gesichertes Privatleben reduziert sich in der Rangordnung der Prioritäten auf Folgendes: Eine alt gewordene Mutter, die ihr das Leben zur Hölle macht und sie in den Wahnsinn treibt, eine merkwürdige und unerklärliche Angst, das Haus, das Auto, das Einkaufszentrum und den jeweiligen geschlossenen Raum allein zu verlassen, und neuerdings – warum sollte sie es nicht zugeben – Jewgeni.

Im Allgemeinen ist Mădălina fest davon überzeugt, dass ihre Hauptaufgabe auf Erden darin besteht, die Leute um sich herum zur Vernunft zu bringen. Sie erklärt ihrer Mutter, dass im Leben jeder vor der eigenen Türe kehren solle, und nicht vor anderen Türen, sie erklärt ihrem Arbeitsteam, dass Leben Arbeit, Ordnung und Disziplin bedeutet, und ihren wenigen Freundinnen, dass nicht die

Liebe, sondern die Karriere im Leben zählt. Sie empfindet jedoch nicht den geringsten Wunsch, Jewgeni zur Vernunft zu bringen oder ihm die Augen zu öffnen, sie *akzeptiert* ihn, so wie er ist – sie betont das Wort *akzeptieren* mit Nachdruck, da sie einen so stupiden Begriff wie *lieben* kategorisch ablehnt –, gerade weil er an ihren Erklärungen überhaupt nicht interessiert ist.

Sie akzeptiert ihn wohl auch, weil er sie durch seine Leidenschaft für Bücher und Fotos an ihren Vater erinnert, weil sie ihn im Hause ihrer Mutter kennenlernte, und nicht zuletzt, weil sie spürt, dass er der einzige Mensch auf der Welt ist, der an ihr nichts auszusetzen hat und in dessen Anwesenheit sie sich nicht scheut, pathetisch zu sein, sich zu beklagen, kurzum der Mensch, bei dem es ihr gestattet ist, ihre menschliche Seite zu zeigen, ohne die rücksichtslose Rudelführerin zu mimen, wofür sie ihrer Überzeugung nach alle hielten.

Und was sie an Jewgeni am meisten schätzt: Sie braucht keine Angst zu haben, dass er sie verurteilt, noch nicht einmal dann, wenn sie mehr als zwei Gläser Whisky getrunken hat.

Vor Jahren, als ihre Mutter ihr mitteilte, dass sie im Sinn habe, ein Zimmer im Haus zu vermieten, drehte Mădălina fast durch: Tat ihre Mutter das nur, um sie mit ihrem ewigen Unsinn noch mehr zu verärgern? Wozu brauchte sie einen Fremden im Haus? Reichte ihr plötzlich das Geld nicht mehr? Sie bekam eine völlig ausreichende Rente, Mădălina steckte ihr noch ein paar zusätzliche Scheine zu, und so hatte sie alles, was sie brauchte, um ihr Leben in Ruhe zu genießen, statt anderen auf den Wecker zu fallen. Aber Frau Stoican erklärte ihr gelassen, dass es ihr überhaupt nicht ums Geld, sondern um die Einsamkeit gehe, zumal ihre Tochter ja ausgezogen sei und sie in diesem riesigen Haus allein zurückgelassen habe. Und da sei auch noch dieser Galanton, der jederzeit wieder auftauchen konnte.

Obgleich sie versprochen hatte, sich bei der Auswahl des künftigen Mieters nicht einzumischen, hatte dann Mădălina plötzlich darauf bestanden, bei der Vorstellung der Bewerber dabei zu sein. Es wurden vorstellig: ein Ehepaar mit kürzlich geborenen Zwillingen, zwei Studenten und zwei Studentinnen. Mădălinas Mutter hatte bei jedem Einzelnen etwas auszusetzen – »Wieso haben die Kinder bekommen, wenn sie keine Wohnung hatten?«, »Die sah aus wie eine richtige Nutte«, »Der war von dem Typ, der einen mitten in der Nacht mit dem Kissen erstickt und sich mit der Kohle davonmacht« – und ehrlich gesagt, sie verhielt sich derart grauenhaft den potenziellen Mietern gegenüber, dass keiner von ihnen, noch nicht einmal auf ihren ausdrücklichen Wunsch hin, danach noch bei ihr eingezogen wäre. Und so meinte Mădălina, diese ganze Vermietungsaktion sei bloß ein neues Spiel Valerias, aus purer Langeweile.

Dann erschien eines Frühlingsabends Jewgeni, eines der harmlosesten Wesen der Welt. Die zerknitterte Mütze in der Hand, mit seiner beginnenden Glatze, küsste er den beiden der Reihe nach feierlich die Hand. Danach erzählte er ihnen recht unterhaltsam von den kalten Nächten, die er bei seiner damaligen Vermieterin durchzustehen hatte, dadurch würde er nachts nie allein im Bett sein, er würde jede Nacht mit seinem elektrischen Heizkörper kuscheln. Und er gestand ihnen auf pathetische Weise, er habe schon immer von einer Stadtwohnung geträumt, in der er lesen und vor allem Romane schreiben könnte. Mădălina hatte schon immer unbeholfene Typen wie ihn verachtet, die null Ahnung hatten, worum es im Leben wirklich ging. Als er sie dann auch noch wissen ließ, er sei Antiquar und darüber hinaus auch noch Schriftsteller, lachte sie ihm beinah buchstäblich ins Gesicht und war nah dran, ihrer Mutter offen zu deuten, sich mit so einem keineswegs einzulassen. Doch Frau Stoican entschied sich aus nur ihr bekannten Gründen für Jewgeni als Mieter.

Monatelang äußerte sich das Interesse Mădălinas an Jewgeni allein durch die an ihre Mutter wiederholt gestellte Frage, wieso *der große Lyriker* sie nicht schon längst erwürgt habe. Sie verpasste ihm von Anfang an diesen Spitznamen, obgleich Jewgeni nie vom Gedichteschreiben gesprochen hatte. Nach ungefähr einem halben Jahr hörte sie mit ihren Witzen auf, wonach sie Jewgeni als »voll in Ordnung« einstufte, als normalen Mensch, der keinen störte. Bisweilen, wenn sie ihre Mutter besuchte, unterhielt sie sich sogar mit ihm, in der Küche, bei einer Zigarette, und amüsierte sich über seine Schüchternheit, seine ewig merkwürdigen Geschichten, seine immer aufs Neue gescheiterten Geschäfte.

Eines Abends, als zwei ihrer Angestellten wegen Grippe krankgeschrieben waren und sie dringend Hilfe benötigte, um eine Reihe von neu gelieferten Schaufensterpuppen zu entladen und die ausgestellten Kleidungsstücke in ihrem Laden neu zu platzieren, war es für sie beinah eine Selbstverständlichkeit, Jewgeni anzurufen, um seine Unterstützung einzufordern. Und er wurde genauso selbstverständlich in diesem Laden sofort vorstellig.

Anfangs regte sich Mădăina mächtig auf, weil der Lieferwagen ewig nicht eintraf. Als sie dann gegen Mitternacht auch noch entdeckte, dass die neuen Mannequins, die für ein völlig neues Image zu sorgen hatten, allesamt – Mädchen und Jungs, Männer und Frauen – dunkelhäutig waren (»Schwarze?! Wieso in aller Welt schicken die mir nur Schwarze, wenn alle meine Kunden weiß sind?«), bekam sie einen regelrechten Nervenzusammenbruch und schickte ihre Kollegen nach Hause. »Ich mache lieber alles selbst, mit euch kann ich nichts anfangen.« Sie weinte ein wenig auf der Toilette, warf sich ein paar Beruhigungstabletten rein, wonach sie Jewgeni bat, in einem Nonstop-Shop um die Ecke eine Flasche Whisky zu holen. Danach platzierten sie die schwarzen Schaufensterpuppen an verschiedenen, möglichst gut sichtbaren Stellen im Laden, bekleideten sie mit der Saisonkleidung und ließen sich zu guter Letzt volllaufen. Als ihr ein Mannequin plötzlich entglitt und auf den Boden knallte, wodurch einer der Plastikarme durch die Gegend flog, bekam Mădălina einen Lachanfall, womit sie auch Jewgeni ansteckte. Nach getaner Arbeit und überstandenem Lachanfall setzten sie sich auf den Boden und tranken den Whisky bis zum letzten Tropfen aus. Dann lächelte Mădălina Jewgeni plötzlich zu und fragte ihn aus heiterem Himmel – aus einem besonders heiteren Himmel, wie Jewgeni fand – direkt, pragmatisch, ohne jede Spur von Anzüglichkeit in der Stimme: »Sag mal, möchtest du mich nicht vielleicht ficken?«

Was sollte Jewgeni dazu noch sagen?

Ab diesem Zeitpunkt konnte Jewgeni die nicht so sehr erotischen, als vielmehr komischen Begegnungen mit Mădălina an den Fingern einer Hand abzählen.

Sie liegen nun Schulter an Schulter im Bett, die Gesichter nach oben gerichtet, die Füße an die Wand gestützt und nur beinah nackt, zumal sie auch diesmal, wie immer, die Socken angelassen haben.

Sie wiederholen einen Dialog, der zu einem Ritual nach dem Liebesakt geworden ist. Der Dialog basiert auf einem blöden Witz, den Jewgeni Mădălina einmal erzählte: »Siehst du?«, sagt Mădălina. »Ich bin ein kleines Mädchen und du bist ein kleiner Junge.«

»Woher willst du das wissen?«, schließt sich Jewgeni dem Spiel an.

»Ich habe rosa Söckchen an, und du blaue.«

Lachsalven.

Es folgt eine etwas längere Pause, in der Mădălina sich bemüht, mit den Zehen eine dunkle Spur an der weißen, abwaschbaren Wand wegzuwischen.

»Wie ist diese Spur wohl entstanden?«, fragt sich Mădălina nachdenklich.

Jewgeni hört sie nicht.

»Weißt du, was ich gerne geworden wäre?«, fragt sie.

»Nein.«

»Schauspielerin.«

»Und wieso bist du es nicht geworden?«, fragt er.

»An der Uni habe ich bei einer Theatergruppe mitgemacht, es lief alles prima. Aber danach fehlte mir einfach die Zeit dazu.«

»Das ist die allerkläglichste Looser-Ausrede«, zieht er sie auf. »Alle wären ganz große Schauspieler geworden, wenn sie bloß die Zeit dafür gehabt hätten. So ein Quatsch.«

»Soll ich dir mal zeigen, was ich für eine gute Schauspielerin bin?«

»Nur zu«, ermutigt er sie neugierig, überrascht von Mădălinas Ambitionen.

Mădălina greift nach dem Zigarettenpäckchen auf dem Tisch und steckt sich theatralisch eine Zigarette an.

»Also«, sagt Jewgeni.

Mădălina sieht sich unsicher um, nimmt sich eine leere Blumenvase vom Tisch, starrt sie in Gedanken versunken an und sagt pathetisch: »Sein oder nicht sein, das ist hier die Frage.«

Jewgeni scheint die Vorführung nicht allzu sehr zu schätzen.

»Vergiss diesen Unsinn … Spiel mir eine deiner damaligen Rollen vor.«

Mădălina konzentriert sich und legt dabei ihr Gesicht in Falten.

»Alles vergessen.«

»Dann lies mir etwas aus einem Buch vor«, stachelt er sie an.

Mădălina kann sich nicht entsinnen, ein Buch im Haus zu haben. Unruhig springt sie aus dem Bett und stöbert in der Schublade eines Sekretärs. Sie entdeckt einen dicken Wälzer, in dem sie herumblättert.

»Mal sehen … Nichts Interessantes … Und es ist leider in einer Fremdsprache … Ach ja, ich habe etwas gefunden.«

Sie nähert sich seinem Ohr und pustet ihm verschwörerisch den Zigarettenrauch ins Gesicht. Dann legt sie los, ihre Aussprache ist perfekt, sie betont jedes einzelne Wort wie ein italienischer Mafioso und unterstreicht ihre Rede durch theatralische Armbewegungen:

»Per l'installazione di questo prodotto è richiesta una certa capacità, specialmente per determinare la resistenza della parete per sopportare il peso del televisore … Sony non può essere ritenuta responsabile per eventuali danni o lesioni causati da un uso errato o un'installazione non appropriata … Capisci?«

Jewgeni bricht in Lachen aus.

»Na, wie war ich?«, fragt sie stolz.

»Du bist eine große Schauspielerin«, gibt er zu.

»Nun zeig mal, was du draufhast«, fordert sie ihn heraus.

Jewgeni überlegt, womit er sie beeindrucken könnte.

»Soll ich dir zeigen, wie ich eine Fliege auferstehen lasse?«

»Eine was?!«

»Eine Fliege. Ich kann eine tote Fliege wieder auferstehen lassen. Leider gibt es hier keine Fliegen, woher soll ich eine Fliege holen?«, fragt sich Jewgeni und sieht sich aufmerksam um. »Aber du musst es mir glauben, ich konnte das schon als Kind.«

»Das heißt ...«

»Das heißt, ich kann mich nicht mehr erinnern, wer es mir beigebracht hat, aber es ging so: Ich fing eine Fliege mit der Hand ein, hielt sie in der Faust fest und passte gut auf, dass ich sie nicht zerdrückte, und die anderen Kinder sahen mir alle dabei zu. ›Könnt ihr sie hören?‹, fragte ich sie und führte die Faust ans Ohr meiner Spielkameraden. ›Ja und?‹, sagten sie. ›Sie lebt.‹ – ›Klar lebt sie, sie summt ja.‹ Danach sah ich mich nach einer Pfütze um, in die ich die Faust mit der Fliege versenkte, und hielt sie lange unter Wasser, so lange, bis sich die Fliege in meiner Faust nicht mehr bewegte. Ich öffnete die Faust und zeigte dann den anderen die Fliege: ›Seht ihr sie? Sie ist tot, oder?‹, fragte ich das Publikum. ›Klar ist sie tot. Du hast sie ja ertränkt.‹ Und da legte ich mit meiner Magier-Show los, ich holte eine mit feinem Salz gefüllte Streichholzschachtel aus der Hosentasche hervor: ›Und nun passt mal gut auf‹, sagte ich. ›Ihr werdet jetzt die Auferstehung erleben.‹

Ich schüttete Salz über die nasse, erstarrte Fliege, murmelte ein paar angeblich magische Formeln, und nach ungefähr einer Minute begann die Fliege, die ersten Lebenszeichen zu geben, sie bewegte die Flügel und schlug mit den Beinchen aus, als wäre sie unter dem Häuflein Salz auferstanden.«

»Wirklich?«, meinte Mădălina ungläubig.

»Ja, wirklich. Ich binde dir keinen Bären auf. Diese Nummer gelang mir jedesmal, vorausgesetzt, ich zerdrückte die Fliege nicht in der Faust.«

»Und was war der Trick?«

»Gar keiner. Ich denke, die Fliege schien bloß tot zu sein, und das Salz saugte dann das Wasser aus ihrem Körper auf, und so kam sie wieder zu sich. Ich habe aber noch nie versucht, eine so ertrunkene Fliege nach längerer Zeit wieder zum Leben zu erwecken.«

»Kaum zu glauben.«

»Wenn ich eine Fliege hätte, könnte ich es dir zeigen.«

»Okay, vergiss diesen Unsinn. Erzähle mir lieber, was du jetzt schreibst.«

Jewgeni wird plötzlich ernst.

»Eigentlich gar nichts.«

»Wie, gar nichts? Was tust du dann überhaupt? Du hast doch erzählt, du würdest ein Buch schreiben.«

Die Frage lässt Jewgeni in Panik geraten. Er bemüht sich, die Antwort aufzuschieben, er sammelt seine Unterhose und das T-Shirt vom Boden ein und bekleidet sich so langsam wie möglich. Er vermeidet es, zu gestehen, dass er seit der Schließung des Antiquariats den Romananfang immer wieder neu geschrieben hat, ohne weiterzukommen. Er hat bisher lediglich um die zwanzig Seiten zustande gebracht, die ihm aber allesamt schrecklich vorkommen. Das Ganze war sehr merkwürdig. Sein Wunsch, eine Geschichte zu erzählen – worüber, das wusste er leider nicht so genau –, war mindestens so unwiderstehlich wie das Verlangen eines sehr starken Rauchers nach einer Zigarette. Aber nichts von dem, was er in das leere Display des Laptops eintippte, vermittelte ihm die nötige Nikotindosis, und so löschte er es wieder. Es war ihm bei jeder geschriebenen Zeile, als hätte er den dicken, ekelhaften Rauch eines brennenden, alten, zerknüllten Zeitungsblatts eingeatmet. Das, was er tatsächlich schreiben wollte, schwebte irgendwo in seinem Kopf umher wie ein Besäufnisnebel und weigerte sich hartnäckig, Form anzunehmen, und so blieb das Display auch weiterhin leer. Wie aber sollte er dies alles Mădălina erzählen?

»Wohin sind denn die Zigaretten verschwunden?«, versucht er das Thema zu wechseln.

Mădălina findet die Zigaretten in einer Lakenfalte und streckt ihm eine davon entgegen. Er setzt sich auf den Bettrand und raucht wortlos. Sie steckt sich auch eine Zigarette an, und sie sitzen minutenlang rauchend nebeneinander.

»Du musst dich jetzt auf die Socken machen«, sagt Mădălina. »In ein paar Stunden muss ich zur Arbeit gehen.«

»Ich weiß«, sagt Jewgeni und sucht nach der restlichen Kleidung.

Mădălina führt ihn zur Tür, küsst ihn leicht auf die Wange und sagt: »Sei bitte leise, damit du nicht die Nachbarn weckst.«

So sehr er den Morgen wegen des Aufstehens auch hasst, muss Jewgeni, der in letzter Nacht kein Auge zugetan hat, sich nun gestehen, dass der Tagesanbruch manchmal etwas Wunderbares an sich hat. Aber bisweilen kann sich das Wunderbare in Angst und Schrecken verwandeln.

Seine Schritte werden allmählich langsamer, als würde der Asphalt plötzlich unter ihm nachgeben, sein Puls beschleunigt sich, die frische Morgenluft reicht ihm zum Atmen nicht mehr aus. Es kribbelt in seinen Gliedern und sein Körper scheint von Kopf bis Fuß nach und nach zu erstarren. Zusätzlich hat Jewgeni den Eindruck, er könne voraussehen, wie ein Teil des Häuserblocks nebenan sich loslöst und auf ihn herabstürzt. Er bleibt stehen und sieht erschrocken nach oben. Nichts.

»Eine normale Panikattacke, einfach nur eine stinknormale Panikattacke«, wiederholt Jewgeni gebetsmühlenartig in Gedanken.

Trotz des gründlichen Gesundheitschecks gelang es ihm noch nicht einmal den genauen Namen seiner Krankheit herauszubekommen. Die Ärzte hatten ihm bloß vermutliche psychische Störungen genannt – vegetative Dystonie, Agoraphobie, Hypochondrie, Depression, RLS – deren Symptome er jedoch nur zum Teil bei sich wiedererkannte. Er hatte eine Menge Bücher gelesen, in Hunderten von Chatrooms die Ausführungen und Geständnisse der im Leid Verwandten verfolgt, aber er konnte sich kein einziges Mal mit den beschriebenen Symptomen vollständig identifizieren. Und da er mit einem namenlosen Leid nicht leben konnte, erfand er einen Namen dafür: Seelenstarre. Er wusste, dass seine Gesundheitsprobleme allein darauf beschränkt waren. Nichts Schlimmes, nichts Konkretes und nichts, was einen töten konnte. Lediglich eine Körper- und Seelenstarre. Doch dieses *Lediglich* belastete ihn weitaus mehr als jede konkrete Krankheit. Er hätte einen schlimmen Beinbruch vorgezogen, heftige Kopfschmerzen, eine kranke Lunge, ein durch Rauchen geschädigtes Herz, einen schlechten Kreislauf, alles, was sich mit Tabletten behandeln ließ. Denn seine Krankheit ließ ihn an all diesen Übeln gleichzeitig leiden, und noch an einigen mehr.

Und so sehr er sich auch bemühte, vernünftig zu bleiben – ein Teil von ihm blieb es sogar –, ergriff dann, wenn die Seelen- und Körperstarre in Panikattacken gipfelte, eine irrationale, maßlose Angst Besitz von ihm. Mit der Zeit lernte er einigermaßen dagegen anzukämpfen, indem er einige persönliche Heilmethoden entwickelte. Erstens schluckte er im Notfall eine Tablette, immer die gleiche: Maaloxan. Deren Wirkung bestand in Wirklichkeit einzig in der Beseitigung des Sodbrennens und der Vorbeugung einer Gastritis, doch deren Nebenwirkung, als Placebo-Mittel, erwies sich als unschlagbar. Er hatte den Eindruck, nicht mehr im Alleingang gegen die Angst anzukämpfen, sondern von einem wirkungsvollen Arzneimittel unterstützt zu werden. Zweitens, wenn zu Hause er einen Anfall erlitt, zog er sich aus und stellte sich unter die kalte Dusche. Er zitterte danach ungefähr eine halbe Stunde lang wie bei einem epileptischen Anfall. Doch anschließend beruhigte er sich langsam. Auf der Straße bekam er sich meist in den Griff, wenn er sich eine Flasche Wasser über den Kopf schüttete, daher hatte er immer eine Flasche stilles Wasser bei sich, in einer Rucksacktasche. Und falls ihm diese Aktion wegen der zu vielen Passanten peinlich war, suchte er das Gespräch mit einem Fremden.

Er nimmt eine Maaloxan-Tablette ein, mit ein paar Schluck Wasser, und schüttet sich den Rest der Flasche über den Kopf. Aber die Panikattacke will nicht aufhören. Trüben

Blickes sieht er sich verzweifelt nach einem Gesprächspartner um, aber es ist keiner da. Als er kurz davor ist, zuckend auf den Boden zu fallen, entdeckt er in der Ferne eine Gestalt an der Straßenbahnhaltestelle. Er rennt auf sie zu. Obwohl es nur noch um die zweihundert Meter zu überbrücken gilt, kommt ihm die Entfernung unüberwindbar vor. Er tritt ins Leere, Unmengen von Ameisen jagen durch seinen Körper.

Er nähert sich keuchend der Haltestelle, bemüht sich auf dem letzten Teil der Strecke, das Lauftempo zu drosseln. Er nimmt eine alte Bäuerin wie durch einen dichten Nebel wahr, mit einem unter dem Kinn verknoteten Kopftuch. Neben ihr auf dem Boden ein handgeflochtener Rohrkolbenkorb. Er möchte sie nicht erschrecken, den Eindruck eines betrunkenen Angreifers vermitteln, er verhält sich so normal wie möglich und tut so, als würde er auf die Straßenbahn warten.

Nach einiger Zeit kommt die alte Bäuerin auf ihn zu und spricht ihn an.

»Immer mit der Ruhe! Alle schlafen noch, die Straßenbahn lässt sich Zeit.«

»Da haben Sie wohl recht«, stimmt ihr Jewgeni zu.

»Wie spät ist es, junger Mann?«

»Vier Uhr dreißig«, sagt er mit dem Blick auf das Handy.

»Sie muss aber bald kommen.«

»Genau«, meint Jewgeni, »die erste kommt um fünf Uhr.«

Die Bäuerin blickt auf sein nasses Haar, Jewgeni spürt, dass sie ihn nach dem Grund dafür befragen möchte.

»Und wohin des Weges, wenn ich fragen darf?«, erkundigt er sich, um sie davon abzuhalten.

»Zum Markt, mit diesen Eiern«, meint sie. »Um ein bisschen etwas zu verdienen.«

»Haben Sie Hühner?«, fragt Jewgeni.

»Ja, ich wohne in einem Dorf, hier ganz in der Nähe«, deutet sie seitwärts mit der Hand.

»Aber wieso sind Sie denn schon so früh unterwegs?«

»Ich bin schlaflos, junger Mann. So ist das in meinem Alter. Aber umso besser, so bekomme ich einen guten Marktstand.«

»Haben Sie keine Angst, allein im Dunkeln loszuziehen?«, wundert sich Jewgeni.

»Nein, ich habe ja das hier«, antwortet sie. Sie zeigt ihm ein chinesisches Feuerzeug mit Licht. »Und wer soll schon einer verrückten Alten wie mir etwas anhaben wollen?«, fügt sie hinzu.

Jewgeni schweigt. Die alte Frau betrachtet aufmerksam die Straßenkreuzung.

»Wer das erfunden hat, der war ein kluger Mann«, sagt sie, um die Stille zu unterbrechen.

»Was erfunden?«

»Die Ampel ... Wie die immer so umspringt, von Grün auf Rot ... Gibt es da einen, der umschaltet?«

»Nein. Das geschieht automatisch«, klärt er sie auf.

Jetzt geht es ihm schon etwas besser.

»Haben Sie das mit diesem Schwarzen in den Abendnachrichten gesehen?«, fährt sie mit der Konversation fort.

»Nein, welcher Schwarze?«

»Na, der aus Afrika ... Gucken Sie denn keine Nachrichten?«

»Eigentlich nicht. Und? Was ist mit ihm?«

»Er ist gestern gestorben. Auf dem Spielplatz. Er war noch blutjung, noch nicht einmal neunzehn Jahre alt.«

»Wieso ist er gestorben?«

»Gott hat sein Herz angehalten, beim Fußballspielen. Wer weiß schon, was Gott mit einem vorhat. So sieht es aus. Ich habe mir die Augen ausgeweint. Da kommt einer aus einer fernen Heimat hierher, um ein bisschen Geld zu verdienen, um sich dann ein besseres Leben mit seiner Familie machen zu können, und dann stirbt er plötzlich, blutjung.«

Diese Nachricht lässt Jewgeni erschaudern, seine größte Angst ist die vor einem Herzinfarkt mitten auf der Straße. Und er denkt über den kläglichen Tod in einem entfernten Winkel dieser Welt nach, und wie man danach von völlig Fremden beweint wird.

»Es gibt viel Leid auf dieser Welt, junger Mann. Aber uns geht es noch ganz gut«, meint die Frau in einem optimistisch-bitteren Ton.

Bei dieser Schlussfolgerung sieht Jewgeni plötzlich einen Hoffnungsschimmer aufblitzen.

Langsam, leicht auf den Schienen wackelnd, nähert sich die erste Straßenbahn des Tages. Noch bevor sie anhält vernehmen die alte Frau und Jewgeni staunend Kirchenmusik im ersten Wagen.

Beim Einsteigen muss Jewgeni sich richtig beherrschen, um sich nicht automatisch zu bekreuzigen, wobei die alte Frau sich tatsächlich bekreuzigt, von der Stirn bis zum Boden, als betrete sie eine Kirche.

Die alte Frau sitzt im hinteren Teil des Wagens, Jewgeni hält sich vorne an der Haltestange fest und sieht in die Straßenbahnfahrerkabine. Sie vermittelt den Eindruck eines mobilen orthodoxen Kirchenaltars im Miniformat, mit kleineren und größeren Ikonen, Kreuzen und Kreuzchen. Die aus einem Kassettenrekorder fließende Kirchenmusik wird von der summenden Stimme des Straßenbahnfahrers begleitet.

Der Mann sieht nach hinten und erblickt Jewgenis staunende Augen.

»Tja«, sagt er. »Ich liebe nun mal diese Musik und höre sie jeden Morgen, noch bevor die ersten Fahrgäste einsteigen. Damit man sich nicht wieder über mich beschwert und denkt, ich hätte ein Rad ab.«

Jewgeni nickt ihm voller Bewunderung zu.

»Gefällt es Ihnen, wie ich mich hier eingerichtet habe?«, fragt der Straßenbahnfahrer stolz.

Jewgeni weiß nicht so recht, was er darauf antworten soll.

Und plötzlich werden das Kribbeln im ganzen Körper und die unendliche und unerklärliche Angst durch eine grenzenlose Liebe zum Straßenbahnfahrer ersetzt, und auch zu der alten Frau und zu allen noch nicht erwachten Menschen. Er fühlt sich nun ganz ruhig und ausgeglichen und hat den Eindruck, die Straßenbahn würde in der ersten Kurve die Schiene verlassen und himmelwärts fahren, wie in einem Film von Kusturica.

Das Handy klingelt in seiner Tasche, Jewgeni nimmt es, blickt auf die Nummer im Display und steckt es in die Tasche zurück, ohne ranzugehen.

10

In Bezug auf Frau Stoican war Jewgeni auf alles gefasst, bis auf die Tatsache, dass sie sich für Google interessieren könnte.

Alles begann mit einem Gespräch über den Berg Athos. Was wusste Jewgeni darüber? Er wusste, dass Athos ein einsamer Berg in Griechenland war, mit vielen orthodoxen Klöstern und einer Menge Mönchen, und dass Frauen dieses Gebiet nicht betreten durften. Okay, das wusste zwar auch Frau Stoican, sie war ja nicht blöd, aber die Frage war, ob Frauen schon immer der Berg Athos verwehrt gewesen war. Darauf konnte Jewgeni ihr nicht antworten, aber man konnte ja danach googeln, erklärte er ihr. Was?! Konnte man nach so etwas googeln?! Man konnte nach allem googeln, auch nach einem Bombenbau in der Küche. Mit Google konnte man zum Beispiel jedes einzelne Werk, das der große Dichter Mihai Eminescu gelesen und geschrieben hatte, im Handumdrehen ausfindig machen, und auch alles, was Platon wusste oder eben nicht wusste. Man brauchte bloß den entsprechenden Suchbegriff bei Google einzugeben, und schon erfuhr man alles über unseren Planeten, vom Urknall bis hin zur Jetztzeit. Alles alles? Also, nicht gerade alles, aber so Einiges.

Verblüfft bat Frau Stoican Jewgeni, ihr das Googeln beizubringen, und in relativ kurzer Zeit brachte sie es fertig, sich auch ohne fremde Hilfe durchzuschlagen. Mit einer beneidenswerten Neugier saß sie stundenlang vor dem Laptop und suchte mit übermüdeten, brennenden Augen nach Dingen, die sie schon ewig interessierten. Jewgeni überlies ihr den Laptop immer dann, wenn er unterwegs war, oder keine Lust auf das Internet hatte.

Jewgeni, betritt den Hof, verschwitzt durch das Radfahren und sieht Valeria auf der Haustreppe sitzend, den geöffneten Laptop auf dem Schoß, ins Leere starrend.

»Was ist los, Frau Stoican, was ist passiert?«

Valeria klappt den Laptop zu und gibt ihn ihm zurück.

»Er hat mich offensichtlich belogen.«

»Wer hat Sie belogen?«

»Darie, mein Mann.«

Jewgeni wird bewusst, dass es das erste Mal ist, dass sie von ihrem Mann spricht.

»Womit hat er Sie belogen?«

»Ich habe es gegoogelt. Die Beatles waren kein einziges Mal in Oneşti.«

Und Frau Stoican beginnt überraschenderweise Jewgeni von ihrem Mann Darie zu erzählen.

Obwohl sie nur drei Straßen voneinander entfernt wohnten, lernte Frau Stoican Darie erst dann kennen, als die lang erwartete Veranstaltung des berüchtigten Literatur- und Musikreises *Flacăra* in Oneşti stattfand. Als Valeria zusammen mit ihrer Freundin Roxana die Stadion-Arena betrat, zitterte und weinte sie vor lauter Freude. Und später sang sie begeistert »Und trotzdem gibt es Liebe«, zusammen mit tausenden anderen Zuschauern, mit erhobenen Armen im Rhythmus wedelnd:

Und trotzdem gibt es Liebe,
Und trotzdem gibt es Leid,
Die Welt soll es erfahren,
Es ist heute so weit.

An diesem Punkt geriet Valeria in Ektase. Beim nächsten Lied legte sie im Alleingang einen derart frenetischen Tanz aufs Parkett, dass alle in ihrer Nähe zurückwichen, einen Kreis um sie herum bildeten und ihr begeistert zusahen. Sie bekam dabei mit, wie ein junger Mann in der Nähe Schnappschüsse von ihr aufnahm.

So lernte sie Darie kennen, und vereinbarte ein Treffen mit ihm, damit er ihr diese Fotos aushändigte. Darie hatte einen Freund im Veranstaltungsteam, wie er sie wissen ließ, und dank dessen konnte er ihr direkt nach der Veranstaltung einen Fototermin mit Adrian Păunescu höchstpersönlich arrangieren, dem Dichter des Lieds »Und trotzdem gibt es Liebe«. Dank seines Freundes war Darie auch einer der wenigen, die auf dieser Veranstaltung überhaupt fotografieren durften. Und Frau Stoican musste sich dank seiner für das Foto mit dem Dichter überhaupt nicht anstellen, an der langen Schlange mit Hunderten von fremden Leuten, die im Scheinwerferlicht neben einem Reisebus begann und irgendwo in der Nachtdunkelheit endete, jenseits der nächsten Straßenecke.

Der Dichter strahlte im Scheinwerferlicht. Mit dem irren Blick eines verschwitzten, betrunkenen Messias zeigte er sich bereit, sich mit den Ärmsten der Welt fotografieren zu lassen und sie zu segnen. Aber eigentlich waren auch die in der Schlange Stehenden auch nichts anderes als Auserwählte, die allein aufgrund ihrer Beziehungen an diesem Ort warten durften.

Anfangs empfand Valeria etwas Angst, als sie sich Adrian Păunescu näherte. Sie erinnert sich aber, dass der Dichter sie danach fest umarmte und ihr ein paar versaute Wörter ins Ohr flüsterte. Sie riss sich aus der Umarmung und verpasste dem Messias eine saftige Ohrfeige, zur Verblüffung des auf die Segnung wartenden Volkes, und so kam Darie nicht mehr dazu, ein Foto von den beiden zu schießen. Indem sie das Überraschungsmoment ausnutzte, machte sich Valeria schleunigst davon, in Daries Begleitung. Sie machten in einem Park Halt und redeten dort fast die ganze Nacht. Sie erfuhr, dass Darie Philosophie studierte, dass Fotografieren sein Hobby war, wie Motorradfahren. Sein russisches Motorrad mit Beiwagen hatte er von seinem Großvater geerbt, einem Ex-Parteibonzen in der Regionalverwaltung.

Sie hatten dem grünen Motorrad mit Beiwagen ein magisches Jahr zu verdanken. An jedem freien Tag und auch in den Ferien fuhren sie aufs Geratewohl los. Sie fotografierten Hunderte von Menschen und Orten, doch ihre Lieblingsfotos waren die, in welchen Darie Valeria mit einem Arm umfasste und mit dem anderen die Kamera auf sie beide richtete und ein Selfie avant la lettre schoss. Und es gab da noch ein vor ihrem Kennenlernen gemachtes Foto, das ihr sehr viel bedeutete. Man konnte darauf entfernt und winzig die Beatles auf einer Bühne sehen, bei ihrem Auftritt in Oneşti, wie ihr Darie erklärte, vor einer riesigen, auf einer Wiese versammelten Menschenmenge. Valeria wusste, wer die Beatles waren, sie liebte ihre Musik, seit sie sämtliche Schallplatten einer jüdischen, nach Israel ausgewanderten Nachbarsfamilie bekommen hatte. Darunter befanden sich auch zwei Beatles-Platten, die sie wieder und wieder zu hören pflegte. »Das darf doch nicht wahr sein! Die Beatles sollen damals in Rumänien aufgetreten sein! Und dazu auch noch in diesem gottvergessenen Kaff namens Oneşti!«, wunderte sie sich. »Ja, das stimmt. Hier ist das Foto, das ich damals machte.« Damit eroberte er sie endgültig, schon in der ersten Woche.

Noch im letzten Unijahr heirateten sie, dann wurde Mădălina geboren. Doch obwohl er nach Valerias Ansicht jeden Grund dazu hatte, glücklich zu sein, wurde Darie mit der Zeit immer miesepetriger, launischer und kontaktscheuer. Die Motorradausflüge wurden komplett eingestellt. Der gesellige Mensch, der sich früher täglich mit einer Menge von Freunden getroffen hatte, redete kaum noch ein Wort mit ihr. Nachdem er seinen Unterricht beendete hatte, nahm er seine Kamera, ging in die Stadt und kehrte erst gegen Mitternacht wieder zurück. Man munkelte, er habe nicht alle Tassen im Schrank, und sie fragte sich irgendwann auch, ob ihm nicht tatsächlich eine Schraube fehlte. Er erklärte ihr, der Atheistin, wie abwegig die heutige Welt sei, da jetzt der Mensch, der Tausende von Jahren an Gott geglaubt habe, auf einmal Gott den Rücken zukehre. Er las die Bibel wie ein Berserker und machte dabei unzählige Randnotizen. Deren Bedeutung blieb ihr verborgen, sie lasen sich wie die Aufzeichnungen eines Verrückten. Und eines Tages, Mădălina war gerade in die erste Klasse gekommen, verschwand Darie samt Motorrad. Einige Wochen lang wusste sie gar nicht, ob ihre Sorgen berechtigt waren. Sie vermutete, er sei in die Berge gefahren, um seine Gedanken zu ordnen. Nach einiger Zeit aber teilte ihr die Polizei mit, sein Motorrad sei in der Donau gefunden worden, halb versunken, in der Nähe des Eisernen Tores. Sie solle nicht weiter auf ihn warten, er sei ertrunken.

»Und?«, fragt Jewgeni zutiefst gerührt durch diese lange, in wenig Worte gefasste Geschichte. Er steht auf der Haustreppe, den Laptop unter dem Arm.

»Tja, ich habe nach den Beatles gegoogelt und nun bin ich fest davon überzeugt: Sie sind nie in Oneşti aufgetreten. Dieses Foto war eine Lüge.«

»Vergessen Sie dieses Foto, was haben Sie danach gemacht?«

»Ich habe mein Leben weitergelebt, wie das so ist. Später erfuhr ich aber, dass er nicht ertrunken war«, sagt sie trocken. »Er war ins Ausland geflüchtet.«

»Woher wissen Sie das?«

»Er schickte mir eine Postkarte, eine einzige, direkt nach der Wende, er bat mich darin um Verzeihung für das, was er mir und Mădălina angetan hatte. Er sei nun Mönch geworden und habe sich in Gottes Arme begeben.«

»Und, haben Sie ihm verziehen?«

»Nein, und ich werde es ihm nie verzeihen. Das steht fest.«

Jewgeni steckt sich eine Zigarette an und raucht nachdenklich, im Hintergrund hört man das kontinuierliche Straßengeräusch.

»Hat er seine Fotos mitgenommen?«, fragt Jewgeni.

»Kein einziges, sie sind noch alle da.«

»Darf ich sie mal sehen?«

Valeria streichelt Waldi, der sich inzwischen friedlich an ihre Beine gekuschelt hat, über den Kopf, steht auf und geht ins Haus.

»Kommen Sie mit«, sagt sie.

Im Wohnzimmer zeigt Valeria Jewgeni zuerst das an der Wand eingerahmte Selfie avant la lettre, sie und Darie, der ihr einen Arm um die Schulter legt. Der andere Arm ist unsichtbar, er hält die Kamera.

Jewgeni stellt überrascht fest, dass er dieses Foto mit der jungen und schönen Valeria und Darie bisher noch nie wahrgenommen hat.

»Unsere schönste Erinnerung«, erklärt Valeria, und eine Spur Nostalgie blitzt in ihrem Gesicht auf.

Dann zieht sie einen Karton unter der Couch hervor.

»Sehen Sie sich diese Fotos, wenn Sie mögen, allein an. Ich kenne sie auswendig.«

Später, in der Nacht, steht Valeria nackt vor dem Spiegel im Badezimmer, ihr weißes, etwas schütteres, frisch gewaschenes Haar fällt über die faltigen Brüste. Nachdem sie sich lange betrachtet hat, geht sie ins Wohnzimmer und beginnt in den Schubladen des Sekretärs zu stöbern. Sie verliert die Geduld, kippt den Inhalt der Schubladen auf den Boden und sucht irritiert weiter. Sie begibt sich in den Flur und sucht weiter in den Regalen. Nach ungefähr zehn Minuten kehrt sie unruhig ins Bad zurück. Sie sieht abermals in den Spiegel, zuckt leicht zusammen, als ihr ihre Nacktheit bewusst wird, zieht ein Nachthemd an und läuft zu Jewgenis Zimmer: »Jewgeni, wieso wühlen Sie in meinen Sachen herum? Wer hat Ihnen das erlaubt?«

Jewgeni öffnet die Tür mit einigen von Daries Fotos in der Hand und sieht sie verblüfft an: »Valeria, was ist denn los?«

»Wieso Sie in meinen Sachen herumsuchen, habe ich Sie gefragt.«

Jewgeni ist zuerst sprachlos, dann hat er eine Idee: »Valeria, Sie haben mir doch selbst diese Fotos gegeben«, versucht er sich zu entschuldigen. »Ich habe sie Ihnen doch nicht weggenommen. Ich bringe sie sofort zurück.«

»Es geht nicht um die Fotos, ganz und gar nicht. Ich möchte bloß wissen, wie Sie dazu kommen, in meinen Sachen herumzusuchen und mir das Ding da einfach wegnehmen ... dieses ...äääh ...«

»Dieses was?«

»Dieses Ding, das ich immer brauche«, meint sie konfus, offensichtlich bemüht, sich an ein vergessenes Wort zu erinnern.

»Sagen Sie mir einfach, was Sie damit machen wollen. Wozu brauchen Sie es?«, versucht er ihr zu helfen.

Valeria legt sich die Hände aufs Gesicht, dann setzt sie sich auf die Türschwelle, mit dem Rücken zu ihm.

»Was ist denn mit Ihnen los?«, fragt er besorgt.

»Ich habe es vergessen.«

»Was haben Sie vergessen?«

»Ich vergesse alles. Ich werde absolut alles vergessen.«

Jewgeni setzt sich zu ihr.

»Ich sage Ihnen jetzt etwas, aber sagen Sie es bitte nicht weiter, vor allem Mădălina nicht. Versprochen?«

»Ich kann es nicht versprechen, wenn ich nicht weiß, worum es geht.«

»Ich bitte Sie. Versprechen Sie es mir.«

Letztendlich siegt Jewgenis Neugier.

»Okay, ich verspreche es.«

Frau Stoican sieht ihm in die Augen, danach weicht sie seinem Blick aus und sagt: »Ich habe Alzheimer.«

»Alz… was?«

»Alzheimer«, wiederholt sie mit Nachdruck. Jewgeni weiß nur sehr wenig über Alzheimer, er weiß, dass es eine Gedächtniskrankheit ist, aber mehr nicht.

»Kommen Sie, Valeria!«, lacht er und legt ihr kurz die Hand auf die Schulter. »Deswegen das ganze Theater? Sie haben mir einen regelrechten Schrecken eingejagt. Also, dann kann ich ja auch sagen, dass ich Alzheimer habe. Zum Beispiel gestern fand ich in meiner Jeanstasche diese Plastikmarke, die man im Supermarkt bekommt, wenn man sein Handgepäck abgibt … Nummer siebzehn … Ich hatte also mein Handgepäck vergessen, wusste aber gar nicht mehr, was es war. Und auch sonst, jedes Mal, wenn ich aus dem Haus gehe, vergesse ich etwas.«

Frau Stoican packt ihn an der Hand und unterbricht ihn.

»Jewgeni, es ist kein Witz. Ich habe wirklich Alzheimer.«

»Woher wissen Sie das? Waren Sie beim Arzt?«

»Ich weiß es einfach.«

»Sagen Sie bloß nicht, Sie hätten es durch das Internet herausgefunden«, lacht er erneut. »So kann man an Tausenden von Krankheiten leiden. Alle Schwachköpfe fallen darauf rein und leiden an etwas, was sie gar nicht haben.«

»Ich weiß es ganz sicher, auch ohne Internet.«

»Woher diese absolute Sicherheit?«, fragt Jewgeni ironisch.

»Meine Mutter ist an Alzheimer gestorben.«

Bei diesem Argument wird Jewgeni plötzlich ernst.

»Ist es so schlimm?«

»Ja.«

»Stirbt man an so etwas? Nach wie langer Zeit?«

Valeria wendet sich ihm zu, mit einem bitteren Lächeln.

»Nicht das Überleben ist das Problem. Man kann jahrelang damit leben, aber man vegetiert nur noch so vor sich hin. Ohne Gedächtnis. Zuerst vergisst man nur banale Dinge, aber danach ist absolut alles weg.«

»Sind Sie sich völlig sicher? Hat es Ihnen ein Arzt bestätigt?«

»Ich brauche keine Bestätigung. Ich weiß es. Ich habe die Entwicklung meiner Mutter mitbekommen, ich habe die gleichen Symptome, die sie anfangs hatte.«

»Sie müssen zum Arzt gehen, ich bin mir sicher, dass Sie übertreiben«, versucht Jewgeni, ihr Mut zu machen. »Wenn man älter wird, beginnt man eben, einiges zu vergessen. Mir geht es auch so, das ist völlig normal.«

»Das ist nicht normal, glauben Sie es mir«, meint Valeria. Sie kauert auf der Türschwelle, Jewgeni legt ihr die Hand auf die Schulter.

»Beruhigen Sie sich. Und gehen Sie einfach zum Arzt.«

Sie springt plötzlich begeistert auf.

»Ich brauche eine Schere!«

»Wie bitte? Geht es jetzt wieder los? Da bekommt man ja richtig Angst.«

Frau Stoican steht auf und küsst Jewgeni auf der Stirn.

»Eine Schere!«

»Ja, danach habe ich soeben gesucht – Nach einer Schere. Jetzt habe ich es wieder«, sagt sie zufrieden. Dann fährt sie in einem vertraulichen Ton fort: »Haben Sie vielleicht eine Schere bei sich?«

»Valeria, wieso soll ich eine Schere mit mir herumtragen?«

Frau Stoican begibt sich in die Abstellkammer, greift nach oben und nimmt eine Schere aus dem höchsten Regal. Sie kehrt ins Bad zurück, zieht sich nackt aus und Strähne für Strähne schneidet sie ihr schütteres, langes, weißes Haar ab. Dann nimmt sie einen Rasierer und rasiert sich den Kopf. Sie betrachtet sich lange im Spiegel, stolz auf ihr Aussehen, zieht sich wieder an, geht ins Schlafzimmer, nimmt ihren Ausweis aus der Handtasche und zerschneidet ihn zu kleinen Stücken. Über ihr Gesicht breitet sich das Lächeln einer Siegerin aus.

11

Ein Bild sagt mehr als tausend Worte. Diese Aussage gilt als Selbstverständlichkeit und gehört zu den Grundregeln des Journalismus, beim Aufpumpen der Fahrradreifen denkt Jewgeni trotzdem darüber nach.

Die durch eine Geschichte beschriebene Realität ist völlig anders als die Realität, die man durch ein Foto festhält. Das Schreiben verzerrt die Realität, es stellt sie bisweilen beeindruckender dar, als sie tatsächlich ist. Man kann durch eine Geschichte die Realität gewollt verunstalten oder verschönern und so dem Leser einen Bären aufbinden. Ein Foto hingegen lügt nie – es hält einen Augenblick der Gegenwart fest, ohne auf die häufig langweiligen und unnützen Kommentare des Erzählers zurückzugreifen.

Würde ein Außerirdischer »Hamlet« lesen und ein Foto von der Aufführung dieses Stücks betrachten, dann würde ihm das Foto wahrscheinlich mehr Informationen über das menschliche Wesen als das Theaterstück vermitteln.

Aber andererseits, denkt Jewgeni, es stimmt auch nicht immer, dass ein Foto mehr als tausend Worte sagt. Eintausend Worte passen auf ein DIN-A4-Blatt oder auf zwei Buchseiten. Und es wurden bisher eine Menge Zwei- oder Drei-Seiten-Geschichten zu Papier gebracht, denen kein Foto der Welt das Wasser reichen kann. Nehmen wir zum Beispiel Kafkas »Vor dem Gesetz« oder Tschechows »Das Leben in Fragen und Antworten« oder irgendwelche x-beliebigen Seiten aus der Bibel. Wie viele Fotos bräuchte man, um einen dieser Texte wiederzugeben?

Daries Karton erweckte Jewgenis Lebenslust wieder. Die dort entdeckten Bilder faszinierten ihn so sehr, dass er sich kaum noch mit sich selbst beschäftigte und seine Panikattacken beinah vergaß. Einzeln betrachtet sagten die Fotos einem nichts Besonderes: Gesichter und Gegenstände, sonnige und düstere Landschaften. Zusammen genommen spiegelten sie aber ein menschliches Dasein wider. Man konnte dadurch das von Darie Gesehene und Empfundene auf eine wesentlich objektivere und tiefere Ebene nachvollziehen als durch ein Tagebuch. Und da auf der Rückseite von fast jedem Foto ein dazu passendes Bibelzitat vorhanden war, kam Jewgeni auf die Idee eines neuen Projekts: ein Album namens »Die Bibel in Fotos« zu gestalten, ohne jeden Kommentar.

Das Foto eines Sonnenaufgangs könnte zum Beispiel von der Genesis erzählen, dachte er, und das Foto einer schönen Frau würde das Hohelied wiedergeben. Den Exodus zu illustrieren, kam Jewgeni zwar etwas schwieriger vor, war aber letztendlich machbar, man brauchte einfach nur eine durch Autos blockierte Straßenkreuzung zu fotografieren.

Seiner jetzigen Stimmung entsprechend fragte sich Jewgeni, ob er mit der Apokalypse oder mit dem Buch *Prediger* die Projektumsetzung beginnen sollte. Die Zeichen der Apokalypse auszumachen und zu fotografieren, kam ihm relativ einfach vor, wenn auch etwas pathetisch und dick aufgetragen. Stattdessen aber fühlte er sich dazu berufen, Bilder zum Buch *Prediger* festzuhalten, welche von der Sinnlosigkeit der menschlichen Existenz zeugten.

In jedem Dorf gibt es bekanntlich einen Dorfnarren, welcher das Absurde verkörpert, und in jeder Stadt gibt es einige

Stadtnarren. Die Stadtnarren sind Menschen wie du und ich, mit Wünschen und Träumen, denen jedoch die Normalität abhandenkam. Mit ihnen möchte Jewgeni das Kapitel »Das Buch *Prediger* in Fotos« beginnen, sobald er den Fahrradreifen aufgepumpt hat. Diese Entscheidung traf er bereits am Abend davor, nachdem er Daries Fotos zum zehnten Mal beeindruckt betrachtet hatte. Er stellte daher eine Liste der zu fotografierenden Figuren auf, die er nun ausfindig machen musste:

Zen. Der Typ mit den stromisolierenden Sicherheitsstiefeln, der Second-Hand-Jacke mit Ellbogenschonern und der Tragetasche, in die er Abfälle aus den Müllcontainern am Rand der Straße hineinstopft. Er lässt sich keine einzige Kulturveranstaltung mit anschließendem Büffet entgehen.

Der Schildkrötenverkäufer. Er scheint eine irreale Gestalt zu sein, ein Phantasieprodukt, an dessen Existenz man bis zu einer persönlichen Begegnung mit ihm nicht glauben mag. Der Mann ist vor ungefähr einem Jahr in der Stadt aufgetaucht, mit einem mit Schildkröten gefüllten Plastikeimer. In seiner Kleidung macht sich eine Spur von Eleganz bemerkbar, doch im Unterschied zu Zen trägt der Schildkrötenverkäufer einen Lodenmantel. Er trägt wie Zen Stiefel, wenn auch keine stromisolierenden, sondern ganz einfache Gummistiefel. Er stellt den Eimer auf der Straße ab, greift sich eine große Schildkröte mit der rechten Hand und eine kleine Schildkröte mit der linken, und läuft anschließend auf dem Gehweg auf und ab. Er lässt die Arme hin und her pendeln und ruft: »Eine kleine Schildkröte nur 30 Lei, eine große Schildkröte nur 10 Lei!« Und bisweilen gelingt es ihm sogar, eine Schildkröte zu verkaufen, wie es Jewgeni mitbekam.

Der blinde Geiger. Ein zuverlässiger Straßenkünstler, der in seiner gewohnten Auftrittsecke täglich zwischen 10 und 18 Uhr zu finden ist. Jewgeni weiß nicht so recht, was er von ihm halten soll. Einerseits, weil er an der tatsächlichen Blindheit des Geigers schwer zweifelt, zweitens, weil der angeblich blinde Künstler überhaupt kein musikalisches Talent besitzt. Er entlockt seinem Instrument derart schlimme Krächztöne, dass man ihm höchstwahrscheinlich immer wieder eine Münze in den Hut wirft, nur damit er das Spielen sein lässt. Außerdem geht Jewgeni schwer auf die Nerven, dass der Geiger seit Jahren immer das gleiche fade Lied anstimmt, das nach allem und gar nichts klingt. Wenn er über die Spielkunst des Geigers nachdenkt, kommt Jewgeni nicht umhin zu vermuten, dass der blinde Geiger in Wirklichkeit nicht blind ist, sondern taub.

Zen, der Schildkrötenverkäufer und der blinde Geiger sind zurzeit in derselben Gegend tätig. Als er dort ankommt, steigt Jewgeni vom Fahrrad und lässt sich auf eine Bank fallen.

Nicht bloß, um auf die Stadtnarren zu warten, sondern weil er nach knapp zwanzig Minuten Radfahren kaum noch Luft bekommt. Er nimmt die Wasserflasche aus der Rucksacktasche und schüttet sich das Wasser auf den Kopf. Er steckt eine Maaloxan-Tablette in den Mund und zerkaut sie. Mit einer Zigarette im Mund wartet er danach auf die Stadtnarren wie ein Jäger auf seine Beute.

Wenn man nur lange genug an einem Ort wartet, dann erscheint immer früher oder später ein interessantes Fotomotiv, macht sich Jewgeni Mut, um sich von einer sich ankündigenden Panikattacke abzulenken. Er wirft die halb gerauchte Zigarette auf den Boden, greift zu der am

Hals pendelnden Kamera und beobachtet die Umgebung durch den Sucher. Die Menschen, die grauen Autos und die Gebäude erscheinen ihm wie blasse Fotokopien der Realität. Es passiert überhaupt nichts Besonderes, und es befällt ihn auch keine Panikattacke.

Jewgeni prüft noch einmal die Fahrradreifen, dann macht er sich auf die Suche nach dem blinden Geiger, in der Hoffnung, ihn an derselben Straßenecke wie immer anzutreffen.

Der Straßenkünstler enttäuscht ihn nicht. Er steht wie immer da und quält seine Geige vor dem Gitterzaun des Militärkrankenhauses.

Jewgeni lehnt das Fahrrad an den Zaun, und von der menschenleeren Straße profitierend macht er sich daran, zu prüfen, ob der Mann tatsächlich blind ist. Er schaut durch den Sucher und beginnt den Geiger zu fotografieren, aus verschiedenen Winkeln und Entfernungen, als hätte er ein Fotomodell vor sich.

Er ist bestimmt blind, sagt sich Jewgeni, es sieht nicht so aus, als ob er mich wahrnehmen würde.

Der Geiger beendet sein Lied, tastet sich an den Gitterzaun heran und legt die Geige neben das Fahrrad. Er setzt sich auf die Bordsteinkante und wischt seinen Schweiß von der Stirn, mit einem Taschentuch. Dann nimmt er einen Apfel aus der Tasche und beißt langsam hinein.

»Guten Tag«, begrüßt ihn Jewgeni besonders laut, in der Annahme, der Geiger sei schwerhörig, wenn nicht sogar taub.

Der Geiger springt erschrocken hoch und schlägt ein Kreuz.

»Machen Sie das bitte nie wieder! Wer sind Sie? Was wollen Sie von mir?«

Jewgeni findet diese Reaktion lustig und traurig zugleich.

»Tut mir leid, ich wollte Sie nicht erschrecken«, sagt er. »Ich möchte mich bloß mit Ihnen unterhalten.«

»Worüber?«, fragt der Blinde halbwegs betrübt, halbwegs froh, dass sich jemand für ihn interessiert.

Jewgeni findet ihn plötzlich sympathisch.

»Ich höre Ihnen jedesmal zu, wenn ich hier vorbeigehe, schon seit Jahren.«

»Wirklich?«, wundert sich der Blinde ungläubig.

»Ja, wirklich. Und jedesmal habe ich den Eindruck, dass Sie ein und dasselbe Stück spielen.«

Der Blinde wirft den Apfelrest weg und starrt Jewgeni an, obwohl er ihn offensichtlich nicht sieht.

»Sie haben mir eine große Freude gemacht«, sagt er.

»Wieso?«

»Sie sind der Erste, der das bemerkt.«

Über diese Aussage ist Jewgeni etwas verärgert. Er möchte dem Blinden nicht den Eindruck vermitteln, dass er ihn für einen unverstandenen Künstler hält, und beginnt, ihn zu kritisieren: »Ja, klar habe ich gemerkt, dass Sie immer ein und dasselbe Stück spielen, aber ehrlich gesagt, es klingt grottenschlecht, es hört sich nach gar nichts an. Wie heißt das Stück?«

»Es ist die Sonate in d-Moll von Scarlatti«, antwortet der Blinde trocken und ein wenig empört darüber, dass sein gelegentlicher Zuhörer nicht von selbst darauf kam.

Jewgeni ist sich nicht sicher, ob er mit seiner Kritik weitermachen soll, und dem Geiger sagen, dass seine Interpretation an alles, nur nicht an Scarlatti erinnert.

»Ja, ich weiß, es klingt ganz furchtbar! Scheuen Sie sich nicht, mir die Wahrheit ins Gesicht zu sagen! Das ist halt so, Scarlatti ist ’ne ganz harte Nummer. Wer kann schon richtig Scarlatti interpretieren«, meint der blinde Geiger als hätte er Jewgenis Gedanken gelesen.

Die Empörung Jewgenis verwandelt sich plötzlich in Mitleid.

»Und wieso lassen Sie es dann nicht einfach sein? Wieso spielen Sie nicht lieber ein Volkslied? So etwas würde jeder auf Anhieb wiedererkennen. Auch wenn Sie es falsch spielen, ein Volkslied würde bei den Passanten super ankommen. Wie man ein Volkslied spielt, ist doch egal, Hauptsache, man erkennt es sofort wieder. Mit einem Volkslied würden Sie bestimmt richtig Kohle machen.«

Der blinde Geiger wischt mit dem Taschentuch seinen Schweiß von der Stirn, und über sein Gesicht breitet sich ein mildes Lächeln aus: »Ich ziehe es hundertmal vor, mein Leben lang dieselbe Sonate von Scarlatti zu vermasseln, in der Hoffnung, dass es eines Tages doch noch klappt, statt ewig dasselbe Volkslied zu verbocken.«

Für Jewgeni ist das genau der richtige Moment, um zur Kamera zu greifen und das flüchtige Lächeln des beharrlichen, aber völlig talentlosen blinden Geigers festzuhalten.

»Da haben Sie auch wieder recht. So gesehen, ist Ihre Scarlatti-Interpretation feinste Sahne«, ermutigt er den Geiger. »Spielen Sie das Stück bitte noch einmal, nur für mich.«

Der Blinde freut sich, tastet hastig nach der Geige, nimmt sie und beginnt zu spielen. Nachdem er ihm ein, zwei Minuten höflich zuhört, nimmt Jewgeni heimlich sein am Zaun lehnendes Fahrrad und stiehlt sich still und leise davon.

Eine Weile fährt er ziellos umher, wonach er von einem wild bellenden und ihm dicht an den Fersen klebenden

Hund ein gutes Stück durch die Gegend gejagt wird. Nachdem er den Hund losgeworden ist, fährt er in eine andere Stadtgegend, auf der Suche nach den anderen Stadtnarren auf seiner Liste:

Die Bettlerin mit dem roten Morgenrock. In der Stadt gibt es so viele Bettler, dass sie einem überhaupt nicht mehr auffallen. Doch die Bettlerin im roten Morgenrock macht sich dadurch bemerkbar, dass sie hartnäckig immer nur um das Eine bettelt: um Telefonmünzen.

Jewgeni findet sie an ihrem gewöhnlichen Platz, wie sie die Passanten anbettelt: »Eine – Drei-Lei-ein-Leu-Münze-bitte«, sagt sie wieder und wieder. Sie spricht es so aus, als ob es ein einziges Wort wäre. »Eine Drei-Lei-ein-Leu-Münze, bitte, ich muss dringend jemanden anrufen.«

Diese Bitte in Zeiten des Mobiltelefons zu äußern, wo die Telefonkabinen der Stadt ungefähr so oft in Anspruch genommen werden wie ein gesunkenes Schiff auf dem ausgetrockneten Aralsee-Boden, weist einen entweder als Idioten aus, oder als Narren. Wer soll einen da noch für voll nehmen? Wer soll einem da noch etwas zustecken, sagt sich Jewgeni, und es wird ihm plötzlich bewusst, dass noch keiner dieser Bettlerin etwas gegeben hat, soweit er es mitbekam. Lediglich ein einziges Mal streckte ihr ein Junge, der mit seiner Clique vorbeizog, laut lachend sein Smartphone kurz entgegen, um sich über sie lustig zu machen.

Auf der anderen Straßenseite angelangt, lehnt Jewgeni das Fahrrad an einem Baum, wechselt das 35-Millimeter-Kameraobjektiv gegen ein 300-Millimeter-Teleobjektiv, schaut durch den Sucher und wartet auf den Augenblick, in dem ein Passant der Bettlerin im Morgenrock etwas zustecken wird, wenn so etwas überhaupt denkbar ist.

Eine gute Viertelstunde wird die Bettlerin von einigen Passanten vollends ignoriert, andere wiederum empfehlen ihr grinsend, sich schleunigst eine Arbeit zu suchen. Aber dann hat eine Frau Mitleid mit ihr. Sie bleibt stehen, nimmt einen Geldschein aus dem Portemonnaie und gibt ihn ihr. Die Bettlerin mit dem roten Morgenrock lehnt ihn ab und erklärt etwas für Jewgeni Unverständliches, mit weit ausholenden Armbewegungen. Die Frau scheint sie nach einer Weile zu verstehen und sucht in ihrer Brieftasche nach einer Münze. Die Bettlerin reißt ihr die Münze beinah aus der Hand und rennt damit los, durch die Menge. Jewgeni rennt hinter ihr her, die Kamera im Anschlag. Dabei hat er sein Fahrrad vergessen.

Die Bettlerin bleibt vor der Telefonkabine um die Ecke stehen, um sie danach zu betreten. Jewgeni zoomt das Bild heran. Zu seiner Überraschung führt die Bettlerin den Hörer tatsächlich ans Ohr, legt dann die Münze auf das Gehäuse und wählt langsam und sorgfältig eine Nummer. Durch den Sucher kann er ihre Gesichtszüge genau beobachten. Sie ist vollends konzentriert und erwartet offensichtlich allen Ernstes, dass sich am anderen Ende der Leitung einer meldet. Sie scheint sogar mit jemandem zu sprechen, aber bis auf ein hektisches »Hallo! Hallo!«, kann Jewgeni nichts Weiteres vernehmen.

Als sie endlich versteht, dass am anderen Leitungsende keiner dran ist, knallt die Bettlerin mit dem roten Morgenrock den Hörer auf die Gabel, und mit einem konfusen, irren Blick kehrt sie wieder zurück auf die Straße. Sie spricht weitere Passanten an und bittet sie um eine Drei-Lei-ein-Leu-Münze.

Jewgeni kehrt zurück, um sein Fahrrad zu holen, in seinem Kopf ist eine immense, lang anhaltende Leere entstanden. Doch plötzlich holt ihn ein Gedankenblitz wieder zurück in die Realität: Für die alten Fischer sind die Schiffe auf dem Boden des Aralsees immer noch nicht versunken.

Er steigt wieder aufs Fahrrad, obwohl er kaum noch Lust hat, nach den anderen auf seiner Liste stehenden Stadtnarren zu suchen:

Der Junge, der Blumen verkauft. Man kann ihm häufig in der Bahnhofsgegend begegnen, ein Zeichen dafür, dass er außerhalb der Stadt wohnt, irgendwo auf dem Land, wie auch seine Kleidung zeigt.

Es gibt eine Menge Blumenverkäufer in der Stadt, aber dieser Junge fällt Jewgeni dadurch auf, dass er meist recht sonderbare Blumen verkauft. Man weiß nie, woher sie genau kommen, sie sind in der Regel welk, und man hat sie wahrscheinlich durch den Zaun eines fremden Gartens gepflückt, oder von der Wiese. Sie werden Jewgeni immer wieder mit demselben Spruch angeboten: »Bitte zugreifen! Blumen für Ihre Geliebte!« Er hat dem Jungen schon hundertmal erklärt, dass er keine Geliebte hat, und dass er, auch wenn er eine hätte, ihr solche Blumen nie schenken würde. Er hat bereits einige Male versucht, ihm etwas Geld zuzustecken, dessen Entgegennahme der Junge jedoch ohne Blumenkauf »für Ihre Geliebte« jedesmal ablehnte. Jewgeni weiß es zu schätzen, dass der Junge klare Prinzipien hat. Daher kauft er bei jeder Begegnung mit ihm einen welken Blumenstrauß, den er anschließend in die Mülltonne befördert, aber nur dann, wenn er bereits aus dem Sichtfeld des Jungen verschwunden ist, um ihm so zu verbergen, dass er sich aus dessen Blumen nichts macht. Aber schon im Januar bietet der Junge, im Unterschied zu den anderen Blumenverkäufern, knospende

Schneeglöckchen an, die dem Schnee in ihrem embryonalen Zustand entrissen zu sein scheinen. Wo nimmt er sie denn überhaupt her, fragt sich Jewgeni. Die Schneeglöckchen wirft er natürlich nicht in den Müll, er steckt sie zu Hause in ein Glas mit Wasser und wartet darauf, dass sie aufblühen, was aber nie passiert.

Nach einer Weile gibt er die Suche nach dem Jungen auf, man muss nicht alle Stadtnarren an einem Tag fotografieren.

Er flaniert durch die Stadt und fotografiert eine gliederlose Schaufensterpuppe aus Plastik, die wie eine Leiche im stinkigen Fluss schwebt, einen telefonierenden Bauarbeiter auf einem Gerüst an der Kirche, mit gemalten Engeln im Hintergrund, ein sich küssendes junges Paar unter einer Brücke und drei Priester, die sich mitten auf der Straße miteinander unterhalten, neben einer von der Straßenbahn überfahrenen Katze.

Am Nachmittag ist er am anderen Ende der Stadt angelangt, er tritt müde in die Pedale. Plötzlich entdeckt er überrascht Valeria unter den Passanten. Überrascht nicht so sehr durch ihre Anwesenheit in diesem Stadtteil, sondern weil sie statt ihres gewöhnlichen Hutes ein buntes Kopftuch trägt.

Jewgeni fotografiert sie von Weitem und fährt auf sie zu. Frau Stoican zuckt zusammen, als sie ihn sieht.

»Was machen Sie hier, Jewgeni?«

»Ich möchte einen Freund besuchen. Und Sie?«

»Ich habe meinen neuen Personalausweis geholt«, sagt sie und zeigt auf ein Gebäude, auf dem mit riesigen Lettern steht:

EINWOHNERMELDEAMT

»Sie haben jetzt auch ein neues Aussehen, wie man sieht«, scherzt er.

Valeria lacht und nimmt das Kopftuch ab. Sie zeigt auf ihre Glatze: »Gefällt sie Ihnen?«

Jewgeni kann den Schock kaum verbergen.

»Was ist denn in Sie gefahren?«, fragt er. »Deswegen brauchten Sie die Schere?«

»Ja. Mein Haar fiel aus. Außerdem macht es irgendwann Mühe, sich immer wieder die Haare zu waschen. Jetzt geht es in einem mit dem Gesicht«, sagt sie.

»Wenn Sie meinen. Ich fahre noch ein wenig durch die Gegend. Wir sehen uns später zu Hause«, meint er.

»Okay, Jewgeni. Aber vertrödeln Sie nicht einfach die Zeit. Sie müssen doch dieses Buch beenden.«

»Ja klar. Das wird bald passieren.«

»Ich bin gespannt. Und eines Tages müssen Sie auch mir das Radfahren beibringen.«

»Mache ich.«

Jewgeni fährt los, Valeria ruft: »Halt, ich möchte Ihnen noch etwas sagen!«

»Was?«

»Ab sechzig ist der Personalausweis unbefristet gültig. Man braucht nie wieder einen neuen. Darüber sollten Sie einmal etwas schreiben.«

Jewgeni lacht, winkt ihr zum Abschied zu und macht sich auf den Weg.

So wie der frühe Morgen seine eigene Schönheit besitzt, hat auch der späte Nachmittag seinen Charme. Das weiß Jewgeni nur allzu gut, für ihn tritt mit dem Schwinden des Sonnenlichts eine Phase der Ruhe und der Entspannung ein. Der Abend bedeutet das Ende aller Alltagsstrapazen und das Eintauchen in ein erfülltes Dasein, ohne Druck und frei von jeder Verantwortung. Sobald die Dunkelheit einsetzt, braucht er sich vor keinem mehr zu rechtfertigen, noch nicht einmal vor sich selbst. Für ihn kommt die Nacht immer wie ein langersehnter Urlaub.

Nun, nach einem panikfreien Tag in der Stadt fühlt sich Jewgeni selbstsicher. Seine Ängste sind dank der Dunkelheit alle verflogen, und er beschließt, warum auch nicht, sich bis zum Einkaufszentrum am Rand der Stadt vorzuwagen und dort nach Mădălina zu suchen, um mit ihr eine Zigarette zu rauchen.

Er fährt die Landstraße entlang und tritt aus Leibeskräften in die Pedale. In seinem Kopf blitzen hin und wieder verschiedene Horrorbilder auf – wie ein vorbeirasender Lkw ihn erwischt und mitschleift oder wie er durch das Reißen der Fahrradkette die Kontrolle über den Lenker verliert und unter die Räder eines Autos gerät – aber er erreicht schließlich heil den hinteren Parkplatz des Einkaufszentrums.

Lediglich einige Autos und ein Motorroller sind in Sicht. Die monotone Dudelmusik, unterbrochen durch die Werbung für Superangebote, die aus den Lautsprechern an den Holzmasten schallt, betont das Leeregefühl.

Jewgeni macht das Fahrrad an einem Holzmast fest und holt die Kamera aus dem Rucksack. Am Rand des Parkplatzes fließt ein Bach mit einer aus zwei Brettern improvisierten Brücke, dahinter liegt ein Feld. Am Horizont sieht man ein Dorf, zu dem ein Pfad hinter der Brück führt. Ein Betrunkener torkelt über den Parkplatz, Jewgeni folgt ihm mit dem Sucher, drückt aber nicht auf den Auslöser.

Dann sieht er ein junges, offensichtlich fröhliches Paar das Einkaufszentrum verlassen, mit vollgepackten Einkaufstüten. Der Mann entsperrt den Motorroller und schiebt ihn über die Brücke, dann steigen die beiden auf den Roller und fahren los, Richtung Dorf. Jewgeni schießt mehrere Fotos von ihnen, der Motorroller gerät ins Wackeln und droht umzukippen. Der Mann hält mit dem Lenker dagegen, die Frau breitet leicht die Arme aus, um das Gleichgewicht wieder herzustellen.

Er findet Mădălina in ihrem Laden nur schwer, zwischen den Kleiderständern. Sie scheint überrascht zu sein und schiebt ihn nach draußen, als wäre ihr seine Anwesenheit peinlich.

»Es lag auf meinem Weg, und ich wollte einfach nur mal kurz reinschauen«, meint er schüchtern. »Ich dachte, wir könnten vielleicht zusammen eine paffen. Wenn ich dich störe, gehe ich wieder.«

»Ich habe kaum Zeit, aber lass uns kurz eine rauchen.«

Erst auf dem Parkplatz merkt Jewgeni, dass Mădălina sich in Wahrheit über seinen Besuch freut. Sie küsst ihn flüchtig auf die Wange und fragt: »Hast du vielleicht Zigaretten?«

Sie zünden sich eine Zigarette an und sehen in die Ferne, aufs Feld.

»Viele eurer Kunden kommen vom Land«, sagt er und zeigt auf den Pfad.

»Ja, mehr als du denkst. Am Wochenende kommt fast das ganze Dorf zu uns. Dann ist hier so einiges los. Aber sie haben alle kein Geld und kaufen kaum etwas. Die meisten kommen bloß, um zu gucken.«

Die Dudelmusik schallt weiterhin aus den Lautsprechern.

»Bist du irgendwie sauer?«

»Nein, ich bin einfach nur müde.«

»Du hast keinen Ärger, oder?«

»Nein, es geht nur um Lappalien.«

»Zum Beispiel?«

»Zum Beispiel machte heute einer ein riesiges Theater. Er beschwerte sich, dass die Blinker an den Schuhen seines Sohnes nicht funktionieren würden.«

Jewgenis Gesicht zeigt, dass er es nicht verstanden hat.

»Hast du noch nie Blinkschuhe gesehen?«

»Doch. Wie, sie würden nicht funktionieren?«

»Die Blinker funktionierten natürlich. Aber der Junge hat diese Blinkschuhe noch nie angehabt. Er wohnt bei seiner Mutter.«

Mădălina drückt die Zigarette aus und macht einen Schritt Richtung Eingang.

»Wie geht es Valeria?«

»Gut.«

»Sag ihr, dass ich sie am Wochenende besuchen werde. Ich muss jetzt weitermachen. Pass auf dich auf. Mach's gut!«

»Halt! Ich möchte ein Foto von dir machen«, meint Jewgeni.

Mădălina bleibt kurz stehen und setzt sich theatralisch in Pose, wie ein Fotomodell. Er schießt ein Foto von ihr. Sie läuft auf ihn zu, küsst ihn abermals auf die Wange und verschwindet hinter der Schiebetür.

Es ist stockdunkel, als Jewgeni nach Hause fährt. Zu Hause setzt er sich vor den Laptop und lädt die gemachten Fotos herunter. Er sieht sie an.

Auch wenn ihm alle im Lauf des Tages fotografierten Gestalten bizarr und irreal vorkommen, gibt es sie wirklich. Man braucht nur genügend Geduld, um sie ausfindig zu machen.

12

Frau Stoican stellt den von Jewgeni geliehenen Laptop auf den Tisch und schreibt die ergoogelte Liste der Gegenstände, die man auf einer Pilgerfahrt mitführen sollte, vom Bildschirm ab. Diese Liste enthält:

Reisepass oder Personalausweis

»Habe ich«, hakt sie ab.

Liste der lebendigen und toten Verwandten und Freunde

»Interessiert mich nicht.«

Gebetsbuch und/oder Gesangbuch (um die persönliche Ruhe zu erlangen)

»Brauche ich nicht.«

Leistungsstarke Taschenlampe mit Longlife-Batterien Typ D. In den meisten Klöstern gibt es keinen Strom.

»Alles nur Unfug und unnötiger Krempel«, regt sich Frau Stoican über die lange Liste auf und notiert sich die paar wenigen Dinge, die sie für nötig hält: Regenmantel, Geldscheine kleiner als einhundert Euro, lange haltbare Lebensmittel und einen Rucksack.

Dann greift Frau Stoican zum Telefon und ruft Herrn Zaharia an.

»Valeria! Welche Überraschung! Ich wusste ja, dass du nicht wirklich sauer warst.«

»War ich auch nicht. Tust du mir bitte einen Gefallen?«

»Welchen?«

»Ruf bitte heute Abend alle Chormitglieder an und lade sie zu einer Versammlung ein, morgen 10 Uhr im Kulturhaus.

»Machst du wieder beim Chor mit?«, freut sich Herr Zaharia.

»Ach was! Ich möchte mich bloß von euch verabschieden«, sagt sie.

Sie legt sich ins Bett und schläft die Nacht durch, ohne Träume. Am nächsten Tag betritt sie eine Reiseagentur und kauft ein Busticket nach Saloniki. Sie steckt es in die Handtasche und geht zur Versammlung ins Kulturhaus.

Auf dem Hof des Kulturhauses ist sie zum ersten Mal so tief verängstigt, dass sie fürchtet, vor dem Chor zusammenzuklappen. Sie bleibt stehen, atmet tief ein, setzt sich eine souveräne Miene auf und geht auf den Eingang zu.

Vor der Eingangstreppe entdeckt sie den Herrn Direktor, der hektisch raucht. Bei ihrem Anblick scheint sich sein Gesicht aufzuhellen: »Guten Tag, Frau Stoican! Schön, Sie wiederzusehen.«

»Ich freue mich auch«, sagt sie.

»Könnten Sie mir bitte einen Gefallen tun? Bitte!«

»Worum geht es?«

»Kommen Sie bitte mit in mein Büro, damit ich es Ihnen unter vier Augen erkläre.«

Im Flur setzt Frau Stoicans Herz beinah aus. Vor ihr steht ein Sarg. Im Sarg ist ein Toter aufgebahrt. Mit auf der Brust zusammengefalteten Händen, wie alle Toten im Sarg, umgeben von Blumenkränzen.

Der Kulturhausleiter pflegt eine außergewöhnliche Eigenliebe. Eine fast unbegrenzte Eigenliebe, die manchmal jedoch etwas ins Wanken gerät, und so muss er ihr unter die Arme greifen, durch kleinere oder größere Gesten, die er leider in der letzten Zeit zugegebenermaßen bisweilen vernachlässigt hat. In letzter Zeit hat er sich den anderen gegenüber geradezu miserabel verhalten.

Alles war schiefgelaufen, schon seit Jahresbeginn, als er es irgendwie schon kommen sah. Bereits am 2. Januar kriegte er sich mit seiner Frau in die Haare, da er strikt dagegen war, die Wohnung ausmalen zu lassen und neue Möbel anzuschaffen. »Wie bitte? Es wurde doch erst von einem Jahr bei uns gestrichen, und nun sollen wir wieder das Geld aus dem Fenster werfen?« Aus diesem Grund schrie er wohl auch seine Sekretärin an, ohne den geringsten Anlass. Der Kaffee würde zum Kotzen schmecken, er sei dünner als Wasser, ob sie nicht zufällig einen Großteil des Kaffeepulvers diskret mit nach Hause genommen habe? Die Sekretärin – im Grunde sein Liebling, deswegen hatte er sie ja eingestellt – hatte natürlich auch ihren Stolz. Daher spielte sie Schlag auf Schlag der Lokalpresse einige interne Dokumente zu, aus welchen hervorging, dass der Herr Direktor vor einem Jahr eine enorme Summe für den Erwerb eines immensen Marmorblocks bezahlt hatte. Doch dieser Marmorblock, so die Dokumente, sei leider nur zu einem Viertel zum geplanten Denkmalbau für den Nationaldichter verwendet worden. Der Rest dieses Marmorblocks aber sei beim Sohnemann des Herrn Direktors gelandet, damit dieser ihn als didaktisches Material verwende, da er ja Bildhauerei studierte. Und nicht nur ein Großteil dieses Marmorblocks, sondern auch ungefähr die Hälfte der Finanzen, die zum Errichten dieses Denkmals gedacht worden waren, seien beim Sohnemann des Herrn Direktors gelandet, aufgrund einer Abmachung mit dem Herrn Professor für Bildhauerei, der, mangels Aufträge am Hungertuch nagend, diese Kombination wohl oder übel akzeptiert habe.

Die gesamte Presse stürzte sich kopfüber auf diesen Marmorblock, und durch genaue Vermessung zeigte sich, dass dieser aufgrund seiner Dimensionen für den Bau von mindestens vier, wenn nicht gar fünf Denkmäler für den Nationaldichter locker gereicht hätte. Außerdem nahm man auch den Bürgermeister ins Visier, dem das Kulturhaus direkt untergeordnet war. Der Bürgermeister wiederum ließ den Kulturhausleiter sofort zu sich kommen, um ihn wissen zu lassen, dass es mit der politischen Unterstützung aus und vorbei sei. Des ganzen Rests würde sich das Finanzamt annehmen. Das Finanzamt, das sich lediglich wegen eines mickrigen Marmorblocks nicht hätte stören lassen, machte sich anschließend daran, sämtliche Akten und Ausgaben des Kulturhauses unter die Lupe zu nehmen, durch einen Beamten, der drei Monate lang im Gebäude dieser Institution sesshaft wurde. Er überprüfte praktisch alle Ausgaben, von der ersten bis zur letzten finanzierten, aber nicht stattgefundenen Konferenz mit stadtbekannten Persönlichkeiten. Herr Direktor wiederum nahm daraufhin Rache an den Angestellten, die sich plötzlich gezwungen sahen, reichlich Überstunden zu schieben, um im Pressearchiv möglichst viele Berichte über die Existenz dieser nichtstattgefundenen Konferenzen aufzutreiben.

Nach ungefähr einem halben Jahr, als das Problem des Marmorblocks und der Konferenzen mit Ach und Krach endlich gelöst war, brach ein neues Unglück über den Herrn Direktor herein: Sein letzter Gedichtband wurde restlos verrissen, von zwei traditionsreichen Kulturzeitschriften, die kürzlich in die Hände einiger arroganter, dummdreister Jugendlicher geraten waren. Diese Vollidioten! Er hatte bisher ganze dreiunddreißig Gedichtbände veröffentlicht, er war Mitglied des Schriftstellerverbands und vieler anderer Verbände, man hatte seine Verse in über fünfzig Sprachen übertragen, er war Ehrenbürger von drei Städten im Ausland – einer in Südkorea, einer in Serbien und einer in Armenien, laut seines Curriculum Vitae – und die Zeit, wo man ihn offiziell zum Nationaldichter ernennen würde, stand kurz bevor. Dass diese Halbstarken an seinem letzten Gedichtband herumgenörgelt hatten, war aber noch nicht hanebüchen genug, diese Affenärsche hatten sich auch noch erdreistet, ihn als Dichter im Großen und Ganzen zu bewerten. Sie hatten ihn *Beamtendichter* und *Spießerdichter* genannt. Diese Bezeichnungen ließen ihn nicht mehr los, noch nicht einmal auf dem Klo, sie verfolgten ihn sogar im Schlaf. Und so ließ er seinen geballten Frust auf sein Arbeitsteam los, wodurch eine solche Endzeitstimmung entstand, dass man meinen konnte, man befände sich in einem undichten Atomreaktor und nicht in einer gewöhnlichen Kulturinstitution.

Die Rettung kam aus heiterem Himmel. Es war, als hätte ihm der liebe Gott die Hand gereicht, als der Dichter Nichifor Rebengiuc, ein berüchtigter, inzwischen längst vergessener Poet aus kommunistischer Zeit und sein persönlicher Freund, das Zeitliche segnete.

Der Tod Nichifors bot ihm nach so viel Zeitverschwendung durch unnütze Kriege endlich die Möglichkeit, eine kleine Geste der Liebe zu zeigen, die aber auch seiner Selbstliebe voll und ganz zugutekam.

Und so beantragte er im Rathaus, den leblosen Körper des verehrten Nichifor Rebengiuc auf dem Flur des Kulturinstituts aufzubahren, ohne davor zurückzuschrecken, einmal mehr in sämtliche Ärsche seiner Vorgesetzten zu kriechen, wie sein Team es formulierte, um dieses Anliegen durchzusetzen. Die Stadtbewohner sollten so die Möglichkeit erhalten, am offenen Sarg des »großen Dichters« über den Sinn der menschlichen Existenz zu sinnieren und sich der einzig wahren Literatur zuzuwenden.

Es zeigte sich jedoch, dass kein Einziger bereit war, sich mit dem Sinn des Daseins auseinanderzusetzen. Die wenigen Kulturhausbesucher ergriffen sich bekreuzigend sofort die Flucht, sobald sie den Toten im Flur erblickten. Noch nicht einmal die achtundvierzigjährige Witwe des Dichters hielt sich in der Nähe des Sargs auf, sie zog es vor, draußen auf einer Parkbank weinend zu sitzen und von dort die Verse des Poeten zu hören, die durch einen in einem Baum angebrachten Lautsprecher von Musik begleitet übertragen wurden.

Die schönen und guten Absichten des Herrn Direktors, sein wunderbarer Liebesbeweis, drohten ins Leere zu laufen. Nicht nur, dass keiner am Sarg Wache stand, es war auch keiner bereit, den Dichtersarg zum Friedhof zu begleiten. Sein Team setzte ihn schachmatt durch das Argument, man habe die von ihm aufgestellten internen Verhaltensregeln einzuhalten und dürfe sich während der Arbeitszeit unter keinen Umständen vom Dienstort entfernen.

»Frau Stoican, tun Sie mir bitte einen Gefallen. Helfen Sie mir! Keiner will kommen. Ich habe an zwei Gymnasien angerufen, damit sie mir ein paar Schulklassen für den Trauerzug schicken, aber denen ist heute die Kultur scheißegal, entschuldigen Sie bitte den Ausdruck. Ich brauche Ihren Chor für die Beerdigung.«

Frau Stoican reizt es, nun Rache zu nehmen, für all die Jahre, in denen der Seniorenchor stiefmütterlich behandelt wurde und keine einzige Chance bekam, in einem ihm würdigen Rahmen aufzutreten. Aber als sie den leidenden

Gesichtsausdruck des Direktors wahrnimmt, bei der Erinnerung daran, dass dieser ihnen wohl oder übel einen Ort zum Proben geboten hat und angesichts ihres Mitleids mit dem Toten im Flur verspricht sie, sich des Problems des Trauerzugs anzunehmen.

Sie lässt ihn die letzten Telefonate bezüglich der Begräbniszeremonie erledigen, verlässt das Büro, läuft hastig am Toten vorbei, ohne ihn anzublicken, und begibt sich in den Saal hinter dem Gebäude, wo die Chormitglieder sich regelmäßig versammeln. Es sind alle da. Unvermittelt nimmt sie den Hut ab, zeigt auf ihre Glatze und meint: »Ich habe Krebs. So sieht es aus.«

Die Nachricht schlägt ein wie eine Bombe.

»Ich werde nun für einige Zeit verreisen, sodass ihr lernen müsst, selbst klarzukommen. Und ich möchte jetzt bitte kein Geheule hören, ich bin noch nicht tot«, fügt sie trocken hinzu. »Es geht jetzt zuerst in die Therapie, alles wird bestens laufen. Unkraut vergeht nicht«, versucht sie zu scherzen.

Der Witz kommt nicht gut an.

»Und nun basta, die Show ist zu Ende. Aber falls ihr doch noch ein bisschen heulen möchtet, dann lasst uns doch bitte sinnvoll heulen. Wir gehen alle zur Beerdigung des Toten im Flur, der Ärmste hat keinen, der ihn beweint.«

Der Trauerzug hinter dem Sarg des Poeten Nichifor Rebengiuc kann sich sehen lassen. Nach der kürzlichen schlimmen Befürchtung, bis auf die Witwe des Verblichenen der einzige Begräbnisteilnehmer zu sein, ist Herr Direktor voll und ganz zufrieden. Er hat gerade zwei andere Beerdigungen auf demselben Friedhof im Vorbeigehen mitbekommen, und bei einer von ihnen gab es nur eine Handvoll von Leuten. Er findet seine Inszenierung ganz große Klasse. Wer hätte sich denn noch so selbstlos wie er für einen alten Freund ins Zeug gelegt? Im Grunde weiß keiner der gelegentlichen Zuschauer, dass die Mitglieder des Seniorenchors nie in ihrem Leben den Verstorbenen zu Gesicht bekommen haben und er ihnen als Dichter völlig unbekannt ist. Weder der Pfarrer noch der Diakon oder die Totengräber oder die Bettler, die am Wegesrand auf den versprochenen Leichenschmaus warten, haben davon eine Ahnung. Die Chormitglieder haben zurzeit sowieso nichts Besseres zu tun, und der Tote würde diese Situation aus vollen Zügen genießen, würde er noch leben. Welcher Schriftsteller würde sich denn nicht freuen, wenn sein Publikum endlich einmal aus ihm unbekannten Leuten und nicht nur aus Bekannten und Verwandten bestünde? Ja, das hat er ganz super hinbekommen.

Die Witwe des Verblichenen scheint die einzige Outsiderin auf dieser Beerdigung zu sein, sie läuft dem Trauerzug in einigem Abstand nach, als wäre sie noch unschlüssig, ob sie sich ihm anschließen soll oder nicht. Die Chormitglieder schreiten wortlos daher auf dem Friedhofspfad, und man fragt sich, ob ihr Schweigen auf Frau Stoicans Nachricht oder tatsächlich auf die Beerdigungs-Zeremonie zurückzuführen ist. Aber vielleicht ist ja auch jeder mit sich selbst beschäftigt, wie beispielsweise Herr Zaharia, der gerade seine neulich fertiggestellte Gruft betrachtet, stolz wie Oscar, dass diese dem Grab des Poeten weit überlegen ist.

Nachdem der Pfarrer sein Gebet am Sarg beendet, hält Herr Direktor eine kurze Rede, in der er Nichifor Rebengiuc in den Himmel lobt. Er war seiner Stadt eine Zierde, und auch ein guter Ehemann, und zweifelsohne wäre er auch ein sehr guter Vater gewesen, hätte er nur Kinder gehabt. Herr Direktor greift in die innere Westentasche, woraus er ein paar DIN-A4-Blätter hervorholt und einen Kamm, den er wieder zurücksteckt. Dann liest er drei Gedichte vor, von ihm selbst geschrieben, als Andenken an den Poeten, »der leider viel zu früh von uns gegangen ist, ein Mann, den die rumänische und darüber hinaus die ganze Weltliteratur außerordentlich vermissen wird.«

Beim Gedichtvortrag hört zwar keiner dem Herrn Direktor zu, doch er ist von der Tragik der eigenen Verse derart hingerissen, dass ihm das völlig egal ist. Der Inhalt ist ja im Grunde gar nicht so wichtig, allein die traurige Wortmelodie, der sanfte und gefühlvolle Vortragston sind von Bedeutung.

Als die Totengräber den Sarg an den Seilen langsam ins Grab hinabgleiten lassen, beginnen die Chormitglieder aus heiterem Himmel, ohne jede vorherige Absprache, zu ihrer eigenen Überraschung ein Lied anzustimmen. Anfangs ist es nur ein ganz sachtes Murmeln, das sich jedoch langsam erhebt und anschwillt und lauter und lauter wird, bis es aus voller Kehle vierstimmig weit und breit zu vernehmen ist. In ihrem ersten Auftritt vor einem fremden Publikum singen die Mitglieder des Seniorenchors voller Innbrunst:

Abends am Berg hörst du das Hirtenhorn weinen,
Herden ziehen auf, schimmernde Sterne erscheinen,
Quellwasser schluchzt klar in den Brunnentrog rauschend,
Harrest du mein, unter dem Lindenbaum lauschend.

Der Pfarrer steht wie versteinert da, mit offenem Mund, ein Totengräber spuckt auf den Boden, der Herr Direktor faltet die Blätter mit den Gedichten zusammen und steckt sie zurück in die Westentasche, Frau Stoican dirigiert den Chor einfühlsam und hingebungsvoll, durch sanfte Armbewegungen, während die etwas seitwärts stehende Frau Rebengiuc plötzlich zu weinen beginnt.

13

Der Mensch benötigte eine Menge Zeit, um von der Handschrift zur Druckschrift überzugehen, die praktischer und effizienter ist. Obwohl Johannes Gutenberg als Erfinder des modernen Buchdrucks mit mobilen metallenen Lettern gilt, wurde dieser in Wahrheit bereits knapp ein Jahrhundert vor ihm praktiziert, von einigen anonymen koreanischen Mönchen. Während der Goryeo-Dynastie wurde 1377, im Juli, eine Sammlung ausgewählter Predigten buddhistischer Weiser und Seon-Meister mit dieser Technik gedruckt. Egal wie eine mögliche Kontroverse hinsichtlich der Erfindung des Buchdrucks ausgehen würde, diejenigen, die am meisten von der ersten Buchveröffentlichung profitiert haben, waren entweder die großen spirituellen Meister, die mit einem Fuß im Himmel lebten und mit dem anderen auf Erden, oder Gott selbst. Leider kann es aber mit einer auf dem allerhöchsten Gipfel entstandenen Sache anschließend nur noch bergab gehen. Der Fotokopierer und der Laserdrucker – Erfindungen, die Chester Carlson 1938 und Gary Starkweather 1971 zuzuschreiben sind – ermöglichen es heute auch einem Hund mit einem etwas intelligenteren Blick, der von seinem Herrchen in Worte umgewandelt wird, Buchautor zu werden.

Ohne sich über die oben genannten Fakten irgendwelche Gedanken zu machen, brachte ein ehemaliger Bauingenieur im Revolutionsjahr 1989, direkt nach der Wende, einen Xerox-Kopierer in die Stadt, und platzierte ihn in einer Wohnung in Campus-Nähe. Jewgeni war damals noch Student. Die Idee, dass man die Vorlesungsnotizen eines Kommilitonen oder das benötigte Buchfragment in minutenschnelle fotokopieren konnte, schien mindestens so revolutionär zu sein wie die Revolution selbst. Durch die Tausenden von vervielfältigten Vorlesungen und Buchfragmente, die dem ersten Kopierer-Inhaber der Stadt unverhofft hohe Einnahmen brachten, kam dieser auf die Idee, sich einen zweiten Kopierer anzuschaffen. Beim dritten musste er feststellen, dass seine Wohnung dafür zu klein war, und so mietete er ein Haus. Danach ließ er einen Palast bauen, in den er alle Technikwunder des modernen Drucks aufstellte.

Vor diesem Palast macht Jewgeni halt, er steigt vom Fahrrad und sucht nach einem Gegenstand, an dem er das Kettenschloss festmachen könnte. Ein Mann mit einer langen weißen Mähne, aber einem unglaublich jungen Gesicht, der am Eingang raucht, sieht ihm aufmerksam zu.

»Ja, so geht das«, beginnt er. »Sie haben hier ein wahres Imperium geschaffen, aber auf die Idee eines Parkplatzes kam keiner. Ich verstehe ja noch einigermaßen, dass sie keinen Parkplatz für Autos gebaut haben, so etwas kostet ja eine ganze Menge. Und die meisten parken daher sowieso ganz woanders. Aber dass es auch keinen Parkplatz für Fahrräder gibt, das geht einfach zu weit«, versucht er, sich mit Jewgeni zu unterhalten.

»Stimmt.«

»Machen Sie es an diesem Baum dort fest«, empfiehlt ihm der Mann und deutet auf einen ungefähr fünfzig Meter entfernten Baum. »Keine Angst, ich behalte das Fahrrad im Auge.«

»Vielen Dank«, sagt Jewgeni. »Ich bleibe nicht lange weg.«

»Das denken Sie! Sie werden es ja sehen. Aber egal, ich muss hier sowieso noch lange warten«, fügt der Langhaarige frustriert hinzu, wirft die Zigarettenkippe neben den Aschenbecher und steckt sich eine neue Zigarette an.

Jewgeni bekommt einen Schreck, als er sieht, was drinnen los ist: Ein riesiger Saal, einer Fabrikhalle gleich, in dem um die hundert Leute an verschiedenen Schlangen vor PCs und Kopiergeräten anstehen, jede einzelne Schlange erinnert ihn an ein angeordnetes Gedränge beim Rugby-Spiel. Das gleiche Gedränge wie zu seiner Studienzeit, als es nur fünf Kopierer insgesamt gab. Er stellt sich auch an einer der Schlangen an, holt seinen USB-Stick aus der Tasche und beginnt, wie immer, wenn er nichts zu tun hat, eine Theorie zu entwickeln.

So wie Jewgeni sich den Menschen, der die Schuhe erfunden hatte, gerne vorstellte, gefiel ihm auch, über den ersten Menschen, der sich der Malerei widmete, nachzudenken. Denn laut Wissenschaftler schienen die beiden zur selben Zeit gelebt zu haben. Jewgeni bewunderte die beiden gleichermaßen, obgleich sie extrem unterschiedlich waren, und er meinte, der technische Fortschritt und die Kunst seien ihnen zu verdanken.

Womöglich konnte derjenige, der die erste Wandmalerei in seiner Höhle anfertigte, auch singen, tanzen, Theater spielen, auch wenn es dafür leider nicht genügend wissenschaftliche Beweise gab. Aber die Höhlenmalereien gab es tatsächlich, wie auch die Sandalenspuren in der versteinerten Erde.

Jewgeni meinte, dies alles zu verstehen, auch ohne auf wissenschaftliche Fakten zurückzugreifen. Es schien ihm nur allzu logisch, dass der erste Maler zunächst seine eigene Hand gemalt hatte, er hatte sie an die Höhlenwand gelegt, um ihre Konturen mit Kohle nachzuzeichnen. Das rief bei seinen Mitmenschen freilich große Bewunderung hervor, worüber er sich gewiss riesig gefreut haben muss. Doch durch seinen Erfolg angespornt, begannen nun plötzlich alle, ihre Handkonturen an der Höhlenwand nachzuzeichnen. Also nahm er sich raffinierterer Motive an: Er malte eine anmutige Antilope, einen kräftigen Bison und zwei mit einem Speer bewaffnete Jäger. Nun hatten die anderen Höhlenmenschen ein Problem: Man konnte diese Motive leider nicht einfach abpausen, man musste sich seines Verstandes bedienen und über die Antilope und ihre Art, sich zu bewegen, nachdenken. Dazu waren sie jedoch kaum imstande. Ein Mammut ließ sich nicht einfach so an die Wand pressen, um seine Konturen nachzuzeichnen.

»Hallo! Bitte nach vorne rücken! Sind Sie eingeschlafen?«, bringt ihn ein Student hinter ihm wieder zurück in die Realität.

Jewgeni schreitet ein Stück nach vorne. Er nimmt die Wasserflasche aus der Rucksacktasche und trinkt einen Schluck Wasser. Dann kehrt er wieder zu seiner Steinzeitgeschichte zurück.

Damit er sich durch seine Kunst von allen anderen unterschied und ihn keiner je wieder nachmachen konnte, malte dieser kunstbegabte Höhlenmensch, bevor er den Löffel abgab, etwas, das es in Wirklichkeit überhaupt nicht gab: Menschen mit Hufen und Bisons mit Flügeln, überwacht von einem Gott mit Tierkopf und Menschenkörper. Erst jetzt war der erste wahre Künstler geboren, der nicht mehr die Realität, sondern die geheimnisvolle und bedrohliche Welt seiner Phantasie darstellte. Es ging ihm um seine eigenen, unnachahmlichen Phantasmen.

Diese Art zu malen wurde kontinuierlich weiterentwickelt und erreichte eines Tages ihren Höhepunkt, wonach es wieder bergab damit ging. Die niedrigste Stufe der künstlerischen Rückentwicklung, überlegt Jewgeni weiter, wird mit einem durchschlagenden Erfolg der Kunstfotografen verkörpert. Beim Fotografieren muss man sich noch nicht einmal bemühen, etwas abzupausen. Man braucht bloß auf den Auslöser zu drücken, und damit basta. Und seitdem ein Fotoapparat für 'n Appel und 'n Ei zu haben ist, kann man sich vor lauter Kunstfotografen kaum noch retten.

»Sie wünschen?«, fragt ihn ein Angestellter mit einer gequälten Miene.

»Äääh ...«, zögert Jewgeni und streckt ihm den Stick entgegen. »Ich wollte einige Fotos drucken.«

»Nicht hier, in der ersten Etage. Hier kann man bloß Vorlesungsskripten und Bücher drucken«, meint der Angestellte trocken und gibt ihm den Stick zurück.

Jewgeni geht nach draußen, um frische Luft zu schnappen, eine Zigarette zu rauchen und nach dem Fahrrad zu sehen.

»Alles okay mit dem Fahrrad«, meint der Langhaarige mit dem unglaublich jungen Gesicht.

»Vielen Dank! Haben Sie vielleicht Feuer? Mein Feuerzeug hat den Geist aufgegeben«, meint Jewgeni, nachdem er ein paar Mal vergeblich am kleinen Rädchen gedreht hat.

»Chinesischer Schrott. Deswegen habe ich immer Streichhölzer bei mir«, meint der Langhaarige und gibt ihm eine Streichholzschachtel.

Aber Jewgeni schafft es auch nicht, ein Streichholz anzuzünden.

»Auch chinesischer Schrott«, scherzt er.

»Nein, Sie machen es falsch.«

Sein Gegenüber zündet ein Streichholz an und damit Jewgenis Zigarette.

»Mir ist es rätselhaft, wieso die Chinesen die stärkste Wirtschaft haben. Bei diesem Schrott ...«

»Sie produzieren aber auch gute Dinge«, meint Jewgeni beschwichtigend.

»Die guten Dinge haben sie von anderen Ländern geklaut. Aber alles, was sie selbst entwickeln, hält höchstens drei Tage. Schauen Sie sich mal die Deutschen an, wenn die etwas entwickeln, dann ...«

»Also, apropos die Deutschen«, meint Jewgeni, »da werde ich Ihnen mal etwas erzählen. Im zweiten Weltkrieg schaffte es ein einziger deutscher Panzer ganz locker, bis zu fünf, sechs russische Panzer in Schutt und Asche zu legen. Aber dann begann der Russe sechzehn Panzer gegen einen deutschen Panzer einzusetzen. Verstehen Sie? Die Menge macht's. Deswegen haben die Chinesen die stärkste Wirtschaft.«

Der Langhaarige denkt über dieses Beispiel nach und gratuliert Jewgeni.

»Sie haben völlig recht. Bravo! Ich werde es mir merken. Daran hätte ich nie gedacht.«

Jewgeni beendet seine Zigarette und will gehen: »Bleiben Sie noch ein wenig hier?«

»Ja, leider.«

»Es gibt Schlimmeres. Ich habe gerade an der falschen Schlange gestanden. Jetzt muss ich mich noch einmal anstellen, in der ersten Etage.«

»Tja.«

Der Saal in der ersten Etage ist genauso groß wie der im Erdgeschoss, aber es warten dort nur wenige Leute. In der Raummitte steht ein riesiger Plotter und ein PC, vor dem ein junger Mann mit Sommersprossen sitzt.

In der Schlange stehen lediglich drei Personen.

»Werden hier Fotos gedruckt?«, fragt Jewgeni, um sicher zu sein, dass er sich nicht wieder vergeblich anstellt.

»Jawohl. Aber Sie müssen sich ein wenig gedulden. Erst sind die zwei Damen dran, doch es geht schnell«, antwortet der junge Mann.

Die zwei Frauen vor ihm bewundern einen riesigen Papierbogen auf der Schneidematte, mit dem Druck eines kugelrunden, als Dinosaurier verkleideten Babys in verschiedenen Stellungen: auf dem Topf, in den Armen der Mutter, des Vaters, der Großmutter.

»Was sind wir nur hübsch!«, ruft die eine Frau, die wahrscheinlich die Mutter ist, entzückt. »Es ist ganz super gelungen! Diese Farben!«

»Unglaublich!«, ergänzt die andere Frau ein wenig neidisch. »Ich habe zwar auch eine super Kamera, aber solche Fotos kriegt man damit nicht hin. Wie alt ist er, ein Jahr, zwei Jahre?«, wechselt sie das Thema.

»Wie bitte?! Zwei Jahre?! Wir sind erst acht Monate alt. Aber wir sind schon sehr weit, wir haben uns ganz prächtig entwickelt, wie unser Papa.«

»Was ist er denn für ein Sternzeichen?«

»Wir sind Löwechen. Das allerbeste Sternzeichen.«

»Ja, da können Sie aber vom Glück reden. Es ist ein super Sternzeichen, in der Tat.«

»Glück?! Was heißt hier Glück! Man ist des Glückes eigener Schmied. Ich und mein Mann haben es genau geplant.«

»Was? Lässt sich das Sternzeichen planen?«

»Ja klar, man hat neun Monate vor der Periode des gewünschten Sternzeichens Sex.«

Heute schreibt fast jeder Gedichte, spielt Theater, singt, tanzt, malt – flüchtet Jewgeni wieder in seine Gedanken –, doch am einfachsten hat man es als Pseudokünstler, wenn man sich als Fotograf betätigt. Es wimmelt überall nur so von Fotografen, die sich für wahre Künstler halten. Ja, die Fotografen, diese Meister des Nebels und des Gegenlichts und der kitschigen Sonnenuntergänge, sie fotografieren auf Teufel komm raus pausbäckige Babys und mit geilen Blicken auf Heizkörpern oder Ferraris liegende Jungfrauen und verkalkte und unterbelichtete Bräute und Stars. In angeblich hochanspruchsvollen Workshops entwickeln sie Konzepte, die sie weitaus überfordern, um sich danach in wahrhaften Foto-Orgien mit der Kamera auf vollbärtige, auf der Türschwelle ihrer Hütten hockende Greise zu stürzen. So wurden die Väter des Nichts geboren.

Von all diesen Fotokünstlern jedoch sind die Hochzeitsfotografen am allerschlimmsten, sie sind in ihrer Nichtigkeit nicht zu unterbieten.

Und die Ironie des Schicksals hat es so eingerichtet, dass Jewgeni auf der Hochzeit seines Freundes Casimir als Fotograf tätig war, und nun darauf wartet, die dort gemachten Fotos zu drucken.

Zuerst hatte er Casimirs Bitte kategorisch abgelehnt.

»Komm, sei kein Spielverderber, hör doch auf, herumzumeckern! Es wird doch keine hohe Kunst von dir erwartet, sondern nur ganz normale Fotos«, meinte Casimir.

»Weißt du, wovon du redest?«, fuhr er Casimir an. »Ich habe keinen blassen Schimmer von so etwas. Ich werde deine Hochzeit massakrieren.«

»Umso besser. Deswegen sollst du ja die Fotos machen, und kein anderer. Wenn mich schon einer massakriert, dann sollst du es sein. Du bist für mich der Einzige, der für die Hochzeitfotos in Frage kommt.«

Zu guter Letzt akzeptierte er es, auch aus Freude, dass Casimir und Irina endlich heirateten.

Nun steht er da und denkt über seine Freundschaft mit Casimir nach, und dessen Einfluss auf sein Leben. Zum Zeitpunkt der Revolution war Jewgeni Schüler in der zehnten Klasse eines Wirtschaftsgymnasiums. Er bereitete sich auf die Zulassungsprüfung für die Oberstufe vor und war von einer einzigen Idee besessen: etwas zu erfinden. Er wusste zwar nicht genau was, doch er war felsenfest überzeugt, dass es auf dieser Welt noch einige wichtige Dinge, an die noch keiner gedacht hatte, zu erfinden gab.

Er sah die Revolution im Fernsehen und froh über die politische Wende sagte er sich, dass es nun, unter den neuen Bedingungen, überhaupt keine Entschuldigung mehr dafür gab, etwas Neues nicht zu erfinden. Im Frühjahr, dem ersten Frühjahr der absoluten Freiheit, als er hörte, dass man Mathematik abwählen konnte – er mochte nur Physik –, entschloss er sich für den philologischen Zweig.

Dort lernte er Casimir kennen, wodurch sein Schicksal einen anderen Lauf nahm. Im Unterschied zu Jewgeni hatte Casimir sein Lebensziel klar vor Augen: Berühmt zu werden, und von allen bewundert, und damit möglichst viel Geld zu verdienen. Er hatte den besten Weg herausgefunden, dies zu erreichen: Er brauchte bloß Schriftsteller zu werden. Er traf diesen Entschluss anlässlich einer Hausaufgabe in Rumänisch, die Lehrerin hatte ihnen aufgetragen, ein symbolistisches Gedicht nach allen Regeln des Symbolismus zu schreiben. Jewgeni verfasste eine Parodie, die eine Menge Gelächter bei den Mitschülern hervorrief, aber als Casimir sein Gedicht vortrug, waren alle den Tränen nahe. In der Pause stürzten sich die Mitschüler und vor allem die Mitschülerinnen kopfüber auf Casimir, um seine »geschundene Seele« zu trösten, was Jewgeni vollends überzeugte, dass es sich lohne, Schriftsteller zu werden.

Jewgeni und Casimir wurden schnellstens in der ganzen Schule bekannt, durch zwei besondere Qualitäten: Sie spielten Basketball wie kein anderer und sie schrieben am laufenden Band mal witzige, mal traurige Gedichte. Casimir glaubte voll und ganz an die Macht der Poesie, Jewgeni etwas weniger. Beim Schreiben des ersten Gedichts hatte er vielleicht noch den Eindruck gehabt, Worte könnten etwas Neues, Wesentliches vermitteln, aber ganz überzeugt davon war er noch nie gewesen. Er schrieb seine Gedichte nur mit der Absicht, mit Casimir Schritt zu halten.

Als Studenten gründeten sie einen Literaturkreis, wo Jewgeni die glorreichste Zeit seines Lebens verbrachte. Für ihn war nicht das Schreiben das Wichtige, sondern die Menschen, die Gespräche, die Atmosphäre, die ihn zum Vibrieren brachten.

Nachdem er an einigen bescheidenen Literaturwettbewerben teilgenommen und zwei Preise gewonnen hatte, begann Casimir Prosa zu schreiben. »Gedichte sind eine Sackgasse. Man kommt nicht weit damit. Heute ist der Roman der König«, teilte er Jewgeni mit. Dieser nahm ihn kaum ernst, bis an dem Abend, wo Casimir ihm um die hundert gedruckte Seiten entgegenhielt: einen Roman. Das Wort hörte sich gut an, aber was mit dem Manuskript weiter passieren würde, wusste Casimir noch nicht. Als ein ziemlich bekannter Verlag es dann noch zu seiner Studienzeit veröffentlichte, verstand Jewgeni, dass Casimirs Traum sich verwirklicht hatte.

Nach dem Studium trennten sich ihre Wege fast von selbst. Jewgeni suchte händeringend nach einem Job, der ihm den weiteren Verbleib in der Stadt ermöglichen würde, Casimir wiederum war nun Teil der feinen Literaturwelt geworden und frequentierte nicht mehr den alten Literaturkreis, der sich allmählich auflöste.

Ihre Freundschaft war eher zu einer Brüderschaft, einer Blutsverwandtschaft geworden. Sie hielten enorm zueinander, doch es gab auch Momente, in denen sie sich überhaupt nicht verstanden. Jewgeni war sich nicht sicher, ob er sich täuschte, oder ob sich Casimir nach dem ersten Buch wirklich verändert hatte. Es machte ihn traurig, wie dieser von einem Interview zum anderen seine Biographie veränderte. Als sie sich kennengelernt hatten, waren sie beide gleich verträumt gewesen. Aber bei den Gesprächen im Literaturkreis hatte Casimir plötzlich zu behaupten begonnen, er habe bereits in der Oberstufe einen Roman geschrieben. Danach fuhr er fort, an seinem Mythos zu basteln: Er habe bereits in der Unterstufe einen dicken Roman vollendet, und einen anderen zur Hälfte geschrieben. Und irgendwann überschritt er dann alle Grenzen, er erzählte überall herum, er sei der geborene Schriftsteller, er habe mit der Arbeit an einem Roman bereits in der ersten Klasse begonnen, direkt nach dem Erlernen des Schreibens.

Und was Jewgeni zusätzlich bei Casimir ärgerte: Wenn dieser ihn früher wiederholt dazu überreden wollte, Schriftsteller zu werden, erzählte er ihm in letzter Zeit immer wieder von den Qualen dieses Berufs.

»Mein Freund, du hast ja keine Ahnung, worauf du dich damit einlässt. Hör auf mich, lass das sein! Ich habe jetzt leider keine Wahl mehr. Wenn ich das Schreiben aufgebe, dann kann ich nur noch verhungern. Ich bin jetzt über vierzig und etwas anderes habe ich nicht gelernt. Denkst du etwa allen Ernstes, Bücher zu schreiben, wäre etwas Besonderes? Nix da. Es ist einfach nur zum Kotzen, wie man als Schriftsteller dauernd den Affen machen muss, mit einem weißen Schal um den Hals und so einem Mist, und was man für einen billigen Schund verzapfen muss, damit man die Leser erreicht.«

Sogar bei der Hochzeit, als er eine Weile nur mit Casimir am Tisch saß, sagte dieser zu ihm: »Mein Freund, nun mal ganz ehrlich, du hast es im Leben viel weiter als ich gebracht. Vergiss diese Scheißliteratur! Du hast absolut alles richtig gemacht, alle schön reingelegt. Du hast dich nicht verarschen lassen, so wie ich. Bleib so, wie du bist. Lebe dein Leben. Lass die Finger weg von diesem Scheißbücherschreiben. Die heutige Schriftstellerei ist bloß ein Großunternehmen wie jedes andere, mein Lieber, mit Kritikern, Verlegern, Buchhändlern und verblödeten Lesern, die man nur noch dann erreicht, wenn man ihnen eins über die Rübe zieht. Ein mieses Geschäft ist das. Und sonst gar nichts.«

»Kann ich bitte den Stick haben?«, sagt der Junge mit Sommersprossen. »Das kriegen wir gleich hin.«

Jewgeni reicht ihm den Stick.

»Welches Format sollen die Fotos haben?«

»Sie sollen hier reinpassen«, sagt Jewgeni und zeigt ihm ein Album.

»Okay«, sagt der Junge.

»Ich gehe jetzt mal eine rauchen.«

»Wenn Sie wiederkommen, sind die Fotos fertig.«

Jewgeni steigt die Treppe hinab und begibt sich zur Raucherecke vor dem Gebäude. Der Langhaarige mit dem unglaublichen Kindergesicht steht neben einem Berg von ungefähr hundert Büchern. Eins davon hält er in der Hand und blättert es zutiefst berührt durch, den Tränen nahe.

»Erledigt?«, fragt ihn Jewgeni.

»Ja«, meint der Langhaarige, ohne den Blick vom Buch zu heben.

»Aber wieso denn hundertmal das gleiche Buch, was machen Sie damit?«

Der Langhaarige dreht sich zu ihm, wirft ihm einen etwas aggressiven Blick zu, aber dann setzt er seine freundliche Miene sofort wieder auf.

»Dieses Buch hier, mein Freund, das habe ich geschrieben. Das ist mein Prosadebüt. Und außerdem habe ich bisher auch noch fünf Gedichtbände veröffentlicht.«

»Ohne Verlag?«, wundert sich Jewgeni.

»Wie, ohne Verlag? Und was ist das da?«, fragt der andere und zeigt auf das Gebäude hinter ihnen.

»Das Kopierzentrum.«

»Nicht nur. Es ist gleichzeitig auch mein Verlag. Ich bringe mein Buch hin, auf einer CD, und sie drucken es an Ort und Stelle.«

»Ach so. Ich dachte, ein Buch müsse wie ein Auto registriert werden und bei der Nationalbibliothek aufgenommen sein.«

»Wem sagen Sie das, mir?! Ich bin Mitglied des Schriftstellerverbands, ich weiß das. Ein Buch muss eine ISBN-Nummer bekommen.«

»Genau.«

»Und wo ist das Problem? Die kann man im Kopierzentrum kaufen.«

Jewgeni sieht das Cover an, darauf befindet sich ein Name, ein Buchtitel, ein Buchuntertitel und daneben das Schattenbild eines Don-Juan-Kopfs auf rotem Hintergrund:

George Luca
Ewig junger rastloser Adler
Roman

Als er ihm das Buch zurückgeben will, weist ihn der Autor ab.

»Nein, nein! Sie können es ruhig behalten.«

Jewgeni sucht nach dem Portemonnaie in der inneren Westentasche.

»Okay, was schulde ich Ihnen?«

»Ach, kommen Sie! Gar nichts. Es hat keinen Preis. Es ist unbezahlbar«, versucht er zu scherzen. »Ich schenke es Ihnen gerne. Es gibt nichts Schöneres für einen Schriftsteller, als sein Buch zu verschenken.«

Jewgeni will sich verwirrt von dannen machen.

»Augenblick mal, ich gebe Ihnen noch ein Autogramm«, ruft ihm der Mann nach.

Jewgeni lässt sich ein Autogramm geben, klopft dem Mann ermutigend auf die Schulter, schüttelt ihm kräftig die Hand, wirft einen kurzen Blick auf sein Fahrrad und kehrt wieder ins Gebäude zurück, um das Album mit Hochzeitfotos zu holen.

14

Mit Hose und Sakko gekleidet und diesem Hut auf dem Kopf sieht Frau Stoican wie ein Mann aus. Besser gesagt wie Charlie Chaplin.

Während sie verschiedene Kleidungsstücke zusammenfaltet und in einen Rucksack hineinstopft, denkt sie an Mădălinas Geburt zurück. Der Arzt hatte ihr das Baby auf die Brust gelegt, aber zu ihrer Überraschung weinte es nicht. Mehr noch, es zuckte und schien nach Luft zu ringen, was ihr einen Riesenschrecken einjagte.

»Tun Sie etwas! Sie erstickt!«, rief sie dem Arzt zu.

»Keine Panik! Es ist ganz normal, dass ihre Tochter anfangs so reagiert, sie passt sich der neuen Umgebung an. Ihre Lunge macht sich mit der Luft vertraut.«

Frau Stoican beobachtete Mădălina aufmerksam und beruhigte sich etwas, als das Baby normal zu atmen begann.

»Wieso öffnet sie die Augen nicht?«, beschwerte sie sich erneut.

»Immer mit der Ruhe. Das wird sie gleich machen. Sie ist kerngesund.«

»Und wieso weint sie dann nicht?«

»Dafür wird sie ein Leben lang genug Zeit haben«, meinte der Arzt und lächelte.

Und als Bestätigung seiner Worte schlug Mădălina die Augen auf und begann zu weinen.

Was empfindet ein Mensch bei seiner ersten Begegnung mit der Welt, fragt sich Frau Stoican. Schmerz? Angst? Und was empfindet er, wenn er alt ist, und sich an überhaupt nichts mehr erinnern kann?

Waldi drückt sich an ihre Beine und wedelt mit dem Schwanz, um zu signalisieren, dass er nun startbereit ist.

»Nein, Waldi. Heute bleibst du mal schön zu Hause«, sagt Valeria.

Sie hat nun ihren Rucksack zu Ende gepackt. Sie nimmt ein Bündel Geldscheine aus einer Schublade und steckt es in einen Umschlag. Sie reißt ein Blatt Papier aus einem Heft und schreibt langsam, in Schönschrift:

Lieber Jewgeni,
pass bitte gut auf Waldi auf, bis ich wieder zurückkomme. Ich denke, es wird nicht lange dauern. Habe keine Angst mehr vor ihm, er ist kein Löwe, um dich zu fressen. Sein Futter liegt in der grauen Schublade, unten links, in der Küche. Und bitte nicht auf die Idee kommen, meine Kakteen zu gießen. Solange sie blühen, brauchen sie kein Wasser. Im Umschlag nebenan sind einige Geldscheine, nimm sie, investiere sie in die Veröffentlichung deines Buchs. Verliere keine Zeit, das Leben ist kurz.

Herzlichst,

Valeria

PS: Sag es Mădălina bitte nicht, damit sie sich keine törichten Sorgen macht.

Frau Stoican bringt den Umschlag in den Flur und legt ihn auf den Schuhschrank. Auf den Umschlag legt sie das Schreiben.

Sie kehrt wieder ins Wohnzimmer zurück, nimmt den Rucksack, schubst Waldi, der vor der Tür liegt, mit dem Fuß sanft zur Seite und verlässt das Haus auf leisen Sohlen, um Jewgeni nicht zu wecken. Unterwegs zum Busbahnhof erinnert sie sich an den Tod ihrer Eltern.

Valerias Vater starb ganz plötzlich, aus heiterem Himmel. Sie hatte seine Lebhaftigkeit geerbt. Obwohl er auf die fünfzig zuging, weigerte er sich zu altern. Er unterrichtete Biologie wie Valeria, war aber Professor an der Uni gewesen, und als Ausgleich zum ewigen Sitzen im Forschungslabor fuhr er eine Menge Fahrrad. Er beschränkte sich nicht lediglich auf seine Stadttouren, er nahm sogar an einem Landeswettkampf teil, und bei einem nationalen Fahrradwettbewerb erreichte er einmal den dreiundzwanzigsten Platz. In seinem Todesjahr hatte er sich abermals für das nationale Radrennen qualifiziert und sich dabei vorgenommen, das Ziel unter den ersten Zehn zu erreichen. Er war gerade dabei, sein Fahrrad zu reparieren – er hatte ihm den Spitznamen *das Unzähmbare* gegeben –, als er ein Taubheitsgefühl in den Fingern der linken Hand wahrnahm, das sich im ganzen Arm bis zum Schlüsselbein ausbreitete. Er hatte ein Engegefühl in der Brust, kalter Schweiß trat auf seine Stirn. Er setzte sich auf die Haustreppe, um sich zu erholen, woraufhin er plötzlich umkippte. Herzinfarkt. Als der Notarzt eintrat, war er schon tot.

So leicht und plötzlich der Tod von Valerias Vater war, so lange und quälend ging das Sterben ihrer Mutter vor sich. Im Alter von siebenundsechzig Jahren stellte man fest, dass sie an Alzheimer litt. Frau Stoican konnte mit dieser Diagnose kaum etwas anfangen. Der Arzt hatte sie vor einer sehr schwierigen Zeit gewarnt, die ihr und der Erkrankten bevorstünde. Durch permanente Pflege und Zuneigung könne ihre Mutter aber noch mindestens zehn Jahre leben, hatte er hinzugefügt.

In der Kindheit hatte Valeria durch die autoritäre Art ihrer Mutter und deren permanenten Bezug auf den Allmächtigen gelernt, Gott sei eine Art General, der seine Truppen regelmäßig inspizierte: Hast du deine Nägel geschnitten, die Zähne geputzt, die Hausaufgaben gemacht, deine Kleidung zusammengefaltet, deine Puppen geordnet vor dem Zubettgehen. Als sie dann etwas älter wurde, fuhr der General mit der Inspektion fort, unter Berücksichtigung anderer Aspekte: Wie kurz der Ballrock sein durfte, wen man küssen durfte und wen nicht, und woran man bei der Ansicht eines Jungen nicht zu denken hatte. Und je nach Verhalten, bestrafte Gott einen oder nicht.

Später, als Erwachsene, bemühte sich Valeria nach ihren eigenen Vorstellungen zu leben und ihre Mutter möglichst zu ignorieren. Sie hatte sowieso im Laufe der Zeit festgestellt, dass ihre Mutter nicht nach den Anweisungen Gottes handelte, sondern dass viel eher Gott nach den Anweisungen ihrer Mutter agierte. Sie überließ es also ihrer Mutter, sich ohne sie mit Gott herumzuschlagen. Und als ob sie genau das erwartet hätte, verhielt sich ihre Mutter ab dem vierzigsten Lebensjahr so, als wäre Gott ihr persönliches Eigentum, das sie mit keinem teilen wollte. Der General sprach nur mit ihr allein und ließ ihr extra auf sie zugeschnittene Verhaltensregeln zukommen. Er wies sie an, wann genau sie in die Kirche zu gehen und wie sie die Nippesfiguren in der Schrankvitrine im Wohnzimmer zu ordnen hatte. Es kümmerte sie kaum noch, was Gott über Valeria und die anderen dachte, sondern nur noch das, was er von ihr hielt. Und es dauerte nicht mehr lange, bis ihre Mutter den alten General endgültig für sich konfiszierte, und den Rest der Welt, der ihn nicht verdiente, ins Chaos versinken ließ.

Es dauerte eine Ewigkeit, bis sich Valeria endlich bewusst wurde, dass ihre Mutter eine merkwürdige Veränderung durchmachte. Sie hatte sie wegen ihres religiösen Fanatismus, der sich nach dem Tod ihres Vaters nur noch verstärkt hatte, sowieso nie für ganz voll genommen, und so hatte sie ihr merkwürdiges Verhalten eine Zeit lang als normal eingestuft. Doch irgendwann häuften sich zunehmend die Anzeichen, dass etwas Furchtbares mit ihrer Mutter vonstattenging, und Valeria war irritiert und bisweilen entsetzt.

Zunächst begann ihre Mutter, Kleinigkeiten zu vergessen, wo sie ihre Pantoffeln abgestellt hatte oder den Namen einiger Alltagsgegenstände um sich herum. Sie wiederholte immer häufiger Fragen, die man ihr vor fünf Minuten bereits beantwortet hatte. Sie sah fern und verstand die einfachsten Zusammenhänge nicht mehr. Auf ihren kurzen abendlichen Spaziergängen im Park blieb sie bisweilen neben einer Bank stehen, auf der sie schon unzählige Male gesessen hatte, und rief: »Wo bin ich denn hier? Was soll das? Wieso hast du mich hierher gebracht? Ich will nach Hause gehen!«

Dinge zu vergessen ist im Alter ziemlich normal, versuchte Valeria sich zu beruhigen. Aber dann fand sie ihre Mutter eines Tages im Keller wieder. Sie hatte alle Einmach- und Marmeladengläser aus den Regalen genommen – einige davon lagen zerbrochen auf dem Boden – und sie durch die Nippesfiguren aus dem Wohnzimmerschrank ersetzt. »Was ist denn passiert, Mutter?«, fragte Valeria entsetzt. Die Antwort kam wie ein Hammerschlag: »Meinst du, ich habe nicht gemerkt, dass du mich aus dem Wohnzimmer vertrieben hast? Das lass ich mit mir nicht machen! Ich bin wieder zurückgezogen.« Ab diesem Zeitpunkt musste Valeria der Wahrheit ins Auge sehen, und brachte ihre Mutter zum Arzt, damit man sie durch angemessene Medikation wieder zur Vernunft brachte. Die Behandlung mit Cholinesterase-Hemmer führte zu keinem Ergebnis, es beschleunigte eher den Krankheitsverlauf. Man konnte ihre Mutter keinen einzigen Augenblick mehr allein lassen. Sie vergaß, den Herd abzuschalten, den Wasserhahn abzudrehen, ordnete immer wieder neu die Gegenstände im Haus und beschimpfte Valeria, wenn diese sie davon abhalten wollte. Dann folgte das Schmerzhafteste, ihre Mutter fragte sie immer häufiger, wer sie überhaupt sei, und mit welchem Recht sie ihr Haus betreten habe. Oder sie sah Valeria nachdenklich an, streichelte ihr Gesicht mit einer Zärtlichkeit, die sie ihr früher nie entgegengebracht hatte, und als hätte sie sich nicht einem Menschen aus Fleisch und Blut zugewandt, sondern einem Phantom, sagte sie: »Wie sehr du meiner Tochter ähnelst! Sie ist leider fortgegangen. Weißt du vielleicht, wo sie sich jetzt aufhält?« Es gab also Tage, an denen sie Valeria für eine Fremde hielt, und manchmal wickelte sie irgendeinen Gegenstand aus dem Haus in Zeitungspapier, brachte ihn ihrer Tochter, und sagte: »Liebe Valeria, diese Tage war ... nein, heute ist dein Geburtstag, tut mir leid, ich hatte es vergessen, ich bin alt geworden. Aber ich habe dir ein Geschenk gekauft. Herzlichen Glückwunsch, meine Liebe!«

Valeria tat alles, um ihrem Gedächtnis möglichst auf die Sprünge zu helfen. Überall im Haus lagen Zettel mit knappen Anweisungen und Informationen: »Bitte den Wasserhahn abdrehen!«, »Das Essen liegt im Kühlschrank«, »Teekanne«, »Ich bin in der Stadt, komme gleich wieder«, »Valeria ist deine Tochter«, »Das ist ein

Messer. Man kann sich damit schneiden«, »Sonnenblumenöl. Nicht trinken!«, »Mit der rechten Hand essen!«, »Nicht wütend werden. Valeria will nur dein Bestes.«

Dann folgte auch der Augenblick, wo der alte General ihre Mutter endgültig verließ, sie wusste nicht mehr, wie man sich wäscht, wie man sich anzieht und ins Bad geht. Sie war nun ans Bett gefesselt und benötigte mehr Pflege als ein neugeborenes Baby. Valeria freute sich fast für sie, als sie starb.

Diese Erinnerungen kommen hoch, als Frau Stoican sich dem Busbahnhof nähert. Dort angekommen geht sie zum Info-Desk und fragt, wo ihr Bus losfährt. Man erklärt es ihr, und sie macht sich auf die Suche. Sechs Personen warten vor dem Gepäckraum eines grünen Reisebusses, sie gesellt sich zu ihnen.

Neben ihr steht eine alte Frau mit einem Kind im Arm, das bereits im Schulalter zu sein scheint, seine Füße berühren beinah den Boden.

»Mamiii! Muttiii! Muttiii!«, weint der Junge, melodramatischer als in einem koreanischen Film.

»Nicht weinen, du bleibst ja bei Omi. Mutti kommt bald wieder zurück«, versucht die alte Frau ihn zu beschwichtigen, mit Tränen in den Augen.

Frau Stoican sieht eine Frau am Busfenster, wohl die Mutter des Jungen. Die Frau am Busfenster winkt der alten Frau und dem Kind zu, dann wendet sie sich ab, um ihre Tränen zu verbergen. Frau Stoican geht entschlossen auf das Kind zu und sagt: »Nicht weinen, kleiner Mann!«

Sowohl das Kind als auch die Großmutter sind derart überrascht durch Frau Stoicans Eingreifen, dass sie verstummen. Die Großmutter hat das Kind runtergelassen, es steht jetzt auf dem Boden.

»Ist das denn möglich? Große Jungs weinen nicht. Was willst du denn für ein Mann werden?«, sagt Frau Stoican.

Der Busfahrer berührt Frau Stoicans Rücken mit der Handfläche. Frau Stoican zuckt zusammen.

»Fahren Sie mit?«, fragt er.

»Ja«, sagt sie, nimmt die Karte aus der Tasche und zeigt sie ihm.

»Dann geben Sie mir doch bitte Ihr Gepäck! Wir haben keine Zeit zum Verplempern.«

Frau Stoican gibt ihm den Rucksack.

»Wann kommen wir an?«, fragt sie.

»Es dauert nicht lange. Noch nicht einmal zwei Tage«, meint der Fahrer und reißt ihr den Rucksack aus der Hand.

Valeria wendet sich wieder dem Jungen zu.

»Sag mal, willst du ein richtiger Mann werden oder nicht?«, fragt sie ihn.

Der Junge sieht beschämt zu Boden.

»Na siehst du? Du willst also ein richtiger Mann werden. Also, dann weine nicht mehr. Deine Mutter kommt bald wieder zurück, dafür sorge ich. Du gehst schön in die Schule, um neue Dinge zu lernen, hörst immer schön auf deine Oma, und Mama kommt dann wieder zurück. Das verstehst du doch, oder?«

Der Junge nickt.

»Bis bald, also!«, sagt Frau Stoican und setzt einen Fuß auf die Bustreppe.

»Vielen herzlichen Dank«, sagt die alte Frau den Tränen nahe.

Frau Stoican steigt in den Bus und sieht sich nach einem leeren Platz um. Eine Frau in der Mitte des Busses ruft ihr zu: »Setzen Sie sich hier, neben mich. Der Platz ist frei. So können wir uns noch ein bisschen unterhalten, der Weg ist lang.«

Frau Stoican setzt sich hinter die Frau.

»Es tut mir leid, aber mir ist nicht zum Reden zumute. Vielleicht später.«

Sie lehnt sich zurück, schließt die Augen, und der Bus fährt los.

Sie fahren alle weg, aber wohin bloß, fragt sich Frau Stoican. Sobald du geboren wirst, öffnest du die Augen und betrachtest die Welt. Am Anfang gibt es für dich lediglich das, was du sieht: deine linke und deine rechte Hand, deine Mutter, deinen Vater. Du kennst diese Begriffe zwar noch nicht, aber du bekommst allmählich eine Idee von dem, was dein Zuhause ist. Und dein Zuhause weitet sich nach und nach aus.

Deine Wohnung: *Mutiiii, ich will nach Hauseeee! Wann gehen wir nach Hauseeee? Nein! Ich möchte nicht länger bei Frau Enache bleibeeeeen! Ich möchte nicht länger mit ihrer Katze spieeeelen! Sie ist böseee! Guck, sie hat mich gekraaaatzt! Ich will nach Hauseeee! Jeeeetzt!*

Dein Spielplatz: *Geh zu deinem Wohnblock! Ja und, ist mir doch egal, wenn es dort keinen Spielplatz gibt! Weg hier! Finger weg, das ist meine Puppe! Du Zigeuner! Das sage ich meinem Vater! Ich knall dir gleich eine, du Blödmann! Hau ab!*

Deine Straße: *Die Kastanienbäume auf meiner Straße sind viel schöner als die Kastanienbäume auf deiner Straße. Viel, viel schöner. Kann man gar nicht vergleichen. Wenn sie blühen, dann ist es hier am allerschönsten. Die Bäume sind bei uns am schönsten, ihr habt keine so schönen Bäume wie wir. Und auch keinen Springbrunnen.*

Deine Stadt: *Man kann deine Stadt mit meiner Stadt gar nicht vergleichen. Ihr habt in eurer Stadt eine einzige Hauptstraße. Und bloß zwei Straßenbahnlinien. Ihr seid ja alle unterbelichtet, ihr kauft eure Schuhe im Supermarkt. Hast du schon mal bei euch solche Kleider wie bei uns gesehen? Wenn es so toll in deiner Stadt ist, wieso bist du dann zu uns gekommen, um zu studieren?*

Deine Freunde: *Ich werde es dir nie vergessen, wie du mich bei dieser Mathe-Arbeit bei dir abschreiben ließest. Und auch dann, wenn ich schon verheiratet sein werde, und auch dann, wenn ich alt sein werde, werden wir immer noch zusammen im Park spazieren gehen. Wir haben eine Menge Spaß zusammen!*

Deine Feinde: *Hast du gesehen, wie die mich angeglotzt hat? Dieser verdammte Neid!*

Dein erster Lover: *Ja, duuuu! Wir haben uns so richtig geküsst. Wir haben uns geküsst, bis ein Polizist kam, und unsere Ausweise sehen wollte. Vorher waren wir in der Konditorei Scala und er spendierte mir eine Cola, und ein großes Schokoeis. Sein Vater hat einen Dacia 1300.*

Deine Stadt-Mitbewohner: *Ja, ich höre ihnen gerne zu. Ich laufe manchmal hinter ihnen her und höre ihnen diskret zu. Ich höre mir ihre Geschichten an, ich mag diese Leute, als wären sie meine Geschwister. Ich hänge einfach an ihnen.*

Je weiter du gehst, desto mehr erweitert sich dein Zuhause. Wenn du den Laden an der Ecke erreichen möchtest, dann gehst du von zu Hause weg, und dein Zuhause ist dann die Wohnung. Wenn du die Stadt verlässt, dann ist dein Zuhause die Stadt. Wenn du das Land verlässt, dann ist dein Zuhause das Land. Wenn du die Erde mit einem Raumschiff hinter dir lässt, dann ist dein Zuhause die Erde. Aber vor allem ist dein Zuhause der Ort, an dem du geboren wurdest, und an welchem du deine Kindheit und Jugend verbracht hast, egal ob sie schön waren oder nicht, und wo die anderen Menschen dieselbe Sprache wie du sprechen, überlegt Frau Stoican. Wenn man das nicht mehr weiß, dann hat man den Verstand verloren, so wie Mutter, die dachte, sie wäre bei sich zu Hause nicht zu Hause. Wenn die Alzheimer-Krankheit einen richtig im Griff hat, erkennt man sein Zuhause nicht mehr wieder. Man zieht dann von zu Hause fort, um es in der weiten Welt ausfindig zu machen. Und alle, die von zu Hause fortgehen, laufen Gefahr, der Alzheimer-Erkrankung anheimzufallen. Alle, die in diesem Bus sitzen. Alle, die ihr Zuhause verlassen haben.

Frau Stoican macht es sich bequem auf ihrem Sitz, schläft ein und fühlt sich wie im Mutterleib. Ihr Schlaf gebiert Erinnerungen. Nach einigen Stunden gebiert ihr Schlaf einen Traum.

Sie steigt den Berg Athos mit Mühe hoch, auf einem engen Pfad. Sie gelangt auf eine Hochebene und sieht Darie als Mönch gekleidet, mit einem langen weißen Vollbart. Er kniet neben einem Fels und betet. Sie erkennt ihn wieder, aber er sie nicht. Das ist auch nicht weiter verwunderlich, denn sie ist wie ein Mann gekleidet. Wie Chaplin auf dem Berg Athos. Und außerdem ist sie steinalt.

Sie nähert sich Darie schüchtern, berührt seine Schulter.

»Wie geht's, Darie?«, fragt sie ihn.

»Woher kennst du meinen Namen?«, entgegnet er. Er steht auf und sieht sie an, als wäre sie ein Phantom.

»Von ihnen«, lügt sie und zeigt auf die Kirche in der Ferne.

»Wieso sprichst du Rumänisch?«

»Ich komme aus Rumänien.«

Sein Gesicht entspannt sich.

»Ein schönes Land. Ich habe früher einmal dort gelebt, vor sehr langer Zeit, als ich noch durch die Welt wanderte. Es wundert mich, dass ich die rumänische Sprache noch nicht vergessen habe.«

Darie schweigt und sieht einer Möwe nach, die ihn im Vorbeifliegen beinah mit den Flügeln berührte.

»Womit kann ich Ihnen eigentlich helfen?«, zeigt er sich plötzlich ungeduldig. »Wen suchen Sie?«

»Ich möchte einen Menschen kennenlernen, der Gott mehr liebt als jedes menschliche Wesen.«

Darie schweigt verlegen und sieht nach unten.

Darie liebt Gott. Nur Gott. Er hat die Welt, den Rest der Welt vergessen. Jetzt tut er nichts anderes mehr, als Gott anzubeten. Es gibt nur noch Gott für ihn. Frau Stoican könnte nun Darie ihre Identität verraten, ihn an die Motorradausflüge von früher erinnern, an ihr gemeinsames Kind, ihm sagen, dass die Beatles nie in Oneşti waren. Sie bittet ihn nicht, mit ihr nach Hause zu gehen, weil ihn das völlig verwirren würde.

»Tun Sie mir bitte einen Gefallen«, sagt sie schließlich.

»Ja?«

»Lassen sie uns ein gemeinsames Foto machen.«

Darie versteht das nicht.

»Wozu?«

»Damit ich eine Erinnerung vom Berg Athos habe.«

Darie zögert eine Weile, aber dann erinnert er sich, dass er in seinem weltlichen Leben Fotograf war. Er akzeptiert es. Frau Stoican nähert sich ihm, holt eine kleine Kamera aus der Tasche, legt Darie die linke Hand um die Schulter, drückt ihn an sich, so stark, dass Darie ein wenig erschrickt, streckt die rechte Hand mit der Kamera vor sich und drückt auf den Auslöser.

»Fertig. Vielen Dank!«

»Gott sei mit Ihnen«, sagt er und geht.

Die Beatles waren nie in Oneşti, möchte ihm Frau Stoican nachrufen, aber sie wird plötzlich durch die kräftige Stimme des Fahrers geweckt, die aus dem Lautsprecher über ihrem Kopf kommt: »Pinkelpause! Alle aussteigen, bitte! Ich halte später nicht noch einmal an, damit das klar ist.«

Frau Stoican ist etwas konfus, sie sieht sich desorientiert um. Sie steht auf und verlässt den Bus, ohne an die Handtasche im Gepäckträger zu denken.

Sie befindet sich nun in einem überfüllten Bahnhof, die Leute laufen hektisch umher, wie Ameisen vor dem Regen. Ein Zigeunerjunge kommt auf sie zu, hält ihr ein flaches Päckchen entgegen.

»Küss' die Hand, Madame, möchten Sie vielleicht ein Ikonenbild kaufen?«

Frau Stoican reagiert nicht.

»Sie zahlen, so viel Sie möchten. Ich habe Hunger, ich möchte mir bloß ein Brot kaufen«, sagt der Zigeunerjunge.

Sie scheint ihn weiterhin nicht wahrzunehmen.

»Es ist die Mutter Gottes, bringt Glück, Madame. Das Bild wurde gesegnet und bewirkt Wunder«, fügt der Junge hinzu.

Frau Stoican steht reglos da, sie scheint durch den Jungen hindurchzusehen.

»Okay, Madame, wenn Ihnen das Bild nichts wert ist, dann gebe ich es Ihnen umsonst. Hier, nehmen Sie es«, meint er und streckt ihr das Ikonenbild entgegen.

Frau Stoican nimmt das Bild, hebt es, sieht es abwesend an. Sie läuft mit dem Bild weiter und betritt den Busbahnhof.

»Sie sind ein Geizkragen, Madame«, ruft ihr der Junge nach, aber sie hört ihn nicht.

Sie sieht verwirrt nach links und nach rechts, schiebt die Menschen beiseite, läuft durch die hektische Menschenmenge. Sie öffnet die Toilettentür und stürzt zum Waschbecken. Sie dreht den Wasserhahn bis zum Anschlag auf, stellt das Ikonenbild auf dem Boden ab und spritzt sich Wasser ins Gesicht. Auf einmal spürt sie ein Kribbeln in den Fingern, als wären ihr die Menschen von draußen als Ameisen unter die Haut gekrochen. Danach werden ihre Füße taub. Die Ameisen krabbeln die Knöchel hoch, greifen den Bauch an, die Brust, die Schultern, den frisch rasierten Kopf.

Frau Stoican setzt sich zitternd neben das Waschbecken. Sie bleibt dort ungefähr zehn Minuten lang sitzen, die Frauen, die die Toilette betreten oder verlassen, beachten sie nicht. Hin und wieder wirft man ihr einen erstaunten Blick zu.

Die Ameisen beruhigen sich, verschwinden nach und nach, wenn sie nicht vielleicht nur eingeschlummert sind, in dem Haufen Fleisch neben dem Waschbecken. Frau Stoican steht auf, verlässt die Toilette und den Busbahnhof. Sie läuft über die Straße.

Man hört Bremsquietschen, Hupgeräusche, Beschimpfungen. Für Frau Stoican gibt es aber nur noch ihre Hände, das knapp vor ihr haltende Auto, die Schaulustigen auf dem Gehweg, den blauen Himmel, die Morgensonne, alles sinnlose Dinge und ohne Bezug zueinander.

15

Eines der wenigen Dinge, die Jewgeni wirklich liebt, ist, Auto zu fahren, er genießt es in vollen Zügen. Das Auto ist für ihn eine Art Zuhause. Als säße man in der Küche und würde damit losfahren. Manchmal, wenn er Hunderte von Kilometern von seinem Zuhause entfernt ist, hat Jewgeni den Eindruck, er befände sich am Ende der Welt. An diesem imaginären Ort, wo man früher meinte, als man noch nicht wusste, dass die Erde rund ist, ins Bodenlose zu stürzen. Aber sobald er sich dann ins Auto setzt, fühlt er sich wieder wie zu Hause.

Sein Opel Corsa Vierzylinder, von denen bloß drei funktionieren, und der nur eintausend Euro kostete, ist sein wahres Zuhause. Das einzige, eigentlich. Und er stellt sich oft vor, dass er sich damit auf die Suche nach diesem flachen Ende der Welt machen würde, wenn er genügend Zeit hätte.

Jewgeni sitzt am Lenkrad und sein Fahrvergnügen wird durch seine Mitfahrerin nur noch gesteigert. Da sich Mădălinas Auto in der Werkstatt befindet, sitzt sie nun neben ihm.

»Alle sprechen dauernd von der Reiselust, doch nur die wenigsten wissen genau, wo sie hinreisen möchten«, sagt er. Mădălina ist gerade erwacht aus ihrem Nickerchen.

»Das Ziel ist relativ unwichtig. Manchmal reicht es, auch nur kurz aus der Stadt rauszufahren, zum Berg nebenan, und schon hat man seine Batterien wieder aufgeladen«, sagt sie gähnend.

»Wieso ist das Ziel unwichtig?«

»Wenn man rund um die Uhr arbeitet, und sich richtig ins Zeugt legt so wie ich, und nicht so wie du in den Tag hineinlebt«, wird sie ironisch, »dann spielt es keine Rolle mehr, wo man hinfährt. Man möchte nur noch weg, von zu Hause und von der Arbeit.«

»Ihr arroganten Arbeitstiere!«

»Wen meinst du denn?«

»Euch, die immer nur schaffen, um danach Urlaub machen zu können. Ihr denkt nur an eure Karriere.«

Mădălina scheint verärgert zu sein.

»Und wieso ist es schlimm, Karriere machen zu wollen?«, fragt sie.

»Es ist nicht unbedingt schlimm, es ist einfach nur dumm.«

»Drückeberger wie du können gar nicht anders denken.«

»Nein, jetzt allen Ernstes«, sagt er. »Sogar der Steinzeitmensch war klüger als wir. Ob Jäger oder Sammler, ihn interessierte bloß eines: das Essen. Er wollte keine Karriere machen.«

Jewgeni fährt jetzt langsamer, wegen eines Begräbniszugs vor ihnen. Alle Dorfbewohner scheinen daran teilzunehmen. Er setzt den Blinker nach links und wechselt in den ersten Gang. In der Gegenrichtung fahren die Autos Stoßstange an Stoßstange.

»Wir fahren nun wirklich im Schneckentempo. Seit wann dürfen Begräbniszüge auf der Landstraße stattfinden?«

»Wie sollen sie denn sonst zum Friedhof kommen?«

»Keine Ahnung. Es gibt ja auch noch andere Straßen im Dorf.«

»Vielleicht haben sie keine Wahl. Wenn der Tote jenseits der Nationalstraße gelebt hat, wo es keinen Friedhof gibt, ist das der einzige Weg.«

Mădălina antwortet nicht, sie betrachtet den Begräbniszug. Ein schwarz gekleidetes Mädchen an der Hand seiner Mutter wendet den Kopf zu Mădălina und lächelt ihr zu. Dann winkt es, Mădălina winkt zurück. Das Mädchen streckt Mădălina die Zunge raus. Mădălina führt den Zeigfinger zur Nase und schneidet Faxen, die beiden amüsieren sich gemeinsam.

Jewgeni schafft es endlich, den Begräbniszug zu überholen. Mădălina wendet sich ab, um den Sarg nicht zu sehen.

Nach einigen Schweigeminuten fährt er mit dem Gespräch fort: »Wohin möchtest du am liebsten reisen?«

»Nach Kuba und nach Indien, glaube ich.«

»Gibt es dort etwas Besonderes?«

»Das weiß ich nicht. Aber es soll dort sehr schön sein.«

»Mich beschäftigt das wirklich. Es gibt unzählige schöne Orte auf der Welt. Aber welcher davon interessiert dich am meisten?«

»Und dich?«

»Schwer zu sagen. Für mich stellt sich vor allem die Frage, was an diesem Ort passiert. Aber ich kann mich schwer für einen Ort entscheiden.«

»Dann sag doch einfach irgendetwas.«

Jewgeni überlegt.

»Als Erstes würde ich einmal gerne dem Weg der Lachse folgen, vom Ozean zurück zu ihrem Ursprungsort in Kanada. Die Lachse schlüpfen in einem Bergfluss, und nach einer Weile begeben sie sich auf ihre große Lebensreise. Sie schwimmen stromabwärts zum Ozean. Und später kehren sie dann wieder flussaufwärts zu ihrem Geburtsort zurück, um dort zu laichen, wonach sie sterben.«

»Die Elefanten machen es so ähnlich, oder?«

»Nein, wenn sie spüren, dass das Ende naht, begeben sie sich zu einem Elefantenfriedhof. Aber die Lachse kehren genau zu ihrem Geburtsort zurück, sie schwimmen gegen den Strom und laufen dabei permanent Gefahr, von wilden Tieren gefressen zu werden, von Wölfen, Füchsen, Bären. Vor allem die Bären haben es auf sie abgesehen, oft werden sie von diesen regelrecht massakriert. Ich frage mich, wie sie unter hunderten von Flüssen genau den Fluss finden, der sie zu ihrem Geburtsort zurückbringt.«

»Und wohin würdest du sonst noch gerne reisen?«, fragt Mădălina.

»Nach Garmisch-Partenkirchen.«

»Wohin?«, fragt Mădălina.

»Nach Garmisch-Partenkirchen. Der Name klingt gut, finde ich. Es ist ein Kurort in Deutschland.«

»Nie gehört.«

»Weil du dich nicht für das Skispringen interessierst.«

»Ich habe Besseres zu tun.«

»Es gibt dort das Neujahrsskispringen der Vierschanzentournee. Gerade am 1. Januar, wo alle einen Kater haben, nach der Silvesterfeier«, fährt Jewgeni mit seinen Erklärungen fort. »Vor der Endrunde, wo die besten zehn gegeneinander antreten, springt ein Typ zur Probe.«

»Warum?«

»Weil man die Bedingungen testen muss, inwiefern die Windstärke den Sprung beeinflussen könnte, glaube ich.«

»Okay, und?«

»An diesem Ort möchte ich dann am liebsten sein. Ich stelle mir manchmal vor, ich wäre dieser Probespringer, und ich würde viel weiter springen als alle Finalisten. Ohne dass es einer mitbekäme. Der Probespringer spielt bloß eine Nebenrolle, er wird so gut wie gar nicht beachtet, und daher reizt mich diese Rolle.«

»Du bist vielleicht sonderbar! Was hat es denn für einen Sinn, am weitesten zu springen, wenn es keiner mitbekommt?«

»Na ja, ich würde sowieso nicht am weitesten springen, ich denke eher, ich würde mir beim Springen das Genick brechen.«

»Kannst du eigentlich Ski laufen?«

»Nein.«

Beide lachen.

»Als Kind mochte ich es, Eiskunstlaufwettbewerbe im Fernsehen zu sehen«, sagt Mădălina. Aber noch mehr als die Sprünge und Pirouetten der Tänzer faszinierte mich der Moment nach dem Tanz, wo den Gewinnern Blumen zugeworfen wurden, von den Tribünen. So viele Blumen, dass die Sieger sie gar nicht alle einsammeln konnten, und so erschienen dann immer einige Kinder, die ihnen dabei halfen. Einmal fragte ich meinen Vater: ›Und was machen die Kinder mit den vielen Blumen?‹ – ›Sie geben sie später den Siegern‹, meinte er. ›Absolut alle? Behalten sie keine einzige Blume für sich?‹ – ›Doch‹, sagte dann mein Vater. Und ich träumte davon, eins dieser Kinder mit den Armen voller Blumen zu sein. Ich stellte mir vor, ich würde meine Schlittschuhe ausziehen und mich mit allen Blumen auf und davonmachen. Ich wünschte mir, ich würde all diese Blumen nur für mich behalten.«

Jewgeni sucht nach einem anderen Rundfunksender. Man hört nur Knacken, Rauschen und Pfeifen, Geräusche, die von einer anderen Welt zu stammen scheinen.

Nach einer Weile setzt sich Mădălina ans Lenkrad, Jewgeni nickt ein.

Mădălina schubst ihn leicht.

»Hey, schläfst du?«

Jewgeni reibt sich die Augen.

»Nicht wirklich.«

»Du wolltest doch Fotos machen.«

Er nimmt die Kamera von seinem Schoß und kontrolliert etwas am Objektiv.

»Keine Lust mehr.«

Er nimmt ein Tempotuch aus der Tasche und reinigt die Kameralinse.

»Komm, erzähl mir etwas!«, meint Mădălina.

»Was soll ich dir denn erzählen?«

»Irgendetwas. Damit ich nicht einschlafe. Sag mir zum Beispiel, dass ich schön bin«, flüstert sie.

»Du bist schön«, sagt er trocken.

»Und blutjung«, haucht sie.

»Unglaublich schön und blutjung«, sagt er leicht ironisch mit der Betonung auf *unglaublich*.

Mădălina sitzt schweigend am Lenkrad, langsam verschwindet das Lächeln aus ihren Mundwinkeln.

»Vor zwei Tagen sah ich einen Studenten auf der Straße. Er lief durch die Gegend und verteilte Flyer«, sagt sie.

»Flyer worüber?«

»Keine Ahnung, es ist auch nicht wichtig. Das Problem ist, dass der Typ, genau als ich an ihm vorbeiging, plötzlich eine andere Richtung einschlug und auf eine andere Person zuging. Verstehst du? Er meinte wohl, ich wäre seines Scheißflyers nicht würdig.«

»Unsinn. Das war bloß Zufall.«

»Das meinst du! Ich lief weiter, aber dann kehrte ich plötzlich um und ging noch einmal an ihm vorbei.«

»Und?«

»Und gar nichts. Er gab mir auch diesmal keinen Flyer«, sagt sie traurig.

»Vielleicht war diese Werbung nichts für dich. Vielleicht ging es darin um eine Pizzeria. Und bei deinem Aussehen wird er wohl sofort gemerkt haben, dass du keine Pizza isst.«

»Machst du dich etwa über mich lustig?«

»Entspanne dich. War bloß ein Witz.«

Im Radio hört man einen Hit, danach Werbung.

»Ich werde allein sterben, Jewgeni, ich werde so alt wie Mutter werden und allein sterben«, sagt sie pathetisch. »Mutter hat zumindest mich. Aber mich wird man erst drei Tage nach meinem Tod finden. Wegen des Leichengeruchs.«

Jewgeni traut seinen Ohren nicht.

»Hör auf zu jammern. Schluss mit diesem Quatsch.«

»Es ist kein Quatsch. Hör mir jetzt bitte zu. Wenn ich dich um etwas bitte, tust du das dann für mich?«

»Ich muss zuerst wissen, worum es geht.«

»Versprich es mir zuerst.«

»Ich kann es dir nicht versprechen, wenn ich nicht weiß, worum es geht.«

»Pass auf. Ich habe keine Ahnung, wie lange wir beide noch zusammenbleiben. Ich weiß noch nicht einmal, ob wir wirklich zusammen sind.«

»Du wirst jetzt langsam pathetisch.«

»Ich meine es ernst. Versprich mir, dass du zu mir kommen wirst, egal wo du dich befindest, wenn ich alt und verrückt bin, und dich anrufe, weil ich dich brauche.«

»Wieso soll ich zu dir kommen, wenn wir dann nicht mehr zusammen sind?«

»Weil du ein guter Mensch bist. Der einzige, den ich kenne.«

»Okay, das Kompliment nehme ich an. Aber was sollen wir dann zusammen machen?«

»Du sollst mich mit einem Kissen ersticken. Ich werde nie den Mut aufbringen, Selbstmord zu begehen. Ich bin ziemlich feige und möchte, solange es geht, am Leben bleiben. Aber dann, wenn ich keine Kraft mehr habe, werde ich dich bitten, mich umzubringen.«

»Okay, vergiss es. Du bist ja total irre.«

»Ich vergesse es, aber nur, wenn du mir versprichst, dass du mich dann umbringst.«

»Ich verspreche dir, dass ich dich jetzt sofort umbringe, wenn du nicht endlich aufhörst.«

Jewgeni legt die Kamera ins Schoß und führt theatralisch die Hände zu Mădălinas Hals.

»Im Ernst jetzt. Versprich es mir«, wiederholt sie.

Sie fährt mit dem Auto kurz Schlange, über die weiße Trennlinie hin und her.

»Wenn du es mir nicht versprichst, fahre ich nur noch so«, sagt sie lächelnd.

»Okay, okay. Ich verspreche es«, meint er amüsiert. »Aber nur wenn du richtig fährst, sonst gehen wir beide drauf.«

Man hört noch einige Hits und einen Werbeblock. Das Auto fährt durch ein Dorf. Jewgeni führt die Kamera zum Auge, ohne auf den Auslöser zu drücken.

»Weißt du«, sagt er und sieht konzentriert durch den Sucher, »ich denke, dass man sich im Alter über jede zusätzlich gelebte Sekunde freut. Jeden Abend sehe ich bei meiner Fahrradtour einen alten Mann, der an Parkinson leidet. Immer zur gleichen Zeit. Elegant gekleidet, schlurft er zitternd durch die Gegend. An seiner Brust haftet eine Medaille mit der Inschrift »Eintausend Flugstunden«. Er läuft eine zehn Meter lange Strecke auf und ab, vor seinem Wohnblock. Dafür braucht er wahrscheinlich mindestens eine Viertelstunde. Aber er macht dabei einen zufriedenen Eindruck. Sooft ich daran denke, sage ich mir immer …«

Jewgeni unterbricht seine Geschichte und drückt auf den Auslöser. Nach dem Klicken sieht er sich sofort das Bild auf dem Display an.

»Guck mal, du siehst genauso wie diese alte Frau aus. Und jammerst genauso wie sie.«

Das Foto erheitert Mădălina.

»Soll ich weiterfahren?«

»Nein, lass uns bloß eine rauchen.«

Mădălina hält am Wegrand neben einem Weingarten.

»Hier ist Halteverbot, wir befinden uns auf einer Landstraße. Hoffentlich taucht kein Polizeiauto auf«, meint Jewgeni.

»Vergiss es. Moment mal, ich stelle das Warndreieck auf.«

Beide rauchen. Jenseits der Straße liegt ein weites, unbearbeitetes Feld, voller Unkraut.

»Das gefällt mir«, sagt Jewgeni.

»Was gefällt dir?«, fragt sie erstaunt und sieht sich um. »Man sieht nichts Besonderes.«

»Es gefällt mir, mit dem Auto zu fahren, auszusteigen, eine Zigarette zu rauchen und nichts Besonderes um mich herum zu sehen.«

Mădălina sieht sich noch einmal um, außer einer armseligen Vogelscheuche gibt es wirklich nichts zu entdecken. Sie zieht an ihrer Zigarette.

»Auch mir gefällt das.«

Jewgeni entdeckt auch die Vogelscheuche, nimmt einen Stein vom Boden und wirft ihn auf sie. Er trifft sie nicht. Er nimmt noch einen Stein.

»Jetzt schlage ich ihr den Kopf ein«, brüstet er sich. Mădălina lacht.

»Wieder daneben. Sieh mal her, wie man es machen muss.«

Auch Mădălina wirft einen Stein, aber er landet weit entfernt vor der Vogelscheuche.

»Im Steinzeitalter wärest du verhungert«, sagt er.

»Erfreulich, dass wenigstens du überlebt hättest. Lass uns mal um die Wette werfen.«

Sie fahren mit dem Steinewerfen fort, bis Mădălina eine Handvoll Kies nimmt und ihn auf die Vogelscheuche wirft. Ein Steinchen trifft die Vogelscheuche. Sie hebt siegesreich die Arme.

»Gewonnen! Na, wer wird denn in der Steinzeit verhungern?«

»Gilt nicht. Du hast die Regeln nicht eingehalten.«

Ein Lkw-Fahrer hupt, weil er die beiden erschrecken oder vielleicht auch nur vor den vorbeifahrenden Autos warnen möchte.

16

Das Gedächtnis ist ein tiefes und oft extrem trübes Wasser, philosophiert Jewgeni. Manchmal hat man den Eindruck, dieses Wasser sei durchsichtig, aber auch dann ist der Boden immer noch nicht sichtbar. An der Oberfläche scheint alles in Ordnung zu sein, doch man weiß nie, was sich in der Tiefe verbirgt. Die wahrnehmbaren Dinge, ob schön oder hässlich, sind verständlich. Aber in der Tiefe lauern eine Menge ungeahnter, furchterregender Kreaturen, und wenn man daran denkt, hat man manchmal den Eindruck, die Flosse eines Hais würde blitzartig auftauchen oder die Augen eines Krokodils würden einen anstarren. Und was ist besser, fragt sich Jewgeni, in permanenter Angst vor den Kreaturen der Tiefe zu leben oder sie schlicht und einfach zu vergessen?

Jewgeni sitzt vor seinem Laptop in Frau Stoicans Zimmer und versucht, an seinem Roman zu arbeiten. Er muss sich jedoch eingestehen, dass er seit einer guten Stunde überhaupt nichts zustande gebracht hat, außer Frau Stoican aufmerksam zu beobachten. Er fragt sich, ob sie nach etwas sucht oder gerade dabei ist, die Möbel im Wohnzimmer umzustellen.

Zuerst hat Frau Stoican die Mitte des Wohnzimmers freigeräumt, indem sie den Tisch in den Flur beförderte. Als Jewgeni ihr seine Hilfe anbot, lehnte sie vehement ab. Jewgeni gab auf und sah ihr weiterhin nur noch zu. Frau Stoican rollte den Teppich zusammen und räumte ihn sorgfältig neben den Tisch im Flur. Genauso vorsichtig nahm sie die Vitrinengläser der Bibliothek heraus, reinigte sie und lehnte sie an die Wand. Behutsam entstaubte sie der Reihe nach die Nippesfiguren und stellte sie auf den Boden, wo sie alles wie für ein Schachspiel auf einem riesigen Brett zu ordnen begann. Sie gab dieses Unterfangen jedoch schnell auf, um sich den Büchern in der Bibliothek zuzuwenden, die sie nach und nach entstaubte und an der Wand aufeinander stapelte.

Als Jewgeni und Mădălina ins Krankenhaus fuhren, um Frau Stoican nach Hause zu holen, fiel Jewgeni der Abend ein, wo seine Vermieterin ihm gestanden hatte, an Alzheimer erkrankt zu sein. Er hatte ihr damals versprochen, es nicht weiterzuerzählen.

Mădălina ihrerseits hatte schon lange gespürt, dass etwas Dramatisches mit ihrer Mutter vor sich ging. Unterwegs zum Krankenhaus erzählte sie Jewgeni, dass Valeria sie zu ihrer Verblüffung aus dem Festnetz, von einer unbekannten Nummer angerufen hatte.

»Valeria, wo bist du?«

»Ich mache Urlaub.«

»Und wieso hast du mir nichts davon erzählt?«

»Darum nicht.«

»Und wieso bist du gerade dort, in diesem Kaff?«

»Das ist kein Kaff, du hast wohl in Erdkunde nicht aufgepasst. Es ist eine richtige Stadt, mit Krankenhaus.«

»Und wieso kommst du nicht allein zurück? Du bist ja auch allein hingefahren, oder?«

»Ich bin woanders hingefahren.«

»Wohin denn?«

»Wohin denn, wohin denn. Soll das jetzt ein Verhör sein oder kommst du mich endlich abholen? Ich hatte einen kleinen Unfall.«

»Was?! Ist dir was passiert? Bist du etwa verletzt?«

»Halt, werde jetzt bitte nicht hysterisch. Es war nichts Schlimmes. Ich war unterwegs zu meinem Urlaubsort, aber dann wurde es mir plötzlich übel, und da gab ich die Reise auf. Und dann wurde ich hier ins Krankenhaus gebracht.«

»Was, du bist jetzt im Krankenhaus?! Mutter, du bringst mich noch ins Grab! Und wieso hast du mich nicht schon früher angerufen?«

»Ich rufe dich jetzt an, das reicht doch. Es ist doch alles okay mit mir, bis auf einen banalen Kalziummangel.«

Nachdem man ihnen an der Rezeption die Zimmernummer mitgeteilt hatte, fanden sie Valeria bereits vor der Tür, mit dem Entlassungsschein in der Hand. Bis auf die Glatze und die Chaplin-Kleidung machte sie auf Mădălina einen normalen Eindruck.

»Mach mir bloß keine Szene. Ich bin völlig gesund«, sagte sie.

Und tatsächlich wirkte sie völlig gesund. Doch als Mădălina sie trotz ihres Widerstands zum Arzt brachte, schlug die Diagnose ein wie der Blitz: Alzheimer. Mădălina weigerte sich, es zu glauben. Aber dann begann Jewgeni eine Reihe von Merkwürdigkeiten in Valerias Alltagsverhalten festzustellen, etwas Unwiderrufliches passierte mit ihr.

Eines Tages klopfte Frau Stoican an Jewgenis Tür, mit einem Buch in der Hand.

»Ich hätte da eine Frage«, meinte sie.

»Ja bitte.«

»Sagen Sie es mir bitte ehrlich, denken Sie auch, dass ich verrückt bin?«

»Wer denkt denn so etwas?«

»Na, wer wohl, Mădălina.«

»Das denkt sie nicht. Und ich auch nicht. Was kann ich denn für Sie tun?«

»Das hier ist ein Gedichtband. Fragen Sie mich bitte ab, um mein Gedächtnis zu checken.«

Obwohl hundemüde, wollte Jewgeni ihren Wunsch nicht ablehnen.

»Ja gut, ich mache es, aber nur, wenn Sie Waldi in die Küche bringen.«

Valeria lachte, lockte Waldi in die Küche und rief dann Jewgeni ins Wohnzimmer.

»Setzen Sie sich bitte!«

Sie blieb aufrecht stehen, wie eine eifrige Schülerin, die ihr Können unter Beweis stellen wollte. Er sah das Buchcover: »Adrian Păunescu?«, fragte er empört. »Diese Gedichte sind wohl das Letzte, sie sind ... mir fehlen die Worte.«

»Fragen Sie mich bitte ab. Der Autor ist doch egal, ich möchte Ihnen bloß beweisen, dass mein Gedächtnis in Ordnung ist.«

»Okay. Womit fangen wir an? Kennen Sie das ganze Buch auswendig?«

»So auch wieder nicht. Keiner kennt einen ganzen Gedichtband auswendig, noch nicht einmal der Autor selbst.«

»Mit einer einzigen Ausnahme: Adrian«, sagte er sarkastisch. »Womit fangen wir an?«

»Seite 84«, sagte sie.

Jewgeni schlug das Buch auf Seite 84 auf.

»Hören Sie mir zu?«

»Ja, das tue ich.«

Frau Stoican kehrte zu der Stellung der eifrigen Schülerin zurück und begann das Gedicht aufzusagen.

»Und trotzdem die Liebe. Von Adrian Păunescu:

Und trotzdem gibt es Liebe
Und trotzdem gibt es Leid
Die Welt soll es erfahren
Ich bin zu beiden bereit.«

Sie rezitierte gebetsmühlenartig die ersten drei Strophen, wonach sie stecken blieb. »Nicht sagen! Moment mal. Es fällt mir gleich ein«, meinte sie etwas durcheinander.

»*Und draußen* …«, konnte Jewgeni nicht an sich halten.

»*Und draußen ist es dunkel*«, fuhr sie zögernd fort.

»*Und drinnen sind wir das Licht* …«

»*Und drinnen sind wir das Licht* …«

»*Es streiten dort oben die Götter* …«, sagte er mit einer tiefen Stimme, indem er Adrian Păunescu imitierte.

»*Es streiten dort oben die Götter* …«, rief Valeria enthusiastisch.

»*Und jede Vernunft zerbricht* …«

»*Und jede Vernunft zerbricht* …«

Sie legte sich die Hand auf die Stirn, bemüht, von dieser Panne abzulenken.

»Gut, weiter!«, versuchte Jewgeni sie anzuspornen.

Frau Stoicans Gesicht verfinsterte sich und sie meinte irritiert: »Darie, hältst du mich für dumm? Ich komme auch ohne deine Hilfe klar.«

Sie rezitierte abermals demonstrativ die erste Strophe.

»Und jetzt würde ich Sie bitten, das Wohnzimmer zu verlassen.«

Jewgeni stand unter Schock, weil Valeria ihn Darie genannt hatte.

»Valeria, was ist denn los? Ich wollte ja nur ...«

»Jetzt hören Sie mir bitte gut zu! Ich bin nicht plemplem, kapiert?«

Sie riss ihm das Buch aus der Hand und sagte: »Schreiben Sie erst mal selbst so schöne Gedichte wie Adrian Păunescu, dann sehen wir weiter. Und jetzt gehen Sie bitte!«

Am nächsten Tag klopfte Jewgeni beleidigt an Valerias Tür, um ihr den Umschlag mit dem hinterlassenen Geld zurückzugeben.

»Hier ist Ihr Geld. Und ich kann auch hier ausziehen, wenn Sie möchten.«

»Was reden Sie da? Sind Sie verrückt geworden? Das Geld gehört Ihnen«, rief Frau Stoican empört.

Danach fuhr sie sanft fort: »Jewgeni, ich bin nun eine alte Frau. Richten Sie sich nicht mehr nach meinen Launen. Verzeihen Sie es mir bitte!«

»Ich wollte Ihnen einfach nur das Geld zurückgeben. Ich werde mein Buch bald veröffentlichen, und es wird mich kaum etwas kosten.«

»Wirklich?«, rief sie froh. »Haben Sie Ihren Roman beendet?«

»Noch nicht ganz, aber bald ist es so weit.«

»Das möchte ich noch gerne miterleben.«

Frau Stoican sieht die Bücher in ihrer Bibliothek konzentriert an. Sie nimmt sie einzeln aus den Regalen und blättert sie durch, als suche sie etwas darin. Manchmal scheint sie sich zu freuen, um dann auf einmal nostalgisch und irritiert zu wirken. Sie ärgert sich und seufzt enttäuscht. Sie blättert das eine Buch durch, findet das Gesuchte nicht, legt es zur Seite und greift zu einem anderen Buch.

Jewgeni kann kaum glauben, dass sie tatsächlich den Verstand verloren hat, da es seit dem Vorfall mit dem auswendig gelernten Gedicht kaum noch Anzeichen dafür gab. Besorgniserregend war allerdings, dass sie ihn immer häufiger darum bat, auf die Straße zu gehen, um Galanton zu verjagen. Jewgeni zweifelte überhaupt nicht daran, dass es Galanton wirklich gab. Er kannte dessen Geschichte im großen Ganzen, sowohl von Mădălina als auch von Frau Stoican. Frau Stoicans Haus hatte ursprünglich einem Klavierstimmer gehört. Es wurde ihm jedoch von den Kommunisten weggenommen, wonach er ins Ausland floh. Dieser Klavierstimmer war Frau Stoicans Onkel. Danach wohnte ein Parteibonze in diesem Haus. In den 70ern traf Valeria Darie, und mit seiner Hilfe gelang es ihr, diesen Bonzen zum Auszug zu zwingen. Anschließend zogen Valeria und Darie selbst dort ein, wenn auch nur als Mieter. Nach der Wende, als man den Alteigentümern wieder zu ihren Rechten verhalf, war sich Valeria sicher, dass das Haus bald ihr gehören würde. Sie war ja die einzige Erbin ihres Onkels. Sie heuerte einen Rechtsanwalt an und verklagte den rumänischen Staat auf Wiedergutmachung. Und alles wäre wie geschmiert gelaufen, wenn dieser Rechtsanwalt nicht Teil der lokalen Mafia gewesen wäre. Er kam auf die Idee, sich das Haus selbst unter den Nagel zu reißen, und so erfand er, mit Hilfe einiger Leute im Rathaus, einen Zweiterben, einen illegitimen Sohn des Klavierstimmers, der angeblich in Deutschland lebte. Und er erwarb angeblich die Eigentumsrechte dieses Erben. Es folgten lange und schwierige Gerichtsverhandlungen über die Teilung des Hauses. Die Geschichte wäre schlimm für Mădălina ausgegangen, wenn sie nicht zufällig eine ehemalige Mitschülerin vom Gymnasium getroffen hätte, die nun als Richterin tätig war. Sie erzählte ihr bei einem Kaffee diese Geschichte, und die Richterin griff sich an den Kopf, als sie den Namen des Rechtsanwalts hörte. »Galanton ist durch seine Sauereien wohl bekannt. Meine Liebe, glaube es mir, ich mache es mir ab sofort zur Ehrensache, diesem Typen das Handwerk zu legen. Er ist mir schon zweimal in letzter Minute entkommen, aber diesmal kriege ich ihn.« Und tatsächlich, nach einigen weiteren Verhandlungsjahren, wurde der falsche Erbe nicht nur enterbt, sondern er wanderte sogar ins Gefängnis. Das Haus wurde gänzlich Valeria zugeschrieben, aber sie hatte nun Angst. Was, wenn Galanton nach seiner Entlassung den Prozess neu aufrollen ließe und sie das Haus verlöre, fragte sie sich. Vergeblich erklärte ihr Mădălina, dass dies außer Frage stünde, zumal das Gerichtsurteil unwiderruflich war.

Und eines Tages teilte dann Frau Stoican Mădălina plötzlich mit, sie habe Galanton wiedergesehen. Er habe um Mitternacht neben der Leuchtreklame an der nächsten Ecke gestanden und ihr Haus beobachtet. Mădălina maß dem Vorfall keinerlei Bedeutung bei, aber zumal ihre Mutter in der nächsten Zeit immer wieder von Galanton berichtete, bemühte sie sich, sie zu beschwichtigen: »Vergiss diesen Quatschkopf! Er kann dir gar nichts tun. Das hat auch meine Freundin gesagt, und sie ist Richterin. Das Haus gehört endgültig dir, auch wenn Galanton noch so lange hier in der Gegend herumhängt.«

Und letztens, nach ihrer Rückkehr von der missglückten Reise, hatte Frau Stoican Jewgeni einige Male mitten in der Nacht geweckt, ihn an die Hand genommen und zur nächsten Straßenecke geführt, um ihm angeblich Galanton zu zeigen, wie er hinter der Lichtreklame im Dunkeln lauerte. Und obwohl er genau wusste, dass es diesen Galanton tatsächlich gab, war Jewgeni inzwischen fest davon überzeugt, dass dieses Bild leider nur in Frau Stoicans Einbildung existiert hatte.

Frau Stoican schiebt das leere Bücherregal in die Ecke, Jewgeni will ihr helfen.

»Weg hier, Darie«, weist sie ihn barsch ab. »Ich bin noch nicht fertig.«

Mit einer ungeahnten Kraft schiebt sie das Regal vor sich her und zerkratzt dabei das Parkett. Sie fährt mit den Fingerspitzen über die Kratzer, um sie zu beseitigen. Sie setzt sich auf einen Bücherstapel, atmet auf und betrachtet die Nippesfiguren mitten im Wohnzimmer. Sie geht darauf zu und beginnt, sie hin und her zu schieben, wie Schachfiguren auf einem riesigen Brett.

Allmählich zeichnen sich zwei feindliche Lager ab: fünf Ballerinen gegen drei Zwerge. Den Ballerinen schließt sich dann ein dicklicher Junge an und zwei genauso rundliche Engel. Eine Katze setzt sich zwischen die Engel. Ein schwarzer Habicht legt seine Flügel über zwei Zwerge. Zwei Kraniche und ein Mädchen auf dem Fahrrad gesellen sich zu den Ballerinen.

Frau Stoican betrachtet die feindlichen Lager und scheint zufrieden zu sein. Sie holt das eingerahmte Jugendfoto von sich und Darie von der Wand, setzt sich abermals auf den Bücherstapel und wendet das Foto den Nippes zu, als ob sie die zwei im Bild zwingen möchte, die feindlichen Lager anzusehen. Sie lächelt den Figuren mild zu.

Jewgeni bekommt riesiges Mitleid mit Frau Stoican. Ist das denn alles, was einem im Alter noch bleibt, fragt er sich. Vergisst man dann sein ganzes Leben, alles, was einem Freude machte, und schiebt nur noch altes Nippeszeug umher?

Auf Jewgenis Stirn bricht der Schweiß aus. Er steckt die Hand in die Tasche und holt sich eine Maaloxan-Tablette.

Ich bin auch schon alt, sagt er sich, während er Frau Stoican dabei zusieht, wie sie im Zimmer hektisch umherläuft. Aber ich habe wenigstens noch die Erinnerungen, auch wenn ich einen Teil meines Lebens lieber vergessen würde.

Ich begann in dem Augenblick zu altern, überlegt er, als ich plötzlich ahnte, dass ich Mutter nicht davon abbringen konnte, mich jeden Morgen in den Kindergarten zu bringen. Ich lief durch die Gegend, mit meiner Imbissdose aus Blech, in der ein paar Kekse schepperten, und in meinem Kopf keimte dabei der Gedanke, dass das Leben völlig sinnlos und öde sei. Freilich, man ist in diesem Alter noch lange kein Philosoph. Es handelte sich hier bloß um einen diffusen Eindruck, um das vage Gefühl der absoluten Sinnlosigkeit, das aber im Laufe der Jahre immer tiefere Wurzeln schlug, durch eine lange Reihe von Erfahrungen:

In der zweiten Klasse gestand mir meine Mitschülerin, einen Viertklässler zu lieben.

Nach einer Menge von Lektüren stellte ich fest, dass die unsterblichen Geschichten leider alle gleich ausgingen.

Ich merkte eines Tages, dass Montag unwiderruflich der schlimmste Tag der Woche war.

Mein Hund starb.

Ich spielte mit Pfeil und Bogen, verschoss meinen Pfeil und fand ihn nie wieder.

Ich verstand, dass ich nie einer der drei Musketiere sein würde, weil die anderen es nie zulassen würden.

Ich versagte kläglich im Musikunterricht, weil ich Moll und Dur nicht voneinander unterscheiden konnte und unfähig war, den Takt zu schlagen.

Winnetou starb.

Das Mädchen, in das ich verliebt war, schwänzte ständig die Schule.

Meine Englischlehrerin, die mir tolle Bücher zu lesen gab, wechselte an eine andere Schule.

Ich sang mit Absicht falsch, musste aber trotzdem im Schulchor mitsingen.

Auf einem Schulfest musste ich mit dem falschen Mädchen tanzen.

Ich tanzte auf einem anderen Schulfest zwar mit dem richtigen Mädchen, das mir aber dauernd auf die Füße trat und ununterbrochen quasselte. Als ich es nach einigen Jahren wiedersah, saß es leeren Blickes auf dem Gehweg, aß Kürbiskerne und wartete auf den Zug.

Ich hielt mich für einen genialen Fußballspieler, spielte dann aber in der Klassenmannschaft so miserabel, dass ich aus Scham nie wieder mitmachte.

Das Studentenheim wurde in den Weihnachtsferien geschlossen, und ich landete auf der Straße, den Rucksack auf dem Rücken. Ich rief aus einer öffentlichen Telefonzelle bei allen Freunden und Verwandten an, doch keiner war zu Hause. Und wenn einer zu Hause war, erklärte er mir, wieso er mich nicht bei sich aufnehmen konnte.

Eines Nachts erfuhr ich an einer Straßenkreuzung, dass mich mein bester Freund verraten hatte. (Auch heute noch, wenn ich an dieser Stelle vorbeigehe, ist es mir, als ob dort ein Kreuz stünde.)

Die Arbeitskollegen fielen in einer Parteisitzung über mich her, und so verstand ich, was der Kommunismus war und wie er funktionierte.

Auf einem stinkigen Krankenhausflur, umgeben von allen Kranken der Welt, sagte der Notarzt zu mir: »Es tut mir leid, aber ich kann für Ihre Mutter nichts mehr tun.«

Plötzlich hatte ich einen Bauch. Dann eine Glatze. Dann wuchsen mir einige weiße Haare.

Ich zog um die zwanzig Mal um, und jedes Mal gab es dabei Krach mit dem Vermieter.

Meine Bücher verwandelten sich in einen Eisberg.

Meine Kamera ging aus heiterem Himmel kaputt.

Ich leide an einer chronischen Gastritis und an Agoraphobie, ich habe Panikattacken, und sowohl das Rauchen als auch das Kaffeetrinken wurde mir untersagt.

Ich rasierte mich mit der M3-Power-Sensation-Klinge, fuhr dabei mit der Hand über den beschlagenen Spiegel und plötzlich wurde mir bewusst, dass die Ringe unter meinen Augen nie wieder verschwinden würden.

Intelligenz und menschliche Güte lassen sich nicht steigern, dies wurde mir auch bewusst.

Ich bin nun über vierzig und diese Erinnerungen leben immer häufiger in mir auf, vor dem Einschlafen. Dann schlafe ich schlecht, wache in aller Herrgottsfrüh auf, und am Morgen ist es mir, als ob ich gleich wieder in den Kindergarten gehen müsste, mit meiner Imbissdose aus Blech, in der ein paar Kekse scheppern. Und das Leben scheint mir dann plötzlich hundertmal sinnloser als in meiner Kindheit.

Daher meine ich bisweilen, dass an Alzheimer zu erkranken gar nicht so schlecht wäre.

»Jewgeni, wieso packst du nicht mit an? Hilf mir doch bitte ein wenig«, sagt Frau Stoican.

»Womit denn?«

»Wie, womit? Du siehst doch, dass ich aufräume.«

Das eben Gesagte hört sich wie eine gemeine Schikane an, als wollte Frau Stoican Jewgeni einfach nur drangsalieren.

17

Im nächsten Monat verhielt sich Frau Stoican völlig normal, als wäre die Alzheimer-Erkrankung in ihrem Fall eine der zahlreichen Fehldiagnosen. Dies wiederum wirkte sich positiv auf Jewgeni aus, der den Entschluss fasste, sich aus seiner Lethargie zu befreien. Koste es, was es wolle, ich muss nun endlich ein Buch veröffentlichen, sagte er sich. Aber wie sollte das gehen, er hatte ja bisher noch keine einzige Zeile des geplanten Romans geschrieben! Na ja, es muss ja nicht unbedingt ein Roman sein, ermutigte er sich. Diese Idee blockiert mich. Aber zum Glück habe ich ja eine Menge Gedichte geschrieben, zuerst werde ich diese Gedichte veröffentlichen, dann sehen wir weiter.

In seinen PC-Dateien fand er jedoch lediglich fünf Jugendgedichte. Im Kofferraum seines alten Opels lag aber eine große Tasche mit alten Kulturzeitschriften, dort entdeckte er zwölf weitere seiner Gedichte. Die letzten drei Gedichte, die er für seine besten hielt – er hatte sie in ein altes Heft geschrieben, als er im Antiquariat arbeitete –, konnte er leider nicht mehr auftreiben. Wahrscheinlich hatte sich dieses Heft unter den erfrorenen Büchern im Keller befunden und er hatte es beim Saubermachen in den Müll geworfen. Diese Gedichte neu zu schreiben, kam für ihn nicht in Frage. Das hieße lediglich, die Schreibblockade fortzusetzen, sagte er sich. Diese siebzehn Gedichte müssten eigentlich für ein Buch reichen. Mein geniales Gesamtwerk in nur einem Buch, dachte er selbstironisch.

Dann stellte er frustriert fest, dass diese siebzehn Gedichte lediglich achtunddreißig Buchseiten ergaben. Er vergrößerte den Schriftgrad, so kam er auf fünfundvierzig Seiten, danach erhöhte er den Zeilenabstand, woraus zweiundsechzig Seiten resultierten, und schließlich veränderte er den Satzspiegel, dabei kamen dreiundachtzig Seiten heraus. Um einen ernst zu nehmenden Gedichtband vorzulegen, brauche ich aber mindestens einhundert Seiten, überlegte er weiter. Zwei Tage lang blieb er an diesem Punkt stecken, dann fand er den Ausweg: Er würde die restlichen siebzehn Seiten durch seine besten Fotos füllen. Er wählte also die entsprechenden Fotos aus, platzierte sie zwischen den Gedichten, und juchuuuu, das Buch hatte nun endlich einhundert Seiten.

Das Titelproblem löste er mit links. Er stellte zuerst eine Liste mit Casimirs Tipps auf, hinsichtlich eines erfolgreichen Buchtitels: Um positiv aufzufallen, muss ein Buchtitel unbedingt eine intelligente und zugleich ironische Aussage enthalten, aber auch ein Paradoxon, darüber hinaus muss er die jungen Leute ansprechen, aber auch die Frauen, und – überaus wichtig – keinesfalls darf das Wort *Liebe* in einem ordentlichen Buchtitel fehlen. Jewgeni dachte über diese Erfordernisse gründlich nach, wonach er schließlich beschloss, auf sämtliche Tipps zu verzichten und das Buch schlicht und einfach *gedichte & fotos* zu nennen oder noch besser *17 x 17 gedichte & fotos*. Als Cover-Illustration nahm er das Foto vom alten Fischer aus Split, der wie Gott auf Erden aussah.

Den Rucksack auf dem Rücken geht Jewgeni festen Schrittes zum größten Kopierzentrum der Stadt.

Je näher er seinem Ziel kommt, desto mehr sinkt sein Enthusiasmus und wächst sein Zweifel. Ist er nicht gerade dabei, etwas völlig Idiotisches zu unternehmen?

Nein, denn es ist besser, man bereut irgendwann, etwas Falsches getan zu haben, als überhaupt nichts zu tun, sagt er sich, öffnet die Tür, betritt den Laden und begibt sich in die erste Etage. Wie schon beim Drucken der Hochzeitfotos gibt es auch diesmal mehrere chaotische Schlangen vor den Rechnern, an denen junge Männer mit müden, stumpfen Gesichtern sitzen. Jewgeni will es vermeiden, vergeblich Schlange zu stehen wie damals. Er drängt sich nach vorne, zur Empörung einiger Kunden, hebt die Hand und wartet darauf, von einem Angestellten wahrgenommen zu werden.

Nach einigen Minuten fällt er einer jungen Angestellten auf. Sie erteilt ihm das Wort, indem sie den Zeigefinger auf ihn richtet, wie bei einer Versteigerung.

»Wo muss ich für Bücher anstehen?«, fragt Jewgeni.

»Da drüben«, meint die junge Frau und weist nach links.

Jewgeni reiht sich in die entsprechende Schlange ein. Beim Warten verspürt er plötzlich den Drang, sich davonzumachen, das Projekt auf später zu verschieben oder es ganz aufzugeben. Er nimmt die Wasserflasche aus der Rucksacktasche und trinkt sie in kleinen Schlucken aus. Er stellt entsetzt fest, dass die eingeschweißten Maaloxan-Tabletten ausgegangen sind. Er stöbert panisch im Rucksack herum und findet die Reservepackung, zwischen Servietten, Kameraobjektiven, Zeitungen, Papierblättern. Er kaut eine Tablette und entspannt sich ein wenig.

Als der junge Mann mit der riesigen Brille seinen Stick entgegennimmt, vergisst er seine Panik.

»Was haben Sie da gespeichert?«

»Einen Gedichtband«, sagt Jewgeni laut, um von allen wahrgenommen zu werden.

»Ist das Layout schon gemacht?«

»Jawohl«, verkündet Jewgeni mit dem Stolz eines Profis.

»Gibt es auch einen Umschlag?«

»Jawohl, er ist hier auf dem Stick.«

Der junge Mann steckt den Stick in einen USB-Adapter und sieht Jewgeni irritiert an: »Wollen Sie etwa meinen Computer infizieren? Ihr Stick hat einen Virus«, meint er und schiebt sich die Brille auf die Stirn, mit einem Finger.

»Und, lässt sich nichts dagegen tun?«, fragt Jewgeni besorgt.

»Doch«, meint der Mann höflich. »Wir schaffen das, aber ich wollte Sie bloß warnen. Seien Sie bloß vorsichtiger mit Ihrem Rechner.«

»Okay, danke.«

Der junge Mann bewegt die Maus auf dem Tisch. Etwas stimmt nicht. Er hebt die Maus und schüttelt sie. Jetzt funktioniert sie wieder.

»Wo ist das Buch? Ich sehe hier mehrere Ordner und Dateien.«

»Im Ordner ›17 x 17‹«, erklärt Jewgeni

»Ich hab's.«

Der junge Mann greift sich an den Kopf.

»Mein Gott! Arbeiten Sie mit Word?«

»Ja und?«

»Wie, ja und! Ist ein Scheißprogramm. Macht immer wieder Probleme. Soll ich Ihnen nicht besser ein Quark XPress-Layout daraus machen?«

»Ich habe jetzt keine Zeit für so etwas. Ich hab's eilig. Ist gut so.«

»Wie Sie meinen. Ich habe Sie aber gewarnt.«

Der Mann bewegt seine Finger auf der Tastatur, mit der Schnelligkeit Datas in Star Trek.

»Wie viele brauchen Sie?«

»Wie viele was?«

»Buchexemplare.«

Jewgeni kramt in den Hosentaschen und legt schließlich einige zusammengeknüllte Geldscheine auf den Tisch.

»So viele es geht, für diese Kohle hier. Es sind dreihundert Lei.«

Der Mann zählt die Scheine und legt sie übereinander.

»Brauchen Sie auch eine ISBN-Nummer?«

»Ja, unbedingt.«

»Das macht zusätzliche siebzig Lei«, warnt der Mann.

»Kein Problem«, meint Jewgeni mit dem Ton eines Millionärs.

»Und sieben Exemplare Ihres Buches behalten wir«, fügt der Mann hinzu.

»Wieso das denn?«, wundert sich Jewgeni.

»Sie gehen an die Nationalbibliothek.«

»Wozu braucht die Nationalbibliothek sieben Exemplare meines Buchs? Eines reicht doch. Ich kann es ihnen persönlich zuschicken«, versucht Jewgeni zu handeln.

»Tut mir leid. Es müssen unbedingt sieben sein. Und die müssen wir ihnen zusenden.«

»Also ohne geht's wirklich nicht?«, lässt Jewgeni nicht locker.

»Leider nicht, wegen der ISBN-Nummer.«

»Okay«, gibt Jewgeni nach. »Aber schicken Sie diese sieben Exemplare wirklich an die Nationalbibliothek?«

»Meinen Sie etwa, wir machen hier Witze oder was?«

»Bitte nicht sauer sein, war ja bloß eine Frage.«

Der junge Mann schiebt erneut seine Brille auf die Stirn.

»Wie möchten Sie das Buch haben, als Hardcover oder als Broschüre?«

»Gibt es da einen Preisunterschied?«

»Hardcover kostet mehr.«

»Um wie viel mehr?«

»Um die zwanzig Prozent.«

Jewgeni zögert ein wenig, dann sagt er: »Dann eben als Broschüre.«

»Soll das Cover in Farbe sein, oder schwarz-weiß?«

»Gibt es da einen Preisunterschied?«

»In Farbe kostet es knapp das Doppelte.«

»Schwarz-weiß.«

»Okay.«

Jewgeni nimmt einen Schluck Wasser aus der Flasche.

»Wie lange dauert es, bis das Buch fertig ist?«

»Ungefähr eine Stunde. Trinken Sie hier nebenan einen Kaffee oder ein Bier, und wenn Sie wieder zurückkommen, ist Ihr Buch fertig.«

Jewgeni verlässt etwas schwindlig das Gebäude und steckt sich eine Zigarette an. Er betritt die Bar gegenüber. Eine Gruppe lärmender Studenten sitzt an drei zusammengeschobenen Tischen. In der Luft hängen dicke Rauchschwaden. Jewgeni geht zur Theke. Der Fernseher steht in einem Getränkeregal. Der Barkeeper, ein dicker Mann mit einer Boxervisage, sitzt mit dem Rücken zur Theke und sieht sich eine Sendung bei Animal Planet an. Ein Schwertwal hat ein Robbenbaby erwischt und spielt Katz und Maus mit ihm. Er schleudert es durch die Luft und trifft es mit dem Schwanz, um danach unterzutauchen und es aus der Tiefe in der Schnauze wieder hochzubringen.

»Guten Abend«, sagt Jewgeni.

»Moment mal«, sagt der Barkeeper, der seinen Blick vom Bildschirm nicht lösen kann. »Un-glaub-lich!«

»Was ist denn so unglaublich?«, fragt Jewgeni eher gelangweilt.

»Was dieser Fisch so alles fertigbringt. Verschlingt Robben am laufenden Band, und am Ende spielt er dann einfach nur mit diesem Robbenbaby und tut ihm überhaupt nichts.«

»Der Wal ist aber kein Fisch.«

»Was denn sonst?«

»Ein Säugetier.«

»Fisch oder Säugetier, ist doch scheißegal, Mann! Der ist echt cool! Was darf's denn sein?«

»Ein Bier, bitte.«

»Ein Helles oder ein Dunkles? Vom Fass oder in der Flasche? Soll es weniger kosten, oder mehr? Ich habe Tuborg, Stella Artois, Heineken …«

»Egal.«

»Ein kleiner Tipp: Es ist arschkalt draußen, die Zeit zum Biertrinken ist längst vorbei. Ich würde einen Wodka nehmen.«

»Nee, bitte nicht.«

»Wieso nicht?«

»Ich habe nur einmal in meinem Leben Wodka getrunken. Danach habe ich nur noch gekotzt.«

»Also in diesem Fall hast du entweder viel zu hastig gebechert oder das Ding war billiger Fusel. Bei meinem Wodka aber lebst du so richtig auf, Mann.«

»Okay, wenn du es sagst. Also einen richtigen Wodka, bitte.«

Der Barmann schüttet 100 ml Wodka ein und reicht Jewgeni das Glas.

»Geht runter wie Öl. Feinste Sahne.«

Dann dreht er sich um und widmet sich erneut dem Schwertwal bei Animal Planet. Jewgeni nimmt das Glas und begibt sich zu einem Tisch, der von den lärmenden Studenten weit entfernt ist. Er holt sein Handy aus der Tasche und ruft Casimir an.

»Hallo! Wie geht's? ... Sprich lauter, ich bin in einer Bar und kann dich kaum verstehen ... Okay ... ja, jetzt ist es besser ... Ich habe eine Überraschung für dich ... Ich werde ein Buch veröffentlichen ... Heute ... In einer Stunde ... Ja, genau. Endlich ... Wie, wieso ich es dir nicht gesagt habe ... Ich wollte dich überraschen ... Ach, Beldiman, vergiss ihn ... das ist doch kein Verlag ... Komm doch auch her, ich gebe einen aus ... Ja, das Kopierzentrum neben dem Straßenbahndepot. Daneben ist diese Bar, ›Zum grünen Teppichläufer‹ ... Ja, kann man nicht verfehlen ... Ich warte auf dich, klar.«

Jewgeni spürt das etwas an seiner linken Schuhsohle klebt und will es beseitigen, dabei stellt er überrascht fest, dass sich die Sohle halb gelöst hat. Ja klar, chinesischer Plunder, taugt überhaupt nichts, denkt er.

Knapp eine Stunde lang trinkt er in kleinen Schlucken seinen Wodka, raucht eine Zigarette nach der anderen und blickt gedankenlos ins Leere. Dann sieht er auf die Handy-Uhr, steht auf und läuft roboterartig in Richtung des Kopierzentrums.

Drinnen drängt er sich ungeduldig nach vorne, auch wenn es ihm vor den vielen Wartenden peinlich ist.

»Ich muss bloß etwas abholen«, entschuldigt er sich. »Das kann der Mann dort am Rechner bestätigen. Ist es so weit?«, fragt er demonstrativ den Mann mit der Brille.

Dieser hebt den Blick von der Tastatur.

»Natürlich, denken Sie etwa, wir seien hier zum Vergnügen?«

Er nimmt einen Stapel Bücher und knallt ihn auf den Tisch.

»Hier, Herr Schriftsteller, das ist Ihr Buch!«

Jewgeni bringt nicht den Mut auf, sich das Cover des oberen Exemplars anzusehen. Er bekommt trotzdem aus dem Augenwinkel mit, dass das Foto in Ordnung ist. Aber sein Name und der Buchtitel sind kaum lesbar.

»Was ist denn mit dem Cover los? Mein Name ist fast unsichtbar.«

Der Mann nimmt ein Buch und betrachtet es aufmerksam.

»Tja, leider. Sie wollten es ja schwarz-weiß haben, und nicht in Farbe. Dadurch wurde die Schrift durch die Konversion etwas zu blass. Und das lässt sich jetzt leider auch nicht mehr optimieren. Da hätten Sie doch lieber auf mich gehört.«

Jewgeni winkt angeekelt ab und bezahlt 300 Lei.

Der Mann gibt Jewgeni zwei Plastikfolien und einige Papierklammern.

»Was soll ich damit?«, fragt Jewgeni irritiert.

»Statt Restgeld. Oder Sie geben mir noch 50 Bani, dann bekommen Sie eine große Plastiktasche.«

»Nein, danke. Ich habe ja einen Rucksack.«

Er lässt sieben Exemplare auf dem Tisch liegen, klemmt sich die restlichen Bücher unter die Arme und drängt sich damit durch die Menge.

Draußen auf der Treppe bringt ihn die kaputte Schuhsohle zum Stolpern, dabei krachen die Bücher auf den Boden und wirbeln den Staub auf. Er schimpft laut, sammelt die Bücher wieder ein und steckt sie in den Rucksack, bis auf eines. Ein Passant bricht in schallendes Gelächter aus.

Jewgeni sieht sich das staubige Buch in seiner Hand an, dann wischt er es an seiner Jacke ab. Er macht ein paar Schritte, dann bleibt er unter einer Neonlampe stehen, neben dem Eingang zur Bar, blättert das Buch schnell und heimlich durch, verlegen, als würde er sich eine Pornozeitschrift ansehen. Er klappt das Buch zu und betritt die Bar.

Der Barkeeper sitzt immer noch mit dem Rücken zur Theke und sieht Animal Planet. Drei Bären stehen mitten in einem Bergfluss und schnappen nach Lachsen, die gegen den Strom schwimmen. Jewgeni sieht ihnen kurz zu, dann sagt er zum Barkeeper: »Noch einen Wodka, bitte!«

Der Barkeeper dreht sich zu ihm.

»Na, was habe ich gesagt? Schmeckt super, oder?«

Die Studenten haben die Bar inzwischen verlassen. Jewgeni setzt sich an einen Tisch nicht weit von der Bar, den Wodka vor sich. Er sieht sich nun den Dokumentarfilm über die Wanderung der Lachse derart konzentriert an, dass er Casimir beim Betreten des Lokals gar nicht wahrnimmt. Casimir nähert sich ihm und klopft ihm heftig auf die Schulter.

»Glückwunsch, Alter! Du hast es geschafft. Lass mal sehen. Wo ist es?«

Jewgeni blickt zum Buch auf dem Tisch. Casimir nimmt es und blättert es durch. Man merkt, dass es ihm von Seite zu Seite schwerer fällt, seinen anfänglichen Enthusiasmus beizubehalten.

»Komm, spuck's aus. Was gefällt dir nicht?«, ermutigt ihn Jewgeni.

Casimir deutet ihm zu warten und begibt sich zur Bar.

»Eine Flasche Whisky, bitte«, sagt er zum Barkeeper.

»Eine ganze?«

»Ja, was für einen Whisky haben Sie denn?«

»Nur Teacher's.«

»Ja, dann Teacher's.«

Casimir kehrt mit der Flasche Whisky zurück und knallt sie auf den Tisch. Jewgeni zuckt zusammen.

»Bis zum letzten Tropfen, okay?«

»Okay. Ohne Gläser?«

Casimir holt zwei Gläser von der Bar, öffnet die Flasche.

»Also, noch einmal herzlichen Glückwunsch, Alter!«

Sie prosten sich zu.

»Komm, lass die Glückwünsche und sei jetzt bitte mal ganz ehrlich. Wie gefällt dir mein Buch? Wieso war dein Lächeln plötzlich weg?«

Casimir kippt sich ein halbes Glas Whisky rein. Jewgeni tut es ihm gleich.

»Na ja, um ehrlich zu sein, ich hatte einen Roman erwartet«, sagt Casimir zögerlich.

»Mehr habe ich nicht geschafft«, meint Jewgeni und zuckt mit den Schultern.

»Verstehe mich bitte richtig. So ist es auch okay. Ich bin ja keineswegs enttäuscht, ich bin bloß ein bisschen überrascht.«

»Aber was hast du denn auf einmal gegen meine Gedichte? Früher haben dir meine Gedichte gefallen.«

»Sie gefallen mir immer noch, werde jetzt bloß nicht paranoid. Nur dass man mit Gedichten nicht berühmt werden kann.«

»Vergiss die Berühmtheit. Ich wollte bloß ein Buch veröffentlichen, das mir und meinen Freunden Freude macht.«

»Und, macht es dir Freude?«

»Ja«, meint Jewgeni frustriert.

»Sieht aber nicht danach aus.«

»Guck dir doch mal dieses beschissene Cover an!«

»Ach, komm! Es ist doch in Ordnung. Mit der richtigen PR-Arbeit wird sich das Buch bestimmt gut verkaufen. Ich kann dir dabei unter die Arme greifen, mit einer super Präsentation.«

»Alle wollen etwas verkaufen. Mich interessieren aber inzwischen nur noch die, die etwas verschenken möchten.«

Sie schenken sich wieder Whisky ein, Casimir hält das Buch in der Hand und betrachtet es.

»*17 x 17 gedichte & fotos* … Das ist ein guter Titel, aber irgendwie fehlt mir da etwas, ist irgendwie zu trocken.«

»Also, ich hatte einen Alternativtitel: *gedichte & fotos siebzehnmal und dazu noch ein grauer wal* … Der schien mir dann aber zu lang.«

»Ja, er wäre in der Tat etwas zu lang gewesen. Aber wie kamst du denn auf einen grauen Wal?«

»So heißt das Gedicht auf Seite 47, ›Der graue Wal‹.«

Casimir schlägt das Buch auf Seite 47 auf und liest:

Gar nichts gibt es.
Es gibt sie nicht, diese Stadt, die dem grauen Wal
ähnlich sieht,
in dem ich jeden Morgen die Augen
wie zwei knarrende Türen öffne,
fluchend und kaffeetrinkend.
Es gibt sie nicht, die Straßenbahnen, die Autos,
die Fahrradwege, die Straßen.
Es gibt es nicht, das dickliche Kind unterwegs zur Schule,
an der Hand des dahinschlurfenden Großvaters …

Casimir liest weiterhin im Schnelldurchgang: »*Gibt es nicht … es gibt ihn nicht* … Okay … *Es gibt sie nicht* … Super … Genau … Aha! … So. Und jetzt sehen wir mal das Finale:

Noch nicht einmal mich gibt es, und auch nicht das
Eingeweide dieses Tiers,
in dem ich täglich meinen Leichnam wie einen Hund
Gassi führe.«

Casimir legt das Buch zu Seite.

»Das kommt mir irgendwie bekannt vor, ist aber voll in Ordnung. Und jetzt hör mir mal bitte gut zu: Freue dich über dein erstes Buch, egal wie es aussieht! Das erste Buch ist das einzige, worüber man sich noch so richtig freuen kann. Was dann bei den nächsten Büchern passiert, das wirst du schon noch früh genug mitkriegen.«

Jewgeni kann sich an das, was weiterhin vorfiel, nur noch vage erinnern. Sie tranken und lachten zusammen, Casimir erzählte ihm ein paar lustige Anekdoten aus seinen Flitterwochen. Aber dann wurde es Jewgeni speiübel. Er ging zur Toilette und übergab sich. Casimir folgte ihm, packte ihn am Arm und wollte ihn in ein Taxi verfrachten. Er lehnte es jedoch ab und behauptete, durch die frische Luft wieder wohlauf zu sein. Er bräuchte jetzt nur noch allein zu Fuß nach Hause zu gehen, um wieder fit wie ein Turnschuh zu sein, erklärte er seinem Freund. Also nahm Casimir allein ein Taxi und bat Jewgeni, ihn anzurufen, falls es ihm schlecht ginge. Nach erneutem Übergeben neben einem Baum hinter dem Heckenzaun begab sich

Jewgeni erleichtert, aber immer noch etwas schwindlig auf die Hauptstraße.

Die Nacht umhüllt ihn. Die Gegend scheint wie ausgestorben, bloß in der Ferne sind zwei, drei Passanten sichtbar.

Er läuft eine Weile die Straße entlang und sieht plötzlich Zen, der auf ihn zukommt. Zen geht an ihm vorbei, als würde er ihn überhaupt nicht wahrnehmen.

»Hey, warte mal!«, ruft Jewgeni ihm hinterher.

Zen dreht sich um, sieht ihn verblüfft an wie ein Gejagter, er ist im Begriff wegzurennen.

»Okay, ich warte, aber bitte nicht schlagen!«, bettelt er.

Jewgeni nähert sich Zen mit erhobenen Armen, um seine friedlichen Absichten kundzutun.

»Wieso schlagen? Kennst du mich nicht mehr? Ich bin's, Jewgeni.«

Nach kurzem Zögern wagt es Zen, ihm in die Augen zu schauen. Er erkennt Jewgeni wieder und freut sich.

»Ach sooo! Sie sind es! Und ich bin da fast weggerannt.«

»Wieso? Ist einer hinter dir her? Hat dich jemand geschlagen?«

»Ja, manchmal schlagen sie mich. Wie geht es Ihnen? Ich habe Sie schon lange nicht mehr gesehen.«

»Mir ging es leider nicht so gut. Außerdem habe ich ein Buch geschrieben.«

»Ja?!«

Jewgeni nimmt ein Exemplar aus dem Rucksack und gibt es Zen.

»Hier.«

Zen betastet es, blättert es durch, schnuppert daran.

»Super! Es duftet nach frischer Tinte.«

Jewgeni schnuppert auch daran.

»Du hast recht.«

»Ich ahnte schon immer, dass Sie ein Schriftsteller sind«, fügt Zen bewunderungsvoll hinzu. »Kann ich auch ein Buch haben?«

»Gerne. Du kannst das hier behalten.«

»Was kostet es?«

»Nichts, es ist ein Freundschaftsgeschenk. Ich habe noch genug davon. Aber wie geht es dir so?«

»Ach, wissen Sie, ich habe ein großes Problem. Ich kann nachts nicht schlafen.«

»Leidest du an Schlaflosigkeit?«

»Nein, überhaupt nicht. Normalerweise schlafe ich wie ein Murmeltier, ich brauche bloß den Kopf aufs Kissen zu legen und schon bin ich weg. Aber neulich ist mir etwas ganz Komisches passiert. Also, ich ging vor drei Tagen ins Kino, zu einem Film-Marathon, bei dieser Agentur für Intelligenzverwertung. Es liefen nur ganz blöde Kunstfilme. Die meisten davon rumänische, und da muss ich klipp und klar sagen: Die rumänischen Kunstfilme sind genau so blöd wie die französischen, wenn nicht sogar noch blöder.«

»Wieso denn?«

»Weil es in absolut jedem dieser Filme einen gibt, der mindestens eine Viertelstunde lang nicht anderes tut als essen. Was soll das eigentlich, wollen die einen verarschen oder was? Man geht doch nicht ins Kino, nur um eine Viertelstunde lang jemandem beim Futtern zuzusehen. Da sitze ich also in meinem Sessel, bei diesem Kunstfilm-Marathon, und sehe mir dabei nicht so sehr den Film an, als vielmehr den Saal um mich herum. Und was entdecke ich da, nicht weit von mir entfernt? Ein Tischlein, auf dem eine riesige Kaffeekanne steht, daneben ein paar winzige Gläser, eher für Schnaps gedacht. Also stehe ich schön auf, schleiche mich zu dieser Kaffeekanne und schüttele sie vorsichtig. Sie ist randvoll. Ich sehe mich kurz um, alle glotzen die Leinwand an, super. Ich schenke mir also einen kleinen Kaffee ein, und kippe ihn runter. Dann noch einen und noch einen.«

»Bis dich einer gesehen hat …«

»Ach was, ich habe die ganze Kanne ungestört ausgetrunken. Aus purer Langeweile. Wegen dieser rumänischen Kunstfilme. Und jetzt kann ich seit drei Nächten kein Auge mehr zutun und laufe wie ein Irrer durch die Stadt«, sagt er und lacht. »Aber was machen Sie hier um diese Zeit?«

»Ich bin unterwegs nach Hause.«

»Ja, dann. Danke für das Buch. Ich werde es lesen. Also, ich möchte Sie jetzt nicht länger aufhalten, Sie sind ein vielbeschäftigter Mann, nicht so wie ich.«

Ohne genau zu wissen wieso, geht Jewgeni auf Zen zu und umarmt ihn ganz fest, als wäre dieser sein bester Freund, noch mehr, sein einziger Bruder, das einzige menschliche Wesen, das ihn versteht.

Zen beginnt plötzlich zu zittern. Er drückt sich an Jewgeni und wimmert leise, wonach er in heftiges, herzzerreißendes Weinen ausbricht.

»Was ist denn los, mein Freund? Wieso weinst du jetzt? Komm, Zen, hör auf zu weinen, bitte! Wieso weinst du jetzt?«, sagt Jewgeni.

Zen verschluckt seine Tränen samt Rotz, hält Jewgeni jedoch weiterhin fest in den Armen, als möchte er dadurch ein ganzes Leben ohne jede Zuneigung ausgleichen.

»Ich weine nur so, aus Freude. Sie sind ein guter Mensch. Sie sind der Einzige, der schön mit mir redet.«

Jewgeni streichelt Zens Kopf und drückt ihn fester an sich.

»Immer mit der Ruhe. Wo schläfst du heute Nacht? Hast du heute etwas gegessen? Ich würde dich zu mir nach Hause mitnehmen, aber ich wohne in Untermiete.«

»Ist voll in Ordnung, machen Sie sich keine Sorgen um mich, ich komme auch selbst klar. Gott segne Sie.«

Zen wirkt plötzlich ganz ruhig, wischt sich die Tränen weg und macht sich auf den Weg in die Gegenrichtung. Dann bleibt er stehen, kehrt wieder zurück und holt aus der ramponierten Baumwolltasche ein paar zerfledderte Bücher. Er streckt sie Jewgeni entgegen.

»Hier, ein Geschenk für Sie. Nehmen Sie bitte.«

Jewgeni lehnt die Bücher höflich ab.

»Nein, behalte sie für dich. Falls du sie nicht mehr brauchst, kannst du sie ja an ein Antiquariat verkaufen.«

»Nein, bitte nehmen Sie! Machen Sie mir die Freude.«

»Aber woher hast du denn diese Bücher?«

»Ich habe Sie vor ungefähr einem Jahr gefunden, in einem Müllcontainer, sie waren gefroren. Da habe ich sie auf eine Drahtstrippe gehängt und auftauen lassen. Danach wollte ich sie verkaufen, aber es wollte sie keiner haben.«

Jewgeni erkennt den Titel »Die Verschwörung der Idioten« und ist überzeugt, dass auch die anderen zu seinen weggeworfenen Büchern gehören. Er nimmt sie und steckt sie allesamt in den Rucksack.

Als sich Jewgeni und Zen voneinander entfernen, hört Jewgeni das Knarren der stromisolierenden Sicherheitsstiefel Zens, begleitet vom Klacken seiner eigenen Schuhe, das vom Schleifgeräusch der halbgelösten Sohle untermalt wird.

Er macht beim nächsten Lichtmast halt, um abermals sein Buch zu bewundern. Das flackernde Neonlicht stört ihn bei der Lektüre, sodass er seinen Weg fortsetzt.

Eine leere Straßenbahn, aus der Kirchenmusik fließt, überholt ihn. Er meint, den tiefgläubigen Straßenbahnfahrer wiederzuerkennen. Oder handelte es sich lediglich um eine Halluzination, um eine akustische Täuschung?

Bis zum Hauseingang schreitet Jewgeni stolz im Parademarsch, seine Schuhe schlagen den Takt.

Er öffnet die Eingangstür und entdeckt in der Dunkelheit des Treppenhauses die Konturen einer kauernden Menschengestalt. Er tritt näher heran und erkennt Frau Stoican wieder. Sie sitzt wie versteinert da, gekleidet mit einem T-Shirt und einem zu kurzen Pullover. Sonst nur in Unterhose und barfuß. Sie trägt ein auffälliges Make-up, ihre Lippen sind schlampig geschminkt, über die Ränder hinaus. Neben ihr liegt der mit Kleidung vollgestopfte Rucksack, in dem sich auch das Foto mit ihr und Darie befindet. Waldi steht neben ihr, startbereit, er wedelt fröhlich mit dem Schwanz.

»Da bist du ja, du Schuft! Du hast gewonnen«, ruft Frau Stoican aggressiv, als sie Jewgeni sieht. »Nun hast du dein Haus, du kannst ab sofort einziehen und darin krepieren.«

Jewgeni nähert sich ihr äußerst vorsichtig, um sie nicht noch zusätzlich zu verstören. Er redet sanft auf sie ein: »Valeria, ich bin's, Jewgeni. Erkennen Sie mich nicht wieder?«

Frau Stoican scheint durch ihn hindurchzusehen.

»Valeria, sehen Sie mich an, ich bin es«, sagt er und wedelt mit dem Buch.

Zu seiner Überraschung streckt Frau Stoican plötzlich die Hand aus und entreißt ihm das Buch, als wäre sie darauf neugierig. Sie sieht es erstaunt an, als wäre es ein merkwürdiges, unbekanntes Objekt, dann wirft sie es ihm an den Kopf. Sie schreit aus voller Kehle, wie ein verletztes Tier, und will ihm das Gesicht zerkratzen.

Jewgeni hält ihre Arme fest.

»Lass mich los, du Schwein, lass mich los!«

»Valeria, ganz ruhig. Ganz, ganz ruhig. Alles wird gut!«

»Hau ab hier! Verschwinde!«

Jewgeni hält sie fest und schleppt sie gegen ihren heftigen Widerstand in den Flur. Valeria schreit. Waldi bellt hysterisch, beißt Jewgeni in die Schuhe, der mit einem Tritt abwehrt.

Völlig erschöpft, halb ohnmächtig, erstarrt Frau Stoican in Jewgenis Armen. Er bringt sie ins Wohnzimmer und legt sie auf die Couch, mit dem Gesicht nach oben. Mit der Stimme eines kleinen Mädchens sagt sie: »Diese Katze ist sehr böseeee! Ich will nicht mehr mit ihr spieleeeen! Ich will nach Hauseeee! Jeeeetzt!«

Dann beginnt sie zu keuchen und blickt verängstigt umher.

»Valeria, beruhigen Sie sich! Es ist bloß ein Anfall. Es wird alles wieder gut, Sie werden es sehen!«

Frau Stoican reagiert nicht, ihr Atem beruhigt sich jedoch etwas.

Jewgeni ist ratlos. Er setzt den Rucksack in einer Ecke ab, geht in den Flur, holt das Buch vom Boden, schließt die Eingangstür. Dann begibt er sich auf sein Zimmer, holt ein Kissen und eine Decke und geht damit ins Wohnzimmer. Er legt das Buch auf den Boden, vor die Couch, dann steckt er das Kissen unter Frau Stoicans Kopf und deckt sie sorgfältig zu.

Sie liegt auch weiterhin reglos da, aber bei Bewusstsein.

Er überlegt, Mădălina anzurufen, aber dann tut er es doch nicht, um sie noch eine Nacht in Ruhe schlafen zu lassen, in der Überzeugung, alles sei in Ordnung. Er hält es für sinnlos, den Notarzt zu holen. Kein Notarzt der Welt würde es schaffen, Valeria ihrer Körper- und Seelenstarre zu entreißen, denkt er.

Das Handy klingelt in Jewgenis Rucksacktasche. Er nimmt es, sieht die Nummer und lässt es weiterhin klingeln. Nach einer Weile meldet er sich aber doch, in einem rauen Ton, beim Reden geht er im Wohnzimmer auf und ab: »Hallo? Ja … Okay, Vater … ja … Ja, ich weiß, dass du nicht zum ersten Mal anrufst … Wie, wieso? … Ich habe es dir doch schon hundertmal erklärt. Wenn du anrufst, dann sehe ich deine Rufnummer … Wie, wieso? Weil ich einfach keine Lust hatte, deswegen … Wie, was ich mache? Gut, so wie immer … Sehr gut! … Das habe ich dir doch schon längst verziehen, auch wenn ich es dir nie gesagt habe … Also, komm … Ich muss jetzt Schluss machen … Okay, Vater … Ja, ich komme nach Hause … Bald … Ja, diese Tage … Prima also, bis dann.«

Jewgeni steckt das Handy in die Tasche, zieht die Schuhe aus und wirft sie in die Ecke. Waldi stürzt sich auf die Schuhe.

»Waldi! Immer mit der Ruhe, für so etwas haben wir jetzt keine Zeit. Ruuuhig Blut!«

Waldi läuft wie unter Hypnose auf ihn zu, die Ohren nach unten, er winselt kurz. Jewgeni nimmt ihn hoch und setzt sich mit ihm auf dem Arm an Valerias Füße. Er streichelt Waldi und überlegt, was in Valerias Kopf jetzt vorgehen könnte. Wahrscheinlich gar nichts, denkt er. Nun gibt es also für Valeria keinen Allmächtigen mehr, der sie bewacht. Es gibt für sie nur noch das, was sie unmittelbar wahrnimmt. Es gibt für sie nur noch mich, einen Unbekannten, mit Waldi, einem anderen Unbekannten, auf dem Arm. Es gibt für sie nur noch den Rucksack und das Buch auf dem Boden, die alten, zerfledderten Schuhe in der Ecke und die Deckenlampe, nur noch die Bücherregale, die fünf Ballerinen, die drei Zwerge, den dicklichen kleinen Jungen und die drei genauso dicklichen Engel. Die drei Kraniche und das Mädchen auf dem Fahrrad. Es gibt nur noch die Bettdecke und die darauf liegende Hand, es gibt für sie nur noch die Falten in meinem Gesicht, die Nägel und den geblätterten Nagellack.

Valeria reißt plötzlich das Kissen unter ihrem Kopf weg und wirft es mitten ins Zimmer. Danach erstarrt sie abermals. Sie hat ihre Augen geschlossen, als weigere sie sich, die Welt wahrzunehmen.

Jewgeni setzt Waldi auf den Boden, nimmt das Buch, schlägt es auf und blättert es durch.

Reibe deine Fingerspitzen aneinander, sieh deinen fettigen Fingerabdruck, unten, auf dieser Buchseite, denkt er. Es gibt nur noch das, was du von dem jetzt Gesehenen verstehst und von dem bereits Erlebten begreifst. Und wenn du denkst, dass es überhaupt nichts mehr gibt, dass absolut alles in deinem Gehirn gelöscht wurde, und die Freude und die Qualen für immer weg sind, dann bleibt immer noch die Angst. Sie ist stets in dir vorhanden, ab dem Zeitpunkt, wo du das Licht der Welt erblickst, und bereits vorher, im Leib deiner Mutter, ob Krieg oder Frieden. Du wirst sie nie loswerden, egal was du tust, auch dann nicht, wenn du dein Gedächtnis verlierst. Die Angst nimmt kein Ende.

Daher brauchst du, um weiterzugehen, nur ein paar gute Schuhe.

Jewgeni steht auf, nimmt das Kissen in der Mitte des Zimmers und setzt sich damit neben Frau Stoican.

ENDE

www.wieser-verlag.com